AF304541

Christoph Heiden ist Autor von Belletristik und Theaterstücken. Er schreibt die erfolgreiche Reihe um Kommissar Henry Kilmer und stand auf der Shortlist für den *Glauser Preis*, der wichtigsten Auszeichnung für deutschsprachige Kriminalliteratur. Auf seinem Blog veröffentlicht er regelmäßig Artikel über klassische Spannungsromane. Darüber hinaus produziert er mit seinem Freund den Podcast *Kaffee, Kekse & Midnight Movies*. Hier unterhalten sich zwei Filmenthusiasten über Thriller und Horrorfilme, während sie Kekse und heißen Kaffee genießen. Christoph Heiden lebt in Berlin.

SCHLINGE DER SCHULD

CHRISTOPH HEIDEN

Überarbeitete Neuausgabe Oktober 2022

Copyright © 2022 dp Verlag, ein Imprint der
dp DIGITAL PUBLISHERS GmbH
Made in Stuttgart with ♥
Alle Rechte vorbehalten

SCHLINGE DER SCHULD

ISBN 978-3-96087-057-8
E-Book-ISBN 978-3-96087-817-2

Copyright 2022, dp Verlag, ein Imprint der
dp DIGITAL PUBLISHERS GmbH
Dies ist eine Neuausgabe des bereits 2022 beim dp Verlag, ein
Imprint der dp DIGITAL PUBLISHERS GmbH, erschienenen Titels
Sündenspiel (ISBN: 978-3-96817-744-1).

Copyright © 2016, Emons Verlag
Dies ist eine überarbeitete Neuausgabe des bereits 2016 bei Emons
Verlag erschienenen Titels Tod in Jena (ISBN: 978-3-95451-819-7).

Covergestaltung: Buchgewand
Umschlaggestaltung: ARTC.ore Design
Unter Verwendung von Abbildungen von
depositphotos.com: © JANIFEST
shutterstock.com: © jakkapan, © Jeom.ac
stock.adobe.com: © Eastlyn Bright
Lektorat: Nadine Buranaseda, typo18, Bornheim
Satz: dp DIGITAL PUBLISHERS GmbH
Druck und Bindung: Books on Demand GmbH, Norderstedt

SPÄTER

Mit gesenktem Kopf dämmerte Ben Schilling dahin. Unter seinem Hintern befand sich ein Stuhl, um seinen Hals eine Schlinge. Wohin das Seil führte, konnte er nicht sagen; die Benommenheit lähmte ihm gleichermaßen Kopf und Glieder. Kein Blick zurück, kein Blick nach vorne. Er saß im Nichts und starrte auf seinen Schoß hinab.

In einem wachen Moment erkannte Ben, dass seine Hose im Schritt einen Schatten warf. Die dazugehörige Einsicht kam ihm erst, als er den klammen Stoff auf seinen Oberschenkeln spürte – er hatte sich eingenässt.

Dieser bitteren Wahrheit folgte ein ganzes Heer an Wahrheiten. Seine Füße waren an die Stuhlbeine gefesselt, seine Handgelenke hinter der Lehne zusammengeschnürt. In greller Panik schluckte Ben, und jedes Schlucken strapazierte seinen Kehlkopf. Die Schlinge um seinen Hals fühlte sich kalt und glatt und sehr dünn an. Offenbar war das kein normaler Strick, sondern ein Drahtseil. Die Furcht vor dem, was noch kommen mochte, gewann die Oberhand. Er versuchte stillzuhalten, aber wenn der Körper auch gehorchte, das Schlucken ließ sich nicht verhindern. Sein Kehlkopf hüpfte rauf und runter, rauf und runter, und die Haut zerrieb sich am Draht wie ein Stück Käse unterm Reibeisen.

ERSTER TEIL

*Die Liebe ist gleichsam
ein künstlicher Vexierbecher,
statt Nektar trinken wir oft Gift.*

Der gestiefelte Kater, Ludwig Tieck

*But you'll never be free
Of the craving for refuge*

Curse of the Traveller, Chris Rea

SAMSTAG

Caroline Meyer wollte all ihren Zorn in die Pedale treten, wollte ihrem Liebeskummer davonradeln, als würde die Welt nach wenigen Kilometern Hoffnung und Zuversicht bieten, eine Welt, die es möglich machte, einen Ben Schilling in die Arme zu schließen.

Es war Samstag, der 7. November, und eine Stunde so dunkel wie Carolines Gemüt. Sie bremste, stieg ab und schaute sich verunsichert um. Kein Mensch weit und breit. Sie ließ das Fahrrad zu Boden sinken und trat auf wackligen Beinen an den Zaun eines Schrebergartens.

Neben dem Liebeskummer plagten sie Schwindel und Übelkeit. Sie hatte zu viel getrunken, hatte nach den Gläsern anderer Gäste gegriffen wie Schneewittchen nach fremden Tellern. Schloss Thalstein lag jetzt mehrere Hundert Meter hinter ihr, am Fuß eines Bergs, inmitten grauer Finsternis. Ben Schilling, der Grund für ihren Liebeskummer, hob dort sein Glas und präsentierte aller Welt sein schönes Lächeln.

In der Stille vernahm Caroline ein gespenstisches Klirren. Sie krallte sich am Zaun fest und blinzelte durch die Maschen auf die kargen Grundstücke. Von einem Baum hing das primitive Windspiel eines primitiven Gärtners: Drei Flaschen, die verbunden mit Schnüren aneinanderschlugen. Sie durfte in dieser Einöde nicht ohnmächtig werden. Der Gedanke an finstere Gestalten, die hier herumspukten, ließ sie ihre letzten

Kraftreserven mobilisieren. Sie wankte zurück, stieg wieder aufs Fahrrad und nur mit Mühe gelang es ihr, die Balance zu halten.

Beim Treten spürte sie kaum noch ihre Beine. Allein die Straße zu erkennen, fiel ihr ungemein schwer. Der Asphalt brach aus der Fahrbahn, die Bäume schwankten bedrohlich und die angrenzenden Grundstücke rückten immer näher. Keine Minute später bremste sie erneut und stieg ab. Die Angst vor einer jähen Ohnmacht war zu groß. Sie zog ihr Telefon hervor und rief bei sich zu Hause an.

Der Anrufbeantworter empfing sie mit einem lauten Piepen. Sie probierte es auf dem Handy ihres Vaters. Als sich nur die Mailbox meldete, sagte sie, es gehe ihr kotzübel. Irgendwas stimme nicht mit ihr. Dann – und sie wusste nicht, warum – bat sie ihren Vater um Verzeihung. Dafür, dass sie eine schlechte Tochter sei, dafür, dass sie schwach und nutzlos sei. Krank im Kopf – ja, das traf es am besten. Sie war total krank im Kopf. Ihr Vater galt als einer der einflussreichsten Männer der Stadt. Seit Jahren bekleidete er das Amt des Oberbürgermeisters. Mit seiner Macht ließ sich wohl alles regulieren, nur nicht das Herz eines anderen Mannes. Ihr kam die Idee, ihr Vater könnte Ben der Stadt verweisen. Bestimmt ist er dazu imstande, dachte sie irrsinnig vor Liebeskummer. Hieß es nicht *aus den Augen, aus dem Sinn*? Sobald sie aufgelegt hatte, kehrten die Selbstzweifel zurück. Schlechten Töchtern tat niemand einen Gefallen, weder der Bürgermeister noch irgendwer sonst. Schlechte Töchter verliebten sich in die falschen Männer und fuhren betrunken Fahrrad.

Caroline rutschte auf den Sattel und folgte der Straße Am Erlkönig, und als sie das Leuchten der ersten Laternen sah, glaubte sie, es geschafft zu haben. Die Karl-Liebknecht-Straße. Der Beginn der Zivilisation. Endlich.

Mit bleiernen Waden nahm sie den letzten Anstieg und schoss geradewegs auf die Kreuzung zu. Plötzlich ein grelles Licht und das Hupen eines Autos, dann ein Schreck, der so erschütternd war, dass er selbst den Aufprall ihrer Wahrnehmung entriss.

MONTAG

1

Lennart Mikowski hockte am Bordstein und inspizierte die Fahrbahn. Zu seiner Rechten die Straße Am Erlkönig, zu seiner Linken die Karl-Liebknecht-Straße. Vor zwei Tagen war eine Frau auf dieser Kreuzung von einem Auto erfasst worden.

»Laut Protokoll traf der Rettungswagen um 22:40 Uhr ein.« Henry Kilmer ging neben seinem Kollegen in die Hocke und öffnete sein Notizbuch. »Das Opfer, Caroline Meyer, dreiundzwanzig Jahre alt, hat ein Schädel-Hirn-Trauma erlitten. Die Ärzte haben sie in Langzeitnarkose versetzt.«

»Du meinst, ins künstliche Koma?«, hakte Lennart nach.

»Ja. Um ihren Körper zu schonen.«

»Ich nehme an, eine Befragung ist ausgeschlossen.«

Henry nickte. Er blätterte zurück und ergänzte, der Fahrer des Unfallwagens habe den Notarzt alarmiert. Dessen Aussage zufolge sei Caroline Meyer ohne Licht gefahren, sie sei quasi aus dem Nichts aufgetaucht. Er deutete mit dem Notizbuch auf die Straße, die direkt zum Schloss Thalstein führte.

»Kein Fußweg«, bemerkte Lennart. »Und nirgends Licht.«

»Genau. Nur die Laternen an der Kreuzung.«

»Das heißt, der Fahrer hatte keine Chance zum Bremsen gehabt.«

»Vermutlich.« Henry zupfte einen Hefter aus seiner Umhängetasche, um Lennart die Fotos vom Unfallwagen zu zeigen. Ein Ford Escort, Baujahr 1986. Bis auf einen Schaden an der Frontschürze war das Auto intakt geblieben.

Henry hielt Lennart den Hefter hin, doch der winkte lässig ab. Er meinte, die Fotos könne er auch im Büro begutachten, streifte sich die Kapuze seines Pullovers über und rappelte sich hoch.

Mit dem Hoodie und den abgelatschten Turnschuhen glich Lennart einem Sozialarbeiter, jener vertraute Typus, der an einen älteren Bruder denken ließ. Auf der Vorderseite seines Pullis klebte ein Bügelbild von Dana Scully und Fox Mulder, darunter stand in ausgefransten Buchstaben *Trust no one*. Er verschränkte die Arme und fragte Henry, wann das Opfer zu Hause angerufen habe.

»Um 22:06 Uhr.«

»Also kurz vor dem Unfall.«

»Genau.« Henry klappte den Hefter zu und kam aus der Hocke. »Ohne den Anruf hätte man wohl kaum eine toxikologische Untersuchung veranlasst.«

»Glaubst du ernsthaft, bei uns Normalos würden die das machen?«

»Was machen?«

»Na, auf blinden Verdacht hin so 'n kostspieliges Verfahren einleiten?«

»Sie hat am Telefon gemeint, ihr sei furchtbar übel.«

»Das passiert nun mal, wenn man zu viel trinkt.«

»Und der Schwindel und die Atemnot?«

Lennart schüttelte argwöhnisch den Kopf, und Henry wurde das Gefühl nicht los, seinem Kollegen drückte irgendwo der Schuh. Er verstaute den Hefter in der Tasche und bedachte ihn mit einer fragenden Miene.

Nicht ohne ein Seufzen, als würde Henry ihm eine Antwort abnötigen, sagte Lennart: »Wäre sie nicht die Tochter unseres lieben Bürgermeisters, würden wir nicht hier sein.« Er schob beide Hände in die Bauchtasche. »Was denkst du denn, weshalb Linda ihren Urlaub abbricht?«

Henry versuchte, den Vorwurf der Naivität zu ignorieren, und zuckte unschlüssig mit den Schultern. Er blickte zunächst Richtung Innenstadt, dann die Straße Am Erlkönig hinunter. Auf der einen Seite führten die Schienen der Tram in eine moderne Großstadt, auf der anderen dehnte sich das wilde Auenland gen Norden. Obwohl er jetzt anderthalb Jahre hier wohnte, erstaunte es ihn noch immer, wie rasch man von einer Welt in die nächste wechseln konnte. Die Demarkationslinie glich einem dünnen Band, und Caroline Meyer war ausgerechnet beim Überqueren dieser Grenze verunfallt.

Er wollte den Gedanken festhalten und tastete in seinem Jackett nach dem Notizbuch, da stieß Lennart ihn gegen den Oberarm und meinte, dass sein Magen furchtbar knurre. Er schlug ein zweites Frühstück vor, und sie begaben sich zum Wagen.

Lennart parkte seinen Fiat Bravo in der Karl-Liebknecht-Straße vor einer Bäckerei. Er entschied sich für zwei Croissants und einen Kaffee. Mit Blick auf Henrys einsamen Becher Schwarztee schob er ihm eines der Croissants über den Tisch. Henry lehnte dankend ab.

Nach zwei Minuten entfernte er den Teebeutel aus der Tasse, legte ihn auf einen Löffel und presste ihn mithilfe des Schnürchens zusammen. Während sich so die letzten Tropfen lösten, dachte er an Caroline Meyer. Die junge Frau wurde gerade über eine Magensonde versorgt. Plastikschläuche transportierten flüssige Nahrung in den Körper, was wiederum Magen und Darm in Bewegung hielt. Er riss ein schmales Alupäckchen auf und träufelte Zitronensaft in den Becher. Binnen Sekunden erhielt der Tee die Färbung, die Henry so mochte: einen goldgelben Ton wie der von Bernstein.

»Du gehst doch regelmäßig joggen, oder?«, fragte Lennart.

»Woher weißt du das?«

»Hat mir Linda erzählt.«

Henry nippte an seinem Tee.

»Hast du nicht Bock auf 'nen Urbanian Run?«

»Was soll das sein?«

Lennart schnippte einen Krümel vom Tisch. »Das ist ein Stadtlauf mit Hindernissen. Du musst über Mauern klettern oder unter Lkws hindurch kriechen.«

»Puh, das klingt gefährlich.«

»Nee, ist ganz harmlos. Wirklich.«

»Ich weiß nicht.«

»Wie, du weißt nicht?«

»Ich laufe immer bloß vorwärts.«

»Ach, Kilmer. Der nächste findet sogar in Berlin statt.«

»Heimat«, murmelte Henry hinter seiner Tasse. »Das verheißt nichts Gutes.«

»Etwa kein Bock aufs hippe Berlin?«

»Ich habe da nicht umsonst meine Koffer gepackt.«

»Hast wohl deine Rechnungen nicht bezahlt?«

Henry rang sich ein Grinsen ab.

Er und Lennart arbeiteten das erste Mal allein zusammen. Im letzten Jahr waren sie beide Teil einer Mordkommission gewesen. Einem Mann war die Kehle durchtrennt worden, ein anderer nicht mehr aus dem Koma erwacht. Henry tat sich schwer mit Bindungen außerhalb der Arbeit, und wenn dieser Fall ihm nicht alles abverlangt hätte, wären sich er und seine reguläre Partnerin kaum so nahe. Er öffnete sein Notizbuch und schrieb demonstrativ auf die letzte Seite: *Urbanian Run. Lennart Mikowski.* Sein Kollege lächelte breit, während Henry erneut den Spruch auf dessen Pullover las. *Traue niemanden.*

2

Alina Wagner stellte sich ans Fenster, prüfte ihr Telefon auf Nachrichten – noch immer nichts von ihm, kein Wort, kein Zeichen, nichts – und schaute hinaus. Draußen schien alles beim Alten und das bedeutete: Langeweile extrem. Auf dem Rabenstieg glomm das orangefarbene Licht der Laternen, und die Nachbarn hatten entweder die Gardinen vorgezogen oder die Jalousien heruntergelassen. Die Siedlung am Hausberg wirkte so lebhaft wie ein penibel gepflegtes Grab.

Alina kroch selten vor Mitternacht unter die Bettdecke. Meist vertiefte sie sich stundenlang in einen Roman oder lernte Texte fürs Theater auswendig, ohne dass sie dessen überdrüssig wurde. Ihr war bewusst, dass nur wenige Teenager ihre Hobbys mit einer solchen Hingabe pflegten. Im Grunde empfand sie schon den Begriff Hobby als Herabwürdigung. Fußball war ein Hobby oder Computerspielen, vielleicht sogar, sich beim Tanzen zu filmen und die Videos auf TikTok hochzuladen. Alina trieb dagegen Leidenschaft um, echte, brennende Leidenschaft, wofür sie bereitwillig Blut und Wasser schwitzte.

Sie schaute erneut auf ihr Telefon – wieder keine Nachricht – und ließ gefrustet die Jalousie abwärts. Der Anblick ihres Betts hob ihre Laune nicht. Auf der Tagesdecke lagen der Deutschhefter, ihre Federtasche und ein Haufen Materialien zum Leben von Ludwig Tieck. Sämtliche Schüler der 9b sollten zur nächsten Deutschstunde einen Text über das Leben des Romantikers verfassen. Wann geboren, wann gestorben? In welchem Jahr er was veröffentlicht hatte. Eine bloße Aneinanderreihung von Zahlen, eigentlich nichts anderes, als würde sie die binomische Formel anwenden. Bisher hatte sie nicht einen Stichpunkt zu Papier gebracht; obendrein hatte sie ihrer Freundin versprochen, den fertigen Aufsatz zu fotografieren und ihr zuzusenden. Ich schaffe das, hatte sie Sarah auf dem Schulweg versichert. Hundertprozentig.

Alina rutschte aufs Bett, steckte sich das Haar mit einer Spange hoch und warf sich eine Strickjacke über. Sie wünschte sich nichts sehnlicher, als dass das Display jetzt aufleuchten und eine Nachricht von ihm anzeigen würde. Ein schlichtes Hallo, ein Wie geht's dir? Oder eine Zeile aus seinem Stück. Aber das Display blieb schwarz und spiegelte allein einen Teil ihres Zimmers und ihrer Gestalt wider. Die Jacke war ihr mehrere Nummern zu groß, und wenn sie die Knöpfe schloss, sah sie darin aus wie eine Magersüchtige. Sarah hätte ihren Geschmack in Sachen Mode garantiert verspottet.

Sie raffte die Ärmel über ihre Hände und vergrub die Finger in den Stoff. Dann schob sie die unerledigten Hausaufgaben beiseite, bog die Beine in den Schneidersitz und betrachtete das Deckblatt des Theaterstücks. *Morella*, stand darauf. *Stückfassung Ben Schilling.* Zur Generalprobe am Mittwoch wollte sie den ganzen Text auswendig hersagen können, nicht nur ihren Text, sondern auch den der anderen.

»*Morellas Gelehrsamkeit war unergründlich*«, flüsterte Alina in die Stille des Zimmers hinein. »*Ihre vielseitige Begabung war geradezu übernatürlich.*«

Sieben Mädchen sollten Morella, die Heldin des Stücks, abwechselnd darstellen. Als Ben ihr den schwierigsten Part der Rolle gegeben hatte, hatte sie es zuerst nicht glauben wollen. Ausgerechnet sie. Ausgerechnet die Anfängerin. Daraufhin las Alina die Originalgeschichte von Edgar Allan Poe wieder und wieder, doch vieles erschloss sich ihr nicht. Sie fragte sich, inwieweit die Geschichte überhaupt Sinn machte. Oder was der Name Morella zu bedeuten hatte. Nach der letzten Probe, als ihre Mitspielerinnen bereits auf dem Heimweg gewesen waren, hatte Ben es ihr mit großer Geduld erklärt. Morella war eine Frau, die im Körper ihrer eigenen Tochter wiedergeboren wurde, ein bezauberndes Geistwesen und gleichsam ein Beweis dafür, dass die wahre Liebe selbst den Tod überdauert. Alinas Blick strebte von dem Text zum Telefon. Keine neue Nachricht, alles schwarz.

Sie raffte die Strickjacke übers Kinn und schubberte die Unterlippe am Kragen, ehe sie sich ein Glas Wasser holen ging.

Auf dem Weg in die Küche schmulte sie ins Wohnzimmer. Wie sie nicht anders erwartet hatte, war ihre Mutter auf der Couch eingeschlafen. In ihrem Gesicht das Fernsehgeflimmer, auf dem Sofakissen ein Speichelfleck und unterm Tisch eine Flasche Schnaps. Morgen früh würde Alina nichts von alldem vorfinden. So zeitig ihre Mutter zwischen den Polstern versank, so früh war sie wieder auf den Beinen. Der Schnaps würde im Schrank versteckt sein, ihr Atem nach Eukalyptus riechen und das Frühstück auf dem Küchentisch stehen. Alina schlich zurück ins Zimmer, und als sie das

Leuchten ihres Handys bemerkte, hätte sie beinahe das Glas Wasser fallen gelassen.

Sie stürmte zum Bett und schnappte sich das Telefon. Sarah hatte ein neues Video auf TikTok hochgeladen. Verdammt! Mit einem Gefühl zwischen Frust und Enttäuschung schaute sich Alina ihre weinende Freundin an. Das Video hatte sie mit einem Song von Helene Fischer garniert – Tränen plus schlechte Musik, das war Sarahs Lockstoff für Heerscharen gelangweilter User. Ihre melodramatische Darbietung war noch nicht zu Ende, da erreichte Alina eine Nachricht.

Hast du die HA fertig?

Alina verspürte nicht die geringste Lust, auf Sarahs Frage zu antworten. Sie schob das Telefon unters Kissen und hörte das Piepen, das eine neue Nachricht signalisierte. Einmal, zweimal, unentwegt Sarah, die wissen wollte, wie es um die Hausaufgaben stand. Alina ließ sich zurückfallen und legte sich den Handrücken auf die Stirn.

»*Morella*«, zitierte sie aus dem Gedächtnis, »*wo bist du? – Hier bin ich. – Oh, mein Kind, mein Liebling. – Höre! Ich werde sterben.*«

3

Als am Abend das Telefon klingelte, lag Henry ausgestreckt auf der Couch im Büro. Unter seinem Nacken ein Kissen, in den Händen ein Buch. *Geliebte im Blutrausch – ein Tatsachenbericht über die zweifache Mörderin Mary Pearcey.* Die Frau, die man 1890 durch den Strang hingerichtet hatte, war zeitweise verdächtigt worden, die berühmten Whitechapel-Morde verübt zu haben. Jill the Ripper, in Anlehnung an die männliche Variante namens Jack. Henry legte das Buch beiseite und schaute auf sein Handy.

Es war Linda Liedke, seine Kollegin und Partnerin. Er fand es seltsam, dass sie so spät noch anrief. Eigentlich hatte sie frei, und einer ihrer Grundsätze lautete: Dienst ist Dienst und Freizeit eben Freizeit. Henry stemmte sich in die Senkrechte und nahm ab.

»Wenzel hat sich bei mir gemeldet«, sagte sie. »Heute morgen!«

Lindas grimmiger Tonfall verriet ihm sogleich ihre Begeisterung. Henry waren die Bande zwischen Linda und seinem Chef ein Rätsel. Er vermutete, dass sie bereits einiges durchgemacht hatten. Feierlich wurde gern behauptet, die Polizeiarbeit würde die Kolleginnen und Kollegen zusammenschweißen. Aber Henry wusste längst, dass es mitnichten an den positiven Erlebnissen lag; ursächlich war vielmehr das Grauen, das einem begegnete. Die in Mülltüten versteckten Babyleichen. Die erfrorenen Obdachlosen. Die ungezählten Suizidanten. Der verstörende Rassismus unter den Kollegen. Ohne Linda an seiner Seite hätte Henry nach den Ereignissen des letzten Jahres womöglich den Dienst quittiert.

»Und wie waren deine Ferien?«, erkundigte er sich.

»Zu kurz, viel zu kurz.«

»Das tut mir leid.«

»Ach, du kannst nichts dafür.«

»Und was sagt deine Familie?«

»Stefan und Leonie sind an der Ostsee geblieben.«

»Allein?«

»Die kommen wunderbar ohne mich zurecht.«

Mit dem Telefon in der Hand erhob sich Henry und schlurfte zu seinem Arbeitsplatz. Er schaute über seinen und Lindas Schreibtisch hinweg und betrachtete die Fotos an ihrer Wand. Schnappschüsse von ihren Urlaubsreisen. Stefan, ihr Mann, Leonie, ihre Tochter, und Linda mittenmang. Unter den Füßen weißer Sand, im Rücken tosende Wellen. Familie Liedke in einem Zustand der Glückseligkeit, die er eventuell nie erfahren würde. Er wandte sich ab und rutschte mit dem Hintern auf seinen Tisch.

Linda, die offenbar wenig Vergnügen daran hatte, in Urlaubserinnerungen zu schwelgen, wechselte abrupt das Thema. Sie wollte über den aktuellen Fall aufgeklärt werden. Henry berührte die Tastatur seines Laptops und berichtete ihr, dass die Ärzte in Caroline Meyers Urin Spuren von Gamma-Butyrolacton entdeckt hatten.

»Sind das diese K.-o.-Tropfen?«

»Ja, eine Variante. GBL wird erst im Körper zu GHB umgewandelt.«

»Ich verstehe nur Bahnhof.«

»GHB oder Liquid Ecstasy ist verboten, GBL findest du dagegen in Reinigungsmitteln.«

»Okay, und was hatte Caroline Meyer nun intus?«

»Die selbst gepanschte Variante.«

»Und sie kam mit dem Fahrrad von Schloss Thalstein?«

»Genau. Dort wurde das Probenende für das neue Stück gefeiert.«

»Gehört die Frau zum Ensemble?«

»Sie arbeitet dort als Regieassistentin. Zurzeit studiert sie in Leipzig.«

Henry hörte durchs Telefon, wie Linda eine Flasche Wein entkorkte.

»Waren denn viele auf der Feier?«

»Neben den Angestellten etwa fünfzig Besucher.«

»Ich kotz ab. Das klingt nach Klinkenputzen.«

»Einige der Schauspieler sind minderjährig, waren also mit ihren Eltern da.«

»Gut, das reduziert wenigstens unsere Hausbesuche.«

Henry öffnete per Mausklick ein Dokument und sandte einen Befehl an den Drucker. Er aktivierte die Freisprechfunktion am Telefon, und während er die Wand hinter seinem Schreibtisch beäugte, lauschte er Lindas Vorfreude aufs Klinkenputzen. Wie das Kratzen einer oft gehörten Schallplatte drang ihre Stimme in sein Ohr. Der Klang beruhigte ihn. Er zupfte das Fotopapier aus dem Drucker und zwei Pinnnadeln aus einem Schälchen.

»Und was treibst du gerade?«, fragte sie unvermittelt.

»Bloß das Übliche.«

»Also zu Hause vor der Glotze abhängen?«

Er lachte. »Ja, so ungefähr.«

»Dir würde ich zutrauen, dass du noch im Büro bist.«

»Dienst ist Dienst und Freizeit eben Freizeit.«

»Oh, seit wann zitierst du mich?«

Er sparte sich eine Antwort und pinnte den Ausdruck an die Wand. Es war der Abend des 9. November, und Henry Kilmer starrte auf das Foto einer Beinahetoten.

DIENSTAG

1

Linda Liedke steuerte ihren VW Passat über die Erlanger Allee. Aus den Boxen raunte Chris Rea seinen Song *King of the Beach*, während Henrys Aufmerksamkeit der Akte Caroline Meyer galt. Sie wusste, dass er kein offizielles Dokument auf dem Schoß hielt, sondern eine Kopie, die im Lauf der Ermittlungen zu einem dicken Ordner anwachsen würde. In jedem Polizisten mit gesunder Verantwortung musste eine solche Akte Skepsis hervorrufen. Tatortfotos, Ermittlungsstände, vertrauliche Zeugenaussagen – das alles hatte im Privatleben eines Kriminalisten nichts verloren. Henry übertriebenen Ehrgeiz vorzuwerfen, hatte Linda längst aufgegeben. Sie hoffte einfach, er würde seine Sammlung wenigstens als etwas Verbotenes betrachten, als etwas, das nicht für die Augen Dritter bestimmt war.

Unter Chris Reas rauchiger Stimme schweiften Lindas Gedanken ab. Rechter Hand erstreckte sich das Plattenbaugebiet zwischen der A4 und den Kernbergen. Hohe Birken flankierten die Häuser, deren pastellfarbene Fassaden das einstige Einheitsgrau vergessen machen sollte. In den Höfen befanden sich mickrige Grünflächen, darauf Bänke und Spielplätze; die Gebäude ringsum hielten jedes Sonnenlicht fern. Für Linda waren das scharfkantige Schattenreiche. Vor vier Jahren hatte sie dort in einem Mordfall ermittelt. Eine schwangere Frau war von ihrem Freund erstochen worden. Der Täter ein Angestellter vom Ordnungsamt, Auslöser der Tat eine Packung sauer gewordene Milch. Bei dem Gedanken daran verspürte Linda den gleichen Frust, den Wenzels Anruf gestern bei ihr ausgelöst hatte. Sie fühlte sich nicht bereit für einen neuen Fall und stünde jetzt viel lieber in gelben Gummistiefeln auf einer Ostseedüne.

»Drei Leute für so 'ne läppische Geschichte«, stieß sie hervor. »Die Meyer kann sich das Zeug auch selbst verabreicht haben.«

»Weshalb sollte sie das tun?«

»Was weiß ich?« Sie hob die Schultern. »Vielleicht für 'nen mordsmäßigen Kick.«

»Einen, der sie ins Koma befördern sollte?«

»Du, ich hab mich belesen. Richtig dosiert verursacht das Zeug ganz andere Dinge.«

Henry nickte ihre Vermutung lediglich ab. Er widmete sich wieder seiner Akte, und Lindas Passat rollte von der Straße Am Anger auf den Parkplatz der Polizeiinspektion. Sobald sie den Wagen eingereiht hatte, öffnete sie die Tür einen Spalt und steckte sich eine Zigarette an.

»Eigentlich gut, dass Wenzel uns Lennart aufgedrückt hat.« Sie inhalierte tief und schaute zum Fenster hinaus. »Zu dritt kriegen wir das bestimmt gebacken.«

Es war kurz vor sieben, und auf dem Parkplatz erwachte eine alltägliche Geräuschkulisse. Autotüren wurden geschlossen, Begrüßungen einander zugeworfen. Polizisten, die nicht anders gähnten als Diebe und Kinderschänder, schlurften ins Hauptgebäude.

Linda musterte ihren Partner von der Seite. Henrys Gesicht hing über seiner Akte und war so ausdruckslos wie sein lehrerhaftes Jackett und seine schwarze Jeans.

Sie schnipste ihn gegen den Ellenbogen und blinzelte ihm zu. »Ich freu mich, mit dir unterwegs zu sein. So hat die ganze Sache auch was Gutes.«

Unter seinen buschigen Brauen zeigte sich ein Lächeln. Ein Henry-Kilmer-Lächeln, verkniffen und ein wenig knabenhaft. Sie lehnte sich zurück und versuchte, die Akte auf seinem Schoß zu ignorieren.

2

Bettina Wagner klopfte sachte an die Zimmertür ihrer Tochter. Sobald ein gequältes »Ja« nach draußen drang, ließ sie ab und kehrte in die Küche zurück.

Über die Anrichte gebeugt, schmierte sie Alina die Schulbrote. Seit ihre Tochter auf Wurst und Fleisch verzichtete, machte sie ihr zwei Brote mit Käse und Salat und einer extradünnen Schicht Butter. Natürlich wusste sie, dass sie einem vierzehnjährigen Mädchen nicht mehr den Pausenlunch hätte zubereiten müssen. Bettina hatte einfach Sorge, Alina würde ohne diesen mütterlichen Dienst nicht nur aufs Fleisch verzichten, sondern dem Essen ganz und gar entsagen. Sie verstaute die Brote in eine Tupperware und die Tupperware wiederum in einen Beutel, dazu noch einen Apfel und zwei Euro für den Getränkeautomaten. In der neunten Klasse schlenderte man nicht mehr mit einem Trinkpäckchen über den Schulhof; das hatte Alina ihr nicht zu erklären brauchen.

Bettina räumte das Messer ins Spülbecken und lehnte sich gegen die Anrichte. Mit der Rechten umklammerte sie die Arbeitsplatte, mit der Linken strich sie sich ein paar lose Strähnen hinters Ohr. Erst vor zwei Wochen hatte sie sich das Haar über der Badewanne gefärbt. Gut gewollt, aber schlecht gekonnt – wie sie sich selbst eingestand. Sie schämte sich ihrer kraftlosen Haare und wusste gleichzeitig, dass diese Empfindung töricht war. Um ihrem Haar zu Schwung und Vitalität zu verhelfen, schluckte sie regelmäßig diverse Kapseln. Vita-

26

min ACE. Biotin. Auch Eisenpräparate gehörten zur täglichen Ration. Bisher hatte nichts geholfen.

Sie spreizte Daumen und Zeigefinger und rieb sich über die Wangenknochen. Immerhin konnte sie jetzt im November eine Mütze tragen, ohne dass es die Nachbarn verwunderte. Ihr halbes Leben hatte Bettina als Lehrerin für Sport und Geografie gearbeitet, auf einem Gymnasium mit überfüllten Klassen und einem Haufen unbezahlter Überstunden. Sie kannte die Anspannung, wenn auf einem die Blicke anderer lasteten, wenn das Getuschel nicht enden wollte. Bevor sie die Gedanken an diese grauenhafte Vergangenheit einlullten, ermahnte sie sich und stellte das Geschirr auf den Tisch. Zwei Teller, zwei Tassen, zwei Messer.

Morgenroutine.

Aus dem Flur wurden die Schritte nackter Füße auf Linoleum hörbar. »Flatsch, flatsch, flatsch.« Dann knackte das Schloss in der Tür zum Badezimmer. Das Rauschen des Wassers verriet Bettina, dass ihre Tochter unter der Dusche war und die nächsten Minuten im Bad verbleiben würde.

Rasch huschte sie durch den Flur in Alinas Zimmer. Die Einrichtung hatte sie vor drei Jahren gekauft, als ihre Tochter von der Grundschule aufs Gymnasium gewechselt war. Das Schlafsofa war mittlerweile durchgesessen, die Polster an den Ecken weich und formlos. Sie schlug das Bettzeug auf und warf eine Tagesdecke darüber. Neben dem Sofa entdeckte sie eine Strickjacke, die ihr völlig fremd war. Sie hielt die Jacke gegen das Licht und fragte sich, woher der Fetzen stammen mochte. Das graue Ding war Alina viel zu groß, obendrein entsprach es überhaupt nicht ihrem Geschmack.

Das Bild Wollmützen tragender Mädchen blitzte in ihr auf. Heutzutage trugen Teenager Mützen und Schals, die den Anschein erweckten, sie wären von Oma persönlich gestrickt worden. Wofür man sich in Bettinas Jugend noch geschämt hatte, war nun im Trend.

Nachdem sie sich vergewissert hatte, dass die Dusche noch lief, inspizierte sie den Schreibtisch. Überall fanden sich Hinweise auf Alinas neue Leidenschaft: das Theater, die Bühne. Kopien alter und neuer Stücke lagen auf ihren Schulsachen. Mit einem Stift markierte Textstellen konkurrierten mit zugeschlagenen Bio- und Physikbüchern. Dazwischen lauter Bilder und Fotos, die ihrer Tochter zufolge der Rollenfindung dienten. Eines zeigte eine sterbende Frau, über die sich ein bärtiger Mann neigte, ein anderes ein Grabgesteck, dessen Blüten aus bleichen Gesichtern geformt waren. Auf einem Foto erkannte sie Daphne, eine Figur aus der Serie *Bridgerton,* in deren Rehaugen eine schmerzhafte Sehnsucht lag. Früher war Alinas Leidenschaft fürs Theater noch ein Gesprächsthema zwischen ihnen gewesen. So hatte ihre Tochter ausschweifend von einer Schulaufführung geschwärmt, in der sie die Rolle einer Bäuerin spielen durfte. Bettina erinnerte sich sogar an den Titel des Stücks: *Die schwarze Spinne.* Leider hatte sie es aus Zeitgründen zu keiner einzigen Aufführung geschafft.

Mit routiniertem Blick stöberte sie auf dem Schreibtisch nach Alinas Handy, wurde jedoch nicht fündig; dann inspizierte sie das Bett, was ebenso erfolglos war. In ihr wuchs der Verdacht, ihre Tochter wollte das Telefon vor ihr verstecken. Vielleicht hatte sie es auch ohne jeden Hintergedanken mit ins Badezimmer genommen. Ein Vielleicht war eines der Argumente, die Mütter gern als letzte Ausflucht bemühten. Damit hatte Bettina während ihrer aktiven Dienstzeit genügend Erfahrung gemacht. Vielleicht hat mein Sohn seinen Turnbeutel in der Hektik vergessen. Ausgerechnet der Dicke, der sich vor den anderen Jungen genierte. Vielleicht hat meine Tochter das Schwimmzeug im Bus liegen gelassen. Ausgerechnet das Mädchen, das sich ihrer Neurodermitis schämte. Vielleicht hatte Alina auch bloß im Bad ihre Lieblingsmusik hören wollen. Ja, redete sich Bettina zu, das klang absolut glaubwürdig.

Als das Plätschern der Dusche verstummte, unterbrach sie ihre Suche und huschte zurück in die Küche. Dort mimte sie die Beschäftigte, indem sie das Spülbecken abwischte. Nachdem sich die Badezimmertür geöffnet hatte, schallte Alinas Stimme durch den Flur.

»Mutti!«

»Ja, mein Schatz?«

»Bist du in meinem Zimmer gewesen?«

»Ja. Aber nur kurz.«

Kein Protest vonseiten der Tochter. Allein Alinas Frage hatte genügt, um Bettina ihren Grenzübertritt zu verdeutlichen, ihre Neugier, ihr heuchlerisches Verhalten. Bist du in meinem Zimmer gewesen? Meins und deins – klarer ließ sich eine Grenze zwischen zwei Menschen wohl nicht ausdrücken. Womöglich gehört dieses Spiel zum Erwachsenwerden dazu, dachte Bettina. Mütter, die in den Zimmern ihrer Kinder stöbern, und Kinder, die deren Schnüffelei mit rollenden Augen erdulden. Bisher war ihr nie ein Kind begegnet, das einen Schlüssel für das eigene Zimmer besaß. Wer wusste schon, wie viele Kinder später ausgezogen wären, wenn Eltern stets ihre Privatsphäre akzeptiert hätten? Zugängliche Zimmer garantierten die Abnabelung. Doch Bettina wollte nicht, dass Alina den Rabenstieg verließ, jedenfalls nicht in naher Zukunft. Also musste sie ihrer Tochter ein Türschloss besorgen.

Sie speicherte den Gedanken ab und warf zwei Scheiben Brot in den Toaster. Dann setzte sie sich. Vor ihr ein Teller, auf dem Platz ihrer Tochter ebenso. Neben dem Glas Marmelade lag der Beutel mit dem Lunchpaket. Während sie auf Alina wartete, dampfte in ihrer Tasse der Kaffee.

Ihre Tochter betrat auf Socken die Küche, kein Guten Morgen, kein Blickkontakt. Stattdessen stellte sie stillschweigend ihren Rucksack ab, stopfte den Beutel hinein und verließ den Raum wieder. Bettina war kurz davor, ihr hinterherzurufen. Ob sie denn keinen Hunger habe? Wann sie zu Hause sei? Was sie zum Abendbrot essen wolle? Genau wie früher – in einem Tonfall zwischen Appell und freudiger Erwartung.

Aus dem Flur drang das Ratschen, das die Reißverschlüsse ihrer neuen Stiefel verursachten. Alina rief »Bis nachher«, und Bettina versuchte zu lächeln. Ein Abschied in Worten, wenigstens etwas.

3

Frank Wenzel, der Leiter der Kripo Jena, verwehrte seinen Teams das gewohnt schiefe Grinsen. Er strich seine Krawatte glatt und neigte sich über den Tisch. »Wir haben November, bekanntlich ein Monat der Depressionen und anderer Wehwehchen.«

Daraufhin eine Pause, in der Wenzel seine Mitarbeiter der Reihe nach fixierte. Ein kurzer Moment Auge in Auge mit dem Haifisch. Seine Geste wurde von den Beamten auf unterschiedlichste Weise quittiert: Nico Kretschmar, der Wenzel am nächsten saß, schien das Opfer einer Genickstarre; ohne Unterlass stierte er auf seine Kaffeetasse. Drei Kollegen taten beschäftigt, indem sie eifrig ihre Materialien sortierten oder an ihrer Nagelhaut pulten. Linda erkannte das erlernte Duckmäusertum aus Schulzeiten. Den ganzen Vormittag lang hätte sie dem Schauspiel zusehen können. Eva Matschik, eine der härtesten Polizistinnen auf Jenas Straßen, betrachtete einen Einkaufszettel, als verlange das ihre ganze Konzentration. Lennart Mikowski formte mit gespitzten Lippen ein lautloses Pfeifen. Auch das ein Relikt aus Schulzeiten, diesmal das Gehabe der Aufmüpfigen.

Henry, der neben Linda saß, blickte zum Fenster, als würde er ungeniert vor sich hinträumen. Wer ihn kannte, wusste jedoch, dass sich darin kein mangelnder Respekt offenbarte und schon gar kein Defizit in Sachen Aufmerksamkeit. Beidhändig hielt er eine Tasse Schwarztee umschlossen, indes der Dampf sich unter seiner Nase kräuselte und seine Ohren auf Empfang gestellt waren.

Bevor Wenzels Schweigen die Geduld der Belegschaft überreizt hätte, ergriff Sabrina Erdmann das Wort. Mit Ausnahme von Linda ließ die Runde ein kollektives Aufatmen verlauten. Sabrinas Team bearbeitete gerade den Angriff auf einen Busfahrer. Das Opfer war mit einer Flasche niedergestreckt und anschließend von mehreren Männern verprügelt worden. Das lädierte Gesicht des Busfahrers zierte das Titelblatt jeder thüringischen Tageszeitung. Natürlich wurde das Bild dafür genutzt, elementare Fragen bei den Lesern hervorzurufen: Wie sicher ist Busfahren heute? Brauchen wir mehr Überwachung? Haben die Täter vor dem Angriff ein Ticket gelöst? Die mediale Resonanz war eines der Kriterien, nach denen Wenzel die Wichtigkeit eines Falls einzustufen pflegte.

Team 3 unter Leitung von Nico Kretschmar widmete sich einer Einbruchserie. Der Umfang des Aktenmaterials war mittlerweile legendär. Die Täter bedienten sich der immer gleichen Methode. Stets waren Wohnungen am Stadtrand ausgesucht worden, stets verschafften sich die Einbrecher Zugang über die Terrasse. Trotz der miesen Aufklärungsquote zeigte Wenzel kein Interesse an dem Fall.

Erst als Linda von Caroline Meyer zu sprechen begann, regte sich sein Gesicht. Inmitten ihrer Ausführungen verkündete er lautstark, was für ihn das Gebot der Stunde war. Er werde keine Krankschreibungen dulden, solange die Sache nicht vom Tisch sei. Mit keinem Wort erwähnte er, dass das Opfer die Tochter des Bürgermeisters war oder dass er gern mit dem Herrn

Papa im Ratskeller dinierte. Ebenso wenig erinnerte er daran, welchen geringen Stellenwert der Missbrauch von K.-o.-Tropfen angesichts der jüngsten Crystal-Meth-Toten besaß. Stattdessen bekräftigte er nur den Verbleib von Lennart Mikowski im Team 2.

»Wieso braucht das Team für eine einfache Befragung einen dritten Mitarbeiter?«, wollte Eva Matschik wissen.

Die Frage war noch nicht verhallt, da sah Linda bereits die Vorderzähne des großen Hais aufblitzen.

»K.-o.-Tropfen«, sagte Wenzel mit aller Schärfe, »die Vergewaltigungsdroge! Können Sie sich vorstellen, was passiert, wenn das die Presse aufschnappt?«

»Bisher ist nicht geklärt, ob überhaupt ein Verbrechen vorliegt.« Eva bewies Standfestigkeit und blieb ruhig. »Eventuell haben wir es hier mit einem Fall von Eigenverschulden zu tun.«

»Na klar«, bellte der Kripoleiter. »Und der Papst trägt Strapse.«

»Liquid Ecstasy ist eine Droge wie jede andere. Richtig dosiert verursacht es wunderbare Rauschzustände.«

Gespannte Stille von Wenzels Schreibtisch bis hin zu den Essensresten im Mülleimer. Er konnte dem nichts entgegensetzen. Hauptkommissarin Matschik hatte mehrere Jahre im Leipziger Drogenmilieu ermittelt, nur wenige waren mit dieser Thematik besser vertraut.

Wenzel nahm einen Schluck Kaffee und lehnte sich zurück. Linda glaubte, ihn grinsen zu sehen. Schließlich sagte er zu ihr, Henry und Lennart: »Wenn ihr Fragen habt, wendet euch an Frau Matschik. Sie weiß ja anscheinend bestens Bescheid.« Er strich sich die Krawatte glatt und erhob sich. »Und übrigens, der Kaffee ist eine Beleidung für jeden hart arbeitenden Polizisten.« Dann im Abgang tatsächlich ein kurzes, selbstgefälliges Grinsen.

4

Alina fiel keine Antwort ein, die ihre Freundin hätte zufriedenstellen können; selbst der Ratschlag, sie solle das nächste Mal ihre Hausaufgaben allein machen, erschien ihr unpassend. Letztlich war sie von Sarah gefragt worden, ob sie die Aufgabe erledigen würde, und Alina hatte brav eingewilligt. Niemand hatte sie dazu zwingen müssen.

»Sorry«, sagte Alina kleinlaut. »Irgendwie habe ich das verpeilt.«

»Das habe ich gemerkt«, entgegnete ihre Freundin und rief ihr den gestrigen Abend ins Gedächtnis zurück.

Zweimal hatte Sarah sie über WhatsApp an ihre Abmachung erinnert, doch Alina hatte nicht reagiert. Nicht weil sie es verpeilt hätte oder ernsthaft verhindert gewesen wäre, sondern schlichtweg aus Trotz.

»Tut mir leid, ich habe deine Nachrichten erst heute Morgen gesehen.«

»Komisch«, erwiderte Sarah. »Mir wurde angezeigt, du hättest sie gelesen.«

»Ja, echt komisch.«

Sie liefen die Karl-Liebknecht-Straße hinunter, und der strahlend blaue Himmel täuschte eine andere Jahreszeit vor. Es war weder ein herrlicher Sommertag, noch würde es einer werden, zumindest nicht für das nächste halbe Jahr. Alina zerrte sich die Wollmütze über die Ohren und hoffte, Sarah würde das Thema nicht auswalzen.

Seit einem halben Jahr trug ihre Freundin einen Pagenschnitt. Auf ihrem Wunsch hin war der Pony schräg geschnitten worden, sodass die rechte Seite die Augenbraue berührte, während die linke knapp unterm Haaransatz endete. Mit dieser Frisur fanden die Jungen sie nicht mehr bloß süß; jetzt versprach Sarahs Look auch etwas Wildes. Ein hübscher Backfisch, wie es manchmal in alten Texten hieß.

»Ist ja auch egal«, sagte Sarah mit einem Lachen.

»Ich weiß nicht«, gab Alina zu bedenken. »Frau Halberstedt kann ziemlich streng sein.«

»Sie wird mir schon keinen Eintrag geben. Sind doch nur Hausaufgaben.«

»Bist du dir sicher?«

»Risiko. So spielt das Leben.«

Einige Jungen trotteten vorbei, grüßten mit falscher Lässigkeit, und die Mädchen hoben ebenfalls die Hände. Ohne ein Kichern, ohne ein Lächeln, fast schon gelangweilt. Alinas Hand war unwillkürlich Sarahs gefolgt; aus eigener Motivation hätte sie den Gruß wohl niemals erwidert. Sobald die Jungen durch die Tür waren, drängten sie sich auch ins Schulgebäude.

Im Klassenraum herrschte die vertraute Lethargie am Morgen. Deutsch bei Frau Halberstedt. Alina setzte sich in die Fensterreihe, Sarah in die Wandreihe. Sie sah ihre beste Freundin mit der Banknachbarin tuscheln, ein Anblick, der in Alina einen Stich von Eifersucht verursachte. Vor den beiden lag jeweils ein rosa Hefter, daneben jeweils eine rosa Federtasche. Alina hasste die Farbe Rosa – oder Pink, wie ihre Mitschülerinnen fälschlicherweise jeden rosa Ton nannten.

Während Frau Halberstedt die Tafel abwischte, flüsterten die Mädchen unbekümmert weiter. Sarah schob sich die Hand in den Nacken und rollte mit den Augen. Ganz wie eine Prinzessin, der man den neuesten Tratsch anvertraute. Dieses Gestenspiel machte sie meist, wenn sie sich beobachtet fühlte, und hier zwischen all den Jungs fühlte sie sich andauernd im Fokus ihrer Verehrer. Der Klassenraum bot Sarah eine Bühne, und Alina war dankbar dafür, dass sie kein Interesse an einer anderen Bühne zeigte. Das Theater im Schloss Thalstein war zu klein für einen Pagenkopf.

Noch ehe Frau Halberstedt das Wort an die Klasse richtete, fasste Alina einen Entschluss. Sie öffnete ihren Hefter, nahm den Aufsatz über Ludwig Tieck heraus und faltete ihn zusammen. Auf den Brief schrieb sie die Initialen ihrer besten und einzigen Freundin, dann ließ sie den Brief in die Wandreihe reichen. Sowie Sarah ihn empfangen hatte, schaute sie zum Fenster hinaus. Eine Schar Krähen flog an der Schule vorbei in Richtung Ostfriedhof. Alina mochte Krähen. Und Raben. Und auch Tauben. Sie mochte generell Vögel, denen andere gern den Tod wünschten.

Wenig später wurde Alina für ihre Geduld belohnt. Ricardo, der hinter ihr saß, streckte ihr einen Zettel zu. *Du bist die Beste*, war darauf geschrieben. Sie blickte in die Wandreihe und sah voller Genugtuung, wie Sarah ihr zulächelte. Es war das Lächeln der Schönen. Erhaben und arrogant zugleich. Alina griente zurück und hoffte, Frau Halberstedt würde sie nicht wegen der Hausaufgaben aufrufen.

5

Uniklinikum Jena. Linda schob beide Hände in ihre Lederjacke und spähte durch die verglaste Tür ins Krankenzimmer. Zunächst rührte sie Caroline Meyers bloßer Anblick kaum. Die Bettdecke war ihr bis unter das Kinn gezogen worden, die Haare verteilten sich auf dem Kopfkissen wie von der Sonne ausgedörrte Algen. Linda hätte nicht sagen können, mit welchem Schwung Caroline normalerweise durch die Welt ging; sie kannte weder ihre Stimme noch ihre Gangart, weder ihre Gesten noch ihr Mienenspiel. Es war, als hätte die Frau nie woanders gelegen, nur in dem pastellfarbenen Zimmer, stets in der Schwebe zwischen Leben und Tod.

Linda erfasste die vielen Geräte, die neben dem Bett standen. Weiße und graue Kabel führten von einer Buchse in eine andere, auf einem Monitor blinkten elektronische Signale. Kurven, Zahlen, obskure Werte. Nichts von alldem wusste Linda zu deuten. Ihre Augen folgten den Plastikschläuchen, die sich Caroline über Mund und Nase in den Schädel bohrten. Diese durchsichtigen Würmer penetrierten die Patientin, ob sie wollte oder nicht, und das ließ Linda letztlich doch erschaudern.

»Ich hasse Krankenhäuser.«

»Wundert mich, dass du überhaupt mitgekommen bist«, sagte Henry.

»Ja, ich bin selbst verblüfft.«

Sie wandte sich von der Tür ab, worauf Henry ihren Platz einnahm. In der Rechten hielt er sein Notizbuch, in der Linken einen Bleistift. Ohne ein Anzeichen von Scham schrieb er wohl das nieder, was Linda gerade mit eigenen Augen gesehen hatte. Er stierte ins Zimmer und führte blind den Stift. Die Kälte, die seine Konzentration ausstrahlte, beschämte sie; vergeblich suchte sie unter seinen buschigen Brauen eine Regung des Mitgefühls.

»Furchtbare Situation«, sagte sie. »Nicht tot und nicht lebendig.«

Henry nickte unbestimmt.

»Lässt dich der Anblick denn kalt?«

»Nein, garantiert nicht.«

»Aber wenn ich dich so ansehe ...«

»Das ist das Einzige, was ich im Moment tun kann«, erklärte er ruhig. »Mir Notizen machen. Aufschreiben, was mir wichtig erscheint. Beobachten.«

Vielleicht, dachte Linda, hat Henry in diesem Punkt nicht unrecht. Seine Akribie bot wenigstens die Möglichkeit, irgendwann aus dem starren Bild der Patientin das lebendige Porträt einer Frau zu formen. Caroline Meyer. Studentin der Theaterwissenschaft. Regieassistentin am Schloss Thalstein. Ein Mensch mit eigener Geschichte und eigenen Bedürfnissen, ein Mensch, der nicht bloß die Ängste einer Polizistin widerspiegeln sollte.

»Hast du 'ne Ahnung, wofür diese ganzen Schläuche sind?«

»Ich schätze, darüber wird sie ernährt.«

»Auch der große da?«

»Der ist für die künstliche Beatmung.«

Lindas Hand fuhr in die Innentasche ihrer Jacke und berührte die Schachtel Zigaretten. In Gedanken sah sie eine tiefschwarze Lunge, die binnen Sekunden zu einer schrumpeligen Traube verkümmerte. Ungefähr so stellte sie sich auch das Endstadium von Lungenkrebs vor. Schlichtweg keine Luft mehr zu bekommen, erschien ihr als die übelste aller Todesarten. Lebendig begraben zu sein. Über ihre eigenen Gedanken entsetzt, wandte sie sich von der Tür ab.

Ein Mann, etwa Anfang fünfzig, kam in Begleitung einer Pflegerin den Gang hinunter. Linda und er nickten einander zu, während Henry unverändert an der Scheibe klebte. Mit einem dezenten Räuspern versuchte sie, ihn aus dem Tunnel zu holen.

Von ihrem Partner allerdings keine Reaktion.

»Henry?«

Sie zupfte ihn unauffällig am Ellenbogen.

»O Verzeihung.« Er vollführte eine Drehung und blickte den Mann direkt an.

Dessen Gesicht offenbarte keinerlei Interesse an jedweder Form der Kommunikation, stattdessen drückte es unverhohlen Ärger und Missbilligung aus. Er fixierte Henry so lange, bis der ihm bereitwillig die Tür öffnete. Nachdem er im Zimmer verschwunden war, zog die Pflegerin ein Rollo vor die Scheibe.

»War das ihr Vater?«, flüsterte Henry.

»Ja«, antwortete Linda. »Unser lieber Herr Bürgermeister.«

Um Viertel nach elf empfing Professor Dr. Maillard sie in seinem Büro. Anstelle eines weißen Kittels oder einer grünen Vollmontur trug der Oberarzt einen Dreiteiler mit dunkelblauer Fliege. Auch das Zimmer entsprach nicht der Vorstellung, die Linda vom Büro eines leitenden Arztes hatte. Auf dem Schreibtisch thronte eine Petroleumlampe mit Bronzefuß und Glasschirm, an den Wänden hingen die gerahmten Postkarten verwitterter Bauwerke.

»Das ist eine Maison de Santé in Südfrankreich«, kommentierte Maillard, während Linda eines der Bilder betrachtete. Auf ihren fragenden Blick hin präzisierte er: »Eine Nervenheilanstalt aus dem neunzehnten Jahrhundert.«

»Und das?«

»Ein Tollhaus für Arme.«

»Irgendwie makaber, finden Sie nicht?«

»Weil die Fotos so schön sind?« Er nahm hinter seinen Schreibtisch Platz. »Oder weil ich sie hier aufgehängt habe?«

»Die Bilder an sich«, sagte Linda. »Womit Sie Ihr Büro schmücken, ist ganz Ihre Sache.«

Unter seiner filigranen Nickelbrille formte sich ein Lächeln, das nicht zu seinem Auftreten passte und noch weniger in dieses Zimmer.

»Ist das in Berlin?«, fragte Henry von der anderen Seite des Raums.

»Ja, war mal eine Klinik für Gemütskranke.«

»In Schöneberg, oder?«

»Woher wissen Sie das?«

»Der Herr Kilmer kommt aus Berlin«, antwortete Linda für ihren Partner. Sie dachte, dass das jetzt der passende Zeitpunkt war, um allen den Anlass ihres Besuchs zu vergegenwärtigen. Eine Frau lag im Koma, und der Chef der Kripo schlug die Alarmglocke.

Professor Maillard erklärte ihnen, was sie zumindest vermutet hatten. Caroline Meyer sei alkoholisiert gewesen, nicht besonders stark, der Bluttest habe einen Wert von 0,6 Promille ergeben. Das GHB sei sowohl im Urin als auch im Blut der Verunfallten nachgewiesen worden. Das heiße de facto, die Droge könne höchstens sechs Stunden vor ihrer Einlieferung in den Körper gelangt sein.

»Grob geschätzt«, ergänzte Maillard.

»Und wie lange wird Frau Meyer im künstlichen Koma bleiben?«, fragte Linda.

»Eine Langzeitnarkose bedeutet nicht, dass wir einen Anschalter bedienen, und alles ist in Ordnung. Frau Meyer hat ein schweres Schädel-Hirn-Trauma erlitten, wir mussten ihren Körper herunterfahren. Ihre Temperatur liegt aktuell bei 34 Grad, ihr Stoffwechsel ist verlangsamt. Wenn sich ihre Werte verbessern, leiten wir die Aufwachphase ein. Allein die kann mehrere Tage dauern, schlimmstenfalls sogar Wochen.«

Die nüchternen Worte des Spezialisten verschlugen Linda die Sprache. Ausgerechnet in der Galerie seiner morbiden Fotografien hoffte sie, Zerstreuung zu finden.

»Professor Maillard.«

»Ja?«

»Glauben Sie, dass es heute weniger Verrückte gibt als damals?«

6

Keinen Menschen schlagen zu können, heißt nicht, keinen Menschen verletzen zu können. Das sind zwei Paar Schuhe.

Wenn du am Boden zerstört bist, malst du dir allerlei Todesarten aus. Von einer simplen Vergiftung bis zum Hungertod, vom Erhängen bis zur Feuerstrafe. Lebendig begraben werden, wie es in Edgar Allan Poes Bericht geschildert wird, oder auf einem Ozean, schiffbrüchig und umgeben von Wasser, verdursten müssen. Diese Todesart findest du beinahe schon amüsant. Da schreit der Mensch nach dem Salz in der Suppe, bekommt ein ganzes Meer und stirbt. Manchmal glaubst du, das Schicksal triebe seine Späße mit den Menschen.

In deiner Kindheit erzählte dir dein Großvater von einer chinesischen Foltermethode. Er war ein Mann, der ein Gespür für anschauliche Details hatte, ein Mann des Wortes und der Anekdote. Ein geborener Schwätzer. Wäre er nicht so ein Feigling gewesen, hätte er's weit gebracht, womöglich bis in die Politik.

Er berichtete dir von Strafgefangenen, die durch die Hölle gingen. Zunächst wurde ihnen der Schädel kahl geschoren, danach auf der nackten Haut ein Stück Leder geglättet. Nasses Leder, das sich perfekt an jede erdenkliche Kopfform schmiegt. Sofort dachtest du an die Badekappe, die du im Schwimmunterricht tragen musstest. Fast hättest du laut aufgelacht, weil das Bild – du mit Glatze – doch ziemlich ulkig war. Dein Großvater ließ sich davon nicht beirren. Sachlich beschrieb er, wie die Folterknechte das Leder auf dem Schädel strafften und es mithilfe eines Riemens unter dem Kinn festschnürten. Zwischen Haut und Leder war nun kein Millimeter Luft. Um dir dieses Nichts zu verdeutlichen, presste dein Großvater seinen Mittelfinger auf den Daumen.

»Sieht du das?«, fragte er. »Nicht mal Platz für das dünnste Schlitzaugenhaar.«

Du zeigtest brav ein erstauntes Gesicht, worauf dein Großvater bedeutungsschwer nickte. Damit das Leder rasch trocknete, wurde der Gefangene in die pralle Sonne gesetzt. Sein Haar begann wieder zu sprießen und traf schon bald auf ein Hindernis.

»Doch die Haare wachsen weiter«, erklärte dein Großvater, »immer weiter.«

Später hast du irgendwo gelesen, dass selbst das Haar von Verstorbenen nicht zu wachsen aufhört. Im Vergleich mit menschlicher Haut ist Kuhleder viel robuster, und die Haarspitzen müssen sich einen leichteren Weg suchen. Also bohren sie sich langsam zurück in den Kopf des Gefangenen.

Die Epidermis des Menschen besitzt unendlich viele Nerven. Sie ist das größte Sinnesorgan, hast du in der Schule gelernt. Haut gleich Nerven und Nerven gleich Schmerzen – eine simple Formel.

»Der Gefangene wird von der Tortur nicht sterben«, betonte dein Großvater gern. »Stattdessen erleidet er höllische Qualen, bis er dem Wahnsinn verfällt.«

Er hatte eine Menge solcher Geschichten auf Lager. Zum Beispiel erzählte er ebenso gern von Russen, die ihre Schweine bei lebendigem Leib verbrannten. Angeblich, um die Borsten von der Haut zu lösen. Damals konntest du dir das Martyrium der Schweine leicht ausmalen. Milliarden Nervenenden brüllen unter den Flammen auf und leiten den Schmerz weiter. Vielleicht waren unter den Opfern auch kleine, süße Ferkel gewesen. Während dein Großvater die Geschichte gnadenlos ausschmückte, wurdest du wütend auf ihn. Hast dir insgeheim gewünscht, er würde ein bisschen Mitleid zeigen. Aber dein Großvater erzählte die Geschichte, wie er seither Geschichten zu erzählen pflegte: detailliert und emotionslos. »Die perfekte Folter«, schloss er seinen Bericht aus Fernost und wiederholte nüchtern, dass der Gefangene davon nicht sterben werde. Das galt allerdings nicht für die Ferkel.

Heute fällt es dir nicht weniger leicht, dich in die Tiere hineinzuversetzen. Der brennende Schmerz. Die versengte Haut. Das panische Sterben. Entkommen ausgeschlossen, ganz egal, wohin sie fliehen. Diese Bilder wirst du nie vergessen, sie machen dich noch genauso wütend wie damals. Immerhin weißt du jetzt: Kein Schwein töten zu können, heißt nicht, keinen Menschen verletzen zu können. Das sind zwei Paar Schuhe.

7

Es war, als hätte sich das Schloss in ein Trauergewand gehüllt, selbst der blaue Himmel über den Dachgauben und Treppengiebeln vermochte nicht, das Gemäuer zu erhellen. Die Sonnenstrahlen trafen auf den verwitterten Backstein und zerstreuten sich in Kälte. Ein Triptychon dunkler Rundbogenfenster starrte über die Terrasse und den Vorplatz hinweg durch das eiserne Eingangstor. Lennart sprang Henry ins Bild, worauf er die Handyaufnahme pausierte. Er steckte das Telefon ein, öffnete das Tor und ließ Lennart und Linda den Vortritt.

Die Buchen, die den Vorplatz umsäumten, waren fast blattlos, indes die Luft darunter nach vermodertem Laub roch. Henry raffte sein Jackett am Kragen zusammen und stieg die Stufen zur Terrasse hinauf. Linda war auf die hüfthohe Balustrade gerutscht und kramte aus ihrer Lederjacke eine Schachtel Zigaretten hervor. Der Ausdruck der Betroffenheit, der noch im Krankenhaus ihr Gesicht verdunkelt hatte, war einer achtsamen Gelöstheit gewichen. Sie zündete sich eine Zigarette an und meinte, dass es wohl keinen besseren Ort für ein Theater gebe.

»Ein Gruselkabinett würde hier auch reinpassen.« Lennart zog unter seiner Kapuze eine Grimasse. »Ein Panoptikum mit Folterkeller und Leichenhalle.«

»Wie bei Madame Tussauds«, sagte Linda. »Hat Berlin nicht ein berühmtes Wachsfigurenkabinett?«

»Hatte«, antwortete Henry. »Grusliger als die Horror-
kammer war aber die medizinische Sammlung.«

»Was gab's denn da zu sehen?«

»Wachsmoulagen.«

»Und was soll das sein?«

»Das sind originalgetreue Modelle von Körperteilen.«

»Echt? Da kann ich mir Schlimmeres vorstellen.«

»Die meisten bildeten Krankheiten ab.« Henry
wandte sich ihr zu. »Zum Beispiel Geschlechtsorgane,
die von Pilzen befallen sind.«

»Na, guten Appetit.« Linda lachte ihr Krähenlachen,
wobei ihr der Rauch stoßweise aus der Nase strömte.

Nahe der Eingangstür hing ein hölzerner Kasten, in
dem das aktuelle Programm angeschlagen war. Werkstätten wechselten sich mit klassischem Schultheater
ab. Grimms *Sterntaler* für die Jüngeren, *Antigone* und
Romeo und Julia für die Älteren. Henry dachte bei der
Auswahl an seine Schulzeit, insbesondere an die Fä-
cher Deutsch und Englisch. Er hatte die Ausflüge ins
Theater stets herbeigesehnt; immerhin war er so dem
Schulhof und einem gewissen Patrick Kramer entkommen.

Er drückte den Aufnahmebutton seiner Handyka-
mera und filmte die Fassade. Direkt über dem Türsturz
prangte ein von Rost zerfressenes Wappen. Auf rot-wei-
ßem Grund zeigten zwei martialische Kampfsicheln einander die gezahnte Scheide. Henry recherchierte im
Internet, dass das Wappen den Besitz derer von Tümpling auswies. Die adlige Familie hatte in der zweiten
Hälfte des neunzehnten Jahrhunderts das Anwesen bewohnt. Der einstige Eigentümer Wolf von Tümpling
hatte die Statue des Erlkönigs anfertigen lassen, ein

monumentales Bauwerk, das sich nur wenige Hundert Meter vom Schloss entfernt an einem sumpfigen Pfuhl befand.

Mit einem Knarren schob sich die Tür vor Henry auf.

Lennart verharrte hinter der Schwelle und wandte sich ihnen zu. »Treten Sie ein, meine Damen und Herren.« Er schnitt abermals eine Grimasse.

Henry und Linda folgten der Einladung in ein weitläufiges Foyer. Links hob sich eine Bar mit Sitzbereich – die Stühle standen auf den Tischen, die Hocker auf dem Tresen –, rechts führte eine Treppe ins obere Stockwerk. Das klare Licht des Vormittags drang durch die Rundbogenfenster, und in den Strahlen tanzte der Staub wie ein Schwarm wintermüder Essigfliegen. An den Wänden hingen die Plakate alter Vorstellungen. Augenlose Masken und weiß geschminkte Gesichter glotzten auf sie herab, und Henry fühlte sich, als wäre er in die Szenerie eines englischen Schauerromans getreten.

Er vernahm das Geräusch zügiger Schritte und schaute die Stiege empor. Eine Frau in einem olivfarbenen Rock und einer legeren Bluse kam ihnen entgegen.

Marissa Kolp, die Leiterin des Hauses, begrüßte sie mit einem sanften Händedruck. Henry tat sich schwer, ihr Alter einzuschätzen. Umspielt von weizengelben Locken leuchteten ihre Wangen so rot, als hätte sie eben noch selbst hineingekniffen. Ihr zwangloses Lächeln verlieh ihr eine natürliche Eleganz. Letztlich legte sich Henry auf ein Alter zwischen Ende vierzig und Mitte fünfzig fest.

Nach der Begrüßung nahmen sie die Treppe ins Obergeschoss. Marissa Kolp lotste sie einen Korridor entlang, vorbei an geschlossenen Räumen und weiteren Plakaten, bis sie zu einer offenen Tür gelangten. Mit einem Nicken dirigierte die Leiterin sie in ihr Büro.

Ein riesiger Schreibtisch machte den kleinen Raum noch enger. Lennart reagierte sofort und bot an, sich ein bisschen umzuschauen. Er wolle mal echte Theaterluft schnuppern. Lächelnd erwiderte Marissa Kolp, er solle sich nicht verlaufen. Lennart huschte aus dem Büro und schloss leise die Tür.

Die Frau setzte sich hinter den Schreibtisch, Linda davor und Henry blieb an den Türrahmen gelehnt stehen. Auf dem Tisch herrschte ein Wirrwarr an Papieren, Heftern und Stiften. Auch hier waren die Wände ringsum mit Plakaten älterer Vorstellungen geschmückt. Unter einigen Titeln konnte er den Namen der Leiterin lesen. *Regie: Marissa Kolp. – Stückbearbeitung: Marissa Kolp. – Produktion: Marissa Kolp.* In Augenhöhe entdeckte er eine Urkunde, an deren Rand ein Foto gepinnt war. Marissa Kolp und ein junger Mann grienten von einer Festbühne herunter und präsentierten der Kamera einen Preis in Form einer Skulptur. Die offensichtliche Freude über den Gewinn dominierte das Bild. Anstelle zweier Preisträger hätte man in ihnen auch ein Pärchen vermuten können. Vielleicht trifft beides zu, dachte Henry. Ineinander verliebte Sieger.

»Das war nach unserer ersten Spielzeit.« Marissa Kolp betrachtete nun selbst das Foto. »Gleich das Premierenstück hat den Thüringer Theaterpreis abgesahnt.«

»Die Freude ist nur schwer zu übersehen«, sagte Linda. »Muss ein toller Moment gewesen sein.«

»Das war einer der glücklichsten Tage meines Lebens.«

»Das zu erreichen, hat bestimmt 'ne Menge Nerven gekostet.«

»Ach«, Marissa Kolp winkte ab, »wir waren jung und hatten die richtige Portion Größenwahn.« In ihren Augen schimmerte eine Spur Wehmut auf. »Der junge Mann neben mir ist der Regisseur des Stücks. Ich habe Ben damals an unser Haus geholt.«

»Ben Schilling?«, fragte Henry.

»Sie kennen ihn?«

»Ich habe seinen Namen am Aushang gelesen.«

»Ben inszeniert gerade *Morella* nach Edgar Allan Poe.«

»Etwa eine Gruselgeschichte?«

»Ich würde sagen, eine gruslige Liebesgeschichte.«

»Und ist Caroline Meyer auch daran beteiligt?«, fragte Linda.

Marissa Kolps Lächeln löste sich zusehends auf. Ihr Blick sprang zwischen Linda und Henry hin und her, bis sie irgendetwas auf ihrem Schreibtisch fixierte. »Ich kann nicht verstehen, weshalb jemand Caroline vergiften wollte.«

»Genau darauf hoffen wir Antworten zu finden«, sagte Linda. »Wir müssen jedoch ausschließen, dass es sich um ein Versehen handelte.«

»Ein Versehen? Niemand schüttet unabsichtlich K.-o.-Tropfen in ein Glas.«

»Wir dachten eher an ein Versehen von Frau Meyer.«

»Warum hätte sie das tun sollen?«

»Vielleicht hat sie die Wirkung der Droge unterschätzt.«

»Sie nimmt keine Drogen«, sagte Marissa Kolp bestimmt. »Jedenfalls nicht hier im Theater.«

»Sie klingen so überzeugt.«

»Caroline ist nicht dumm. Außerdem hatte sie Dienst.«

»Und während der Arbeitszeit würde sie nicht ...?«

»Auf keinen Fall.«

»Sind Sie sich sicher?«

»Ja, hier waren auch Jugendliche unter sechzehn. Und Caroline ...« In einer verzweifelten Geste griff Marissa Kolp nach einem Bleistift und rieb ihren Daumen über das Holz. »Caroline predigt gern, dass wir eine Vorbildfunktion hätten. Sie, ich, die erwachsenen Schauspielerinnen und unsere Techniker. In Gegenwart der Kinder würde sich Caroline nicht das kleinste Schlückchen gönnen. Niemals.«

»Also sind Sie der Meinung, es handelt sich um Fremdverschulden?«

»Sie wollen wissen, ob ich einen der Gäste verdächtige?«

»Oder einen Ihrer Kollegen.«

Lindas Schlussfolgerung schien der Leiterin mehr Unbehagen zu bereiten als eine Angestellte, die sich vor Kindern und Jugendlichen einen Drogencocktail verabreichte. In dem engen Büro war es fast still; allein das Kratzen von Marissa Kolps Nagel auf dem Bleistift brachte die Luft zum Schwingen. Nach einer Weile gelang der Theaterleiterin wieder ein Lächeln.

»Niemand würde so etwas tun«, sagte sie mit krampfhafter Zuversicht. »Wir sind eine große Familie.«

Marissa Kolp erzählte, dass Caroline Meyer bei allen beliebt sei. Sie trete Ihren Dienst stets pünktlich an und nehme Überstunden bereitwillig in Kauf. Überstunden, so fügte sie rasch hinzu, seien im Theaterbetrieb nicht

zu vermeiden. Schnell könnten die Proben bis zehn
Uhr abends oder sogar länger dauern. In diesem Fall
greife der Jugendschutz, da viele der Schauspielerinnen
und Schauspieler noch minderjährig seien. Sobald die
Proben überzogen werden, müsse man ohne Wenn und
Aber die Eltern benachrichtigen. Das sei Carolines Aufgabe.

»Ist sie mit jemanden enger befreundet?«, fragte
Linda.

»Sie hat mal eine Freundin namens Katja erwähnt.«

»Und am Theater?«

»Nicht dass ich wüsste.«

»Und wissen Sie von Beziehungen, die über Freundschaft hinausgehen?«

»Wir haben nie über intime Verhältnisse gesprochen.«

»Kein Satz über irgendwelche Partner oder Liebschaf-
ten?«

»Nein.«

»Rein gar nichts?«

Die Skepsis in Lindas Stimme war nicht zu überhören. Henry begriff nicht, weshalb seine Partnerin mit
solcher Vehemenz vorpreschte. Hatte sie etwa einen
Verdacht? Schweigend ließ Marissa Kolp ihren Blick
über den Schreibtisch wandern, als fände sich in dem
Chaos ein Beweis, der ihr Nein untermauern würde.
Linda wechselte das Thema, indem sie sich erkundigte,
wie es mit dem Theater weitergehe.

Diesmal antwortete Marissa Kolp ohne Umschweife.
Ein Kulturbetrieb sei heutzutage mit einer Firma ver-
gleichbar. Nach ein paar Tagen öffentlicher Anteil-
nahme müsse der Alltag wieder in den Vordergrund

rücken. Das Theater werde von Verbänden gefördert, und die Vorstände wollen Ergebnisse sehen. Immerhin seien Gelder geflossen. Also würden die aktuellen Projekte fortlaufen, die Werkstätten wieder öffnen. Nichts zuletzt sei man das den Kindern und Jugendlichen schuldig.

Linda schrieb ihre Telefonnummer auf die Rückseite einer Visitenkarte, und Henry schloss sein Notizbuch. Sie verabschiedeten sich voneinander, und als sie durch die Tür schritten, fragte Marissa Kolp: »Und wenn alles bloß ein Irrtum ist? Zum Beispiel eine allergische Reaktion auf ein Gläschen Sekt?«

Linda schaute sie an, und Henry wusste, dass Marissa Kolp die Antwort nicht gefallen würde.

8

Lennart Mikowski hatte unten im Foyer gewartet. Er lehnte lässig an der Bar, als hätte er gerade ein Bier geordert. Mit gespieltem Entsetzen meinte er zu ihnen, dass der Kühlschrank hinter dem Tresen durch ein Vorhängeschloss gesichert sei. Henry versuchte sich auszumalen, wie es bei der Feier zugegangen sein mochte. Etwa dreihundert Gäste hatten in dem Saal Platz. An den Wänden hingen geschwungene Leuchter, deren Licht garantiert für eine heimelige Atmosphäre inklusive schattiger Winkel sorgte; das bot zumindest die Möglichkeit, ungesehen etwas in ein Getränk zu mischen.

Er durchquerte das Foyer und suchte den Vorstellungsraum auf. Die Sitze waren mit purpurnem Samt bezogen, die hölzernen Armlehnen zerkratzt. Sofort erfasste ihn ein Gefühl der Vertrautheit. Er hockte sich in die letzte Reihe, und die Härte der Polster erinnerte ihn an alte Kinosessel.

»Wow, genau wie früher.« Linda, die auf den Nachbarplatz gesunken war, stupste ihn mit der Schulter an. »Weißt du noch? Theater in der neunten Klasse. *Romeo und Julia* und das ganze Zeug.«

»Ja, daran musste ich auch denken.« Er legte die Unterarme auf die Rückenlehne des Vordersitzes und fotografierte die Bühne.

Die Wände waren mit schwarzem Stoff bespannt, der Fußboden geschwärzt. Rechts von der Bühne warf ein

54

schwarzer Vorhang tiefe Falten, links leuchtete ein Scheinwerfer mit schwarz lackiertem Gehäuse.

»Wie kann ein so dunkler Raum so viel Vergnügen bereiten?«, sinnierte Henry laut.

Linda neigte sich vor. »Das fragt ausgerecht einer, der sich mit True Crime die Zeit vertreibt?«

Er grinste, bevor er ihr berichtete, dass das Leben des Schauspielers Harold Norman auf der Bühne geendet habe. Seine Partnerin runzelte die Stirn, was er als Einladung zum Exkurs interpretierte.

»Das geschah 1947«, fuhr Henry fort. »Im letzten Akt von *Macbeth* wird Norman beim Schwertkampf tödlich verwundet.«

»Ah, der Endkampf zwischen Macbeth und Macduff«, ergänzte Linda.

Henry hob vor Erstaunen die Brauen.

»Manchmal verirre ich mich ins Kulturprogramm.«

»Verletzte Schauspieler und abgebrannte Bühnen waren bei diesem Stück keine Seltenheit. Man spricht sogar von einem *Macbeth*-Fluch.«

»Glaubst du daran?«

»An Flüche nicht. Eher an sich selbst erfüllende Prophezeiungen.«

Er stemmte sich aus dem Sessel, lief zur Bühne hinunter und fotografierte von dort aus den Zuschauerraum.

»Hey«, rief Linda. »Keine Paparazzifotos!«

»Die sind für Wenzels Akte. Arbeitsnachweise.«

»Na, dann hab ich noch was.« Linda zeigte ihm den Stinkefinger und ließ ihr Krähenlachen hören.

»Kann ich Ihnen weiterhelfen?«

Eine Stimme aus den verborgenen Schichten des Vorhangs, so plötzlich und unerwartet, dass Henry vor

Schreck über den Bühnenrand stolperte und auf allen vieren landete.

Ein etwa sechzigjähriger Mann trat aus der Dunkelheit ins Rampenlicht. Er trug einen unförmigen Anzug, der ihm zwei Nummern zu klein war.

»Kripo Jena!«, rief Linda auf dem Weg zur Bühne. »Mein schreckhafter Kollege Herr Kilmer und meine Wenigkeit. Linda Liedke.«

Sie hielten dem Mann ihre Ausweise unter die Nase. Bis auf den Anzug war alles an ihm von imposanter Größe. Der Schädel so riesig wie die Stirn breit. Ein Schnauzbart, der die gesamte Oberlippe verhüllte, dazu Hände und Beine, für die das Adjektiv klobig eine Untertreibung war. Linda fragte ihn, mit wem sie die Ehre hatten.

»Torsten Knaak«, brummte der Mann. »Mit doppeltem A.«

»Sind Sie Schauspieler?«

»Nur im wahren Leben.«

»Und das soll bedeuten?«

»Dass ich im Theater echter bin als draußen.«

»Also sind Sie kein Schauspieler?«

»Ja, tut mir leid. Ich bin bloß der Mann für alles.«

»Bloß der Mann für alles«, wiederholte Linda. »Klingt, als wären Sie unentbehrlich.«

»Früher hätte man mich einen Hausmeister genannt. Heute bin ich jemand, der anderen sagt, wo was nicht funktioniert.« Torsten Knaak stolzierte an den Bühnenrand und sprach zu den leeren Sitzreihen. Seine riesige Hand wies auf den Scheinwerfer. »Der Neunelfer versengt unseren Schauspielern das Haupt, ihr Narren.« Seine Hand wies abwärts. »Wer soll denn barfuß über den Drecksboden wandeln?« Er wies beidhändig in den Zuschauerraum. »Sollen unsere Gäste auf knarrenden Stühlen schlafen?«

Dieser Knaak hatte nicht nur eine beeindruckende Gestalt, darüber hinaus wirkten all seine Gesten ausladend und übertrieben.

»Sind die Ordnungshüter wegen der traurigen Geschichte hier?« Er sprach noch immer in Richtung der Sitze.

»Wenn Sie Frau Meyers Unfall meinen, dann ja«, antwortete Linda.

»Das arme Mädel.«

»Sie ist dreiundzwanzig. Könnte man eine Frau nennen.«

»Mädel oder Frau. Wer weiß das heutzutage schon?«

»Das Gesetz«, erwiderte Linda streng.

Wider Erwarten bat Torsten Knaak um Verzeihung. Er senkte die Stirn und sagte, dass er seinen Spruch zutiefst bereue. Während seine Stimme vor Aufrichtigkeit strotzte, wirkte seine Geste von Ironie gelenkt. Henry machte für diesen Eindruck Knaaks übertriebenes Gebaren verantwortlich.

Der Mann für alles stieg von der Bühne, setzte sich in die erste Reihe, und ohne dass sie ihn erst auffordern mussten, begann er zu erzählen.

Ja, er kenne Caroline Meyer. Er kenne sie sogar gut, das brave Mädel. Darauf folgte postwendend eine Entschuldigung. Caroline und er hatten hin und wieder ein Tässchen Tee zusammen getrunken. Auf die feine englische Art, mit Zucker und einem Schuss Milch.

»Und gab's auch mal einen Schuss Alkohol dazu?«, fragte Linda.

»Nein, nein. Was denken Sie?«

»Keinen Royal Tea mit Sherry?«

Knaak rümpfte die Nase, wobei sein riesiger Schnauzer aufgeregt hüpfte. Dann erklärte er, dass Caroline über das kostbarste Gut verfüge, das man am Theater haben könne. Etwas, von dem die meisten Künstler behaupteten, es nie zu haben – und seine Chefin zähle in diesem Fall auch zu den Künstlern. Indem er sich demonstrativ aufs Handgelenk tippte, sagte er: »Zeit, die hat Caroline mitgebracht. Zeit und Muße.«

»Ist sie oft länger hiergeblieben?«

»Länger als jede andere.«

»Und warum tut man sich das an?«

»Na, wegen der Millionen, die man am Theater verdient.« Er warf beide Arme über die Rückenlehne und lachte. Henry war sich unschlüssig, ob dieses Lachen gespielt war oder ob sich Knaak über seinen eigenen Sarkasmus amüsierte. »Nein«, korrigierte er sich betont freundlich. »Einfach, um einen Fuß ins Theater zu kriegen. Welches Mädchen träumt nicht davon, auf oder hinter der Bühne zu stehen?«

»Ich wollte nie zum Theater«, entgegnete Linda.

»Sind Polizisten nicht irgendwie auch Schauspieler?«

Sie setzte sich neben ihn, und er nahm den linken Arm von der Lehne. »Sie sind doch das Gehör dieser Bühne ...«

»Sie wollen, dass ich tratsche.«

»Ich will, dass Sie schildern, was andere übersehen.«

Unter seinem Schnauzbart zuckte ein schelmisches Grinsen. »Man wird nicht umsonst der Mann für alles.«

»Das glaube ich gern.«

»Aber lockere Schrauben lassen sich nicht mit Geschwätz festziehen.« Knaak beugte sich vertraulich zu Linda. »Ich habe mir ein selektives Gehör angeeignet.«

»Sie wollen mir weismachen, Sie interessieren sich nur für kaputte Stühle und lockere Schrauben?«

»Eine Familie funktioniert am besten, wenn man in den richtigen Momenten weghört.«

Lindas Gesicht war gezeichnet von Skepsis. Henry wusste sofort, was ihr sauer aufstieß. Der schöne Vergleich mit der Familie war an diesem Tag bereits das zweite Mal gefallen; im Grunde stand er für eine Gemeinschaft, die keine Eindringlinge duldete.

9

Kaum waren sie aus dem Schulgebäude, brach das Gelächter aus ihnen heraus; genau genommen fing Sarah zu lachen an, woraufhin Alina mit einstimmte. Sie amüsierten sich darüber, wie Alina Frau Halberstedt gelinkt hatte. Sarah behauptete sogar, dass sie ihr das niemals zugetraut hätte.

»Ich hab mich einfach freiwillig gemeldet«, bemerkte Alina, als wäre ihre Aktion das Simpelste auf der Welt gewesen.

»Hast du keine Angst gehabt?«

»Wieso denn?«

»Frau Halberstedt hätte dich drannehmen können.«

»Mich muss sie nicht kontrollieren. Sie weiß, dass ich meine Hausaufgaben mache.«

»Danke, Alina«, äffte Sarah die Deutschlehrerin nach. »Ich möchte lieber jemand anderes hören.«

»Clever, oder?«

»Der Trick funktioniert auch bloß bei Strebern«, sagte Sarah ernst und schob sich die Wollmütze auf den Pagenkopf. »Mich hätte die blöde Kuh garantiert vorlesen lassen.«

Sie überquerten die Karl-Liebknecht-Straße und liefen den Hügel zum Rabenstieg hinauf. Vereinzelte Wolken trieben unter einem eisblauen Himmel über die Gärten und Häuser. Alina setzte ebenfalls ihre Wollmütze auf und fragte Sarah, ob sie in ihren Augen eine Streberin sei.

»Auf alle Fälle machst du immer alles ordentlich.«

»Das heißt aber nicht, dass ich mir Mühe gebe.«

»Das kannst du deiner Mutter erzählen.«

»Nein, echt jetzt«, protestierte Alina. »Das mache ich alles mit links.«

»Was? Einsen schreiben und Referate halten?«

»Ja.«

»Dann musst du ein Genie sein.«

Die Ironie in Sarahs Stimme war nicht zu überhören. Gern hätte Alina ihrer Freundin anvertraut, dass sie aus einem Impuls heraus gehandelt hatte; ihre Aktion war kein cleverer Trick gewesen, sondern eine Art Selbstmordkommando. Die Angst vor schlechten Noten hatte Alina unlängst verloren. Einen Eintrag wegen fehlender Hausaufgaben zu kassieren, befürchtete sie kaum. Sie hatte sich eine enorme Routine angewöhnt, wobei sie die Aufgaben weniger aus Pflichtgefühl oder gar Ehrgeiz erledigte. Sie tat eben die Dinge, die sie seither getan hatte, wenn auch ohne Interesse und Begeisterung. Den Rest verdankte sie dem Image, das sie bei Lehrern und Mitschülern genoss. Ihre Freundin war von diesem Ruf genauso geblendet. Alina, die Streberin. Alina, das graue Mäuschen. Alina, die unsichtbare Gefährtin von Sarah Strobel.

»Dreh dich nicht um!« Sarah berührte sie beim Gehen am Ärmel. »Rede einfach weiter.«

»Ich habe gar nichts gesagt.«

»Dann sag halt irgendwas.«

»Was denn?«

»Na, irgendwas halt.«

»*Wenn die Stunden hell verflogen. Und den Himmel keine Wolke trübte, Führte mich deine Anmut hin zu dir.*«

»Wow« stieß Sarah hervor. »Woher ist das?«

»Aus *Morella*.«

»Hab ich noch nie von gehört.«

»Läuft auch nicht auf Netflix.«

»Haha.«

»Sorry. *Morella* ist ein Theaterstück.«

»Und was soll das heißen? *Morella*?«

»Das ist ein Name.« Alina versuchte, sich an Bens Worte zu erinnern. »*Morelle noire* ist die französische Bezeichnung für den Schwarzen Nachtschatten.«

»Interessant«, sagte Sarah.

»Das ist eine Giftpflanze. Die kann dich töten.«

»Und wozu brauchst du das?«

Alina hob in falscher Leichtfertigkeit die Schultern. Sie wollte Sarah nicht auf dumme Gedanken bringen, denn das Theater im Schloss Thalstein war ihre Bühne.

Während sie in den Rabenstieg einbogen, fragte Alina, ob jetzt alles in Ordnung sei.

»Nein«, erwiderte Sarah geheimnistuerisch. »Er verfolgt uns.«

»Wer?«

»Marcel Schneider.«

»Der wohnt doch hier.«

»Trotzdem verfolgt er uns.«

Alina war außerstande, Sarahs Aufregung nachzuvollziehen. Ihr Interesse für Marcel hielt sich in Grenzen; gleichaltrige Jungen fand sie so spannend wie die Darbietung des weihnachtlichen Schultheaters.

»Shit, er kommt näher«, flüsterte Sarah. »Guck bloß nicht hin.«

Alina folgte der Anweisung ohne Widerrede. Als hätte Sarah Augen im Hinterkopf beschrieb sie jede von Marcels Bewegungen. Den Rucksack trage er wie ein Idiot aus der dritten Klasse vorne auf der Brust. Manchmal spiele er den Unschuldigen, indem er stoppe und genüsslich an einer Semmel lutsche. In Wirklichkeit glotze er ihnen auf den Arsch. Sarahs Beschreibung vermittelte ihr ein Bild, ohne dass sie sich nach dem Jungen umdrehen musste. Marcel mit dem Rucksack auf der Brust. Marcel mit geiferndem Blick und Ständer in der Hose. Teigreste auf dem Zahnfleisch, ein perverses Stöhnen zwischen den Lippen und in den Augen die pure Geilheit. Kalter Zorn wallte in ihr auf, und sie hatte Mühe, ruhig neben Sarah herzulaufen.

»Jetzt wischt sich der Idiot die Krümel von der Hose«, kommentierte ihre Freundin, und Alina sah im Geiste, wie sich Marcel über den Schritt strich.

»Jetzt grinst er auch noch.«

Da schnellte Alina herum und schrie: »Verpiss dich, du perverse Sau!«

Marcel Schneider ließ vor Schreck seine Semmel fallen. Sein ansonsten blasses Gesicht errötete schlagartig, ehe er mit gesenktem Kopf die Straßenseite wechselte. Er warf ihnen einen kurzen ängstlichen Blick zu und rannte heimwärts.

Als er außer Sicht war, bemerkte Alina das Schmunzeln in Sarahs Gesicht.

»Du überraschst mich heute schon zum zweiten Mal.«

»Das wollte ich nicht«, sagte Alina beschämt.

Zuvor hatte ihr die Explosion noch eine ungeheure Erleichterung verschafft. Leider schwand das befreiende Gefühl ebenso schnell, wie es sich hochgeschaukelt hatte. Sie spürte in den Fingerspitzen ein unangenehmes Kribbeln und in der Brust die Last eines schlechten Gewissens.

»Das wird die Runde machen.« Sarah lachte. »Das kannst du mir glauben.«

Alina reagierte nicht, und Sarah begann, ihr Lieblingsthema auszuwalzen. Sie erzählte von einem Jungen, den sie unbedingt treffen wolle, einen Jeremy oder Justin oder Jason. Alina hörte nur mit halbem Ohr hin. Sie sehnte sich nach der Bühne auf Schloss Thalstein, in die dunklen Räume ihrer eigenen Welt.

10

Der letzte Zeuge, den sie an diesem Tag aufsuchten, wohnte im Dachgeschoss der Zwätzengasse 40.

Als sie oben anlangten, empfing sie ein Mann von dürrer Statur. Er trug eine Stoffhose und eine kragenlose Strickjacke mit V-Ausschnitt. Sein dunkles Haar reichte ihm bis zur Nase. Mit einer lässigen Geste klemmte er sich ein paar Strähnen hinters Ohr und lächelte charmant. Sobald sie einander vorgestellt hatten, fragte Ben Schilling, wie er ihnen weiterhelfe könne. Linda erkundigte sich, ob er über den tragischen Unfall unterrichtet worden sei.

Ben Schilling nickte. »Ich dachte, der Schuldige wäre ermittelt.«

»Sie denken an den Fahrzeughalter?«

»Ja.«

»Hat Frau Kolp Sie nicht informiert?«

»Worüber?«

»Es tut mir leid, Herr Schilling, der Fall ist wesentlich komplizierter.«

Er senkte den Blick, als ratterten ihm sämtliche Bedeutungen des Adjektivs *kompliziert* durchs Hirn. Dabei verschleierte ihm sein Haar das halbe Gesicht. Nach kurzer Bedenkzeit hob er den Blick, und da bemerkte Henry seine leuchtend blauen Augen. Bisher hatte er eine solch intensive Augenfarbe nur im Fernsehen gesehen, bei den Stars und Sternchen aus Hollywood.

Ben Schilling bat sie hinein, und sie traten direkt in ein geräumiges Wohnzimmer. Mitten im Raum ragten zwei hölzerne Stützbalken zur Decke hinauf. Unter der Dachschräge eine Couch, über deren Polster eine gehäkelte Decke drapiert war. Auf dem Tisch davor stand eine Milchkanne aus Emaille, in der ein Strauß Trockenblumen steckte. Ein Foto des Inventars hätte in jedes Lifestyle-Magazin gepasst.

»Nehmen Sie ruhig Platz«, sagte Schilling.

Während Linda dem Angebot folgte, wurde Henrys Aufmerksamkeit von den Bücherregalen beidseits der Tür gefesselt. Mit Interesse überflog er die stattliche Bibliothek. Hier eine Sammlung romantischer Lyrik, dort ein Bericht aus einem sowjetischen Gulag. Eine ganze Reihe vergilbter Kriminalromane in roten und gelben Einbänden, darüber die gesammelten Werke von Edgar Allan Poe. Auf Lindas Räuspern hin entschuldigte er sich und trat zur Couch. Auf dem Tisch lag ein mit Maschine geschriebenes Manuskript.

»Ein neues Stück?«, fragte Henry ehrfurchtsvoll.

»Mein aktuelles«, antwortete Schilling. »*Morella*. Nach Edgar Allan Poe.«

»Sie tippen noch auf der Schreibmaschine?«

»Ja, eine alte Angewohnheit.«

Eine alte Angewohnheit – das klang in Henrys Ohren, als hätten sie einen Autor vor sich, der auf eine lebenslange Karriere zurückblicken konnte. Ben Schilling musste Anfang dreißig sein und somit waren sie beinahe Altersgenossen.

Der Regisseur bot ihnen einen Platz an und schob eine Schale Walnüsse in die Tischmitte. Henry beeindruckte diese Gefälligkeit, denn normalerweise überversorgte sie der Großteil der Zeugen mit Kaffee und Ablehnung.

»Bedienen Sie sich«, sagte Schilling. »Nüsse stimulieren das Gehirn.«

»Das Hirn meiner Partners braucht eher Downers«, erwiderte Linda.

»Oh, denkt er zu viel?«

»Zu viel und zu finster.«

»Das gefällt mir.« Ben Schilling lächelte anerkennend. Er ließ sein Handy auf den Tisch gleiten und teilte ihnen mit, dass er Caroline Meyer im Krankenhaus habe besuchen wollen. Eine Freundin der Familie habe ihm davon abgeraten. Die Eltern stünden unter enormem Druck, und Besuch von Bekannten würden sie im Augenblick nur als Belastung empfinden. Linda erkundigte sich erneut, ob er den Grund ihres Erscheinens kenne, doch Schilling wirkte unverändert ahnungslos. Indem sie Begriffe wie toxikologische Untersuchung und K.-o.-Tropfen gebrauchte, legte sie ihm die Situation dar. Auf seine Nachfrage hin erwiderte sie, ja, das sei die Vergewaltigungsdroge, und nein, Caroline Meyer sei nicht vergewaltigt worden.

»Ich bin fassungslos.« Schilling strich sich mit beiden Händen übers Gesicht.

Linda fragte ihn, ob er sich den Vorfall erklären könne.

»Nein, absolut nicht. Caroline ist bei allen beliebt.«

»Ich will betonen, dass es sich um den Tatbestand der Körperverletzung handelt.«

»Meinetwegen können Sie auch von versuchtem Mord sprechen.«

»Das gibt die Faktenlage nicht her.«

»Entschuldigen Sie, ich wollte nicht voreingenommen erscheinen.«

»Sind Sie denn voreingenommen?«

»Es zu leugnen, wäre eine glatte Lüge. Ich mag Caroline.«

»Was für ein Verhältnis haben Sie zu ihr?«

»Ein sehr gutes.«

»Freundschaft? Oder mehr?«

»Wie Cousin und Cousine.«

Henry vermochte nicht zu sagen, was Schillings Vergleich bezwecken sollte. Warum hatte er nicht von Freundschaft gesprochen? Linda, eine halbe Walnuss zwischen Daumen und Zeigefinger, war bereits einen Gedanken weiter.

»Sie sehen sich wohl als Teil einer großen Familie?«

»Ja, auch wenn es nach einem Klischee klingt.«

»Gibt es Kollegen, die Caroline Meyer besonders nahe sind?«

»Nicht, dass ich wüsste.«

»Hat man nicht einen Lieblingscousin oder eine Lieblingscousine?«

»Caroline behandelt alle gleich.«

Henry fokussierte Schillings Gesicht, um auch die winzigste Regung wahrzunehmen. Immer wieder zogen die blauen Augen seine Aufmerksamkeit auf sich, immer wieder befreite er sich aus ihrem Bann.

»Haben Sie einen Partner oder eine Partnerin?«, fragte Linda freiheraus.

»Ich weiß, worauf Sie hinauswollen. Und die Antwort lautet Nein.«

»Caroline Meyer ist eine attraktive Frau.«

»Und?«

»Mögen Sie keine attraktiven Frauen?«

»Sie ist nicht mein Fall.«

»Und könnte sonst jemand an Frau Meyer interessiert sein?«

»Vielleicht dieser Hausmeister.«

»Sie meinen Herrn Knaak?«

»Ja.«

»Ist der nicht ein bisschen zu alt für sie?«

»Wer sagt denn, dass das Interesse auf Gegenseitigkeit beruht?«

SPÄTER

Wie Sickerwasser, das ins Erdreich dringt, wühlte sich ein schwaches Licht unter seine Augenlider. Ben blinzelte, und seine Lider fühlten sich tonnenschwer an. Er hatte wohl geschlafen, oder war er irgendwann ohnmächtig geworden? Jetzt raubte ihm die Benommenheit nicht nur die Erinnerung, darüber hinaus brachte er nur mit Mühe einen klaren Gedanken zustande.

Durch halb geöffnete Augen glaubte Ben, eine neblige Landschaft zu erkennen. Senkrechte Konturen schälten sich aus dem Dunst, sodass er unweigerlich an Baumstämme denken musste. Allein die Schlussfolgerung nötigte ihm Kraft ab. Dann konnte er riechen, was er vermutet hatte. Offenbar war er umgeben von Wald und Natur.

Aber diese Landschaft wirkte auf ihn nicht lauschig und friedvoll. Anscheinend waberte der Nebel zwischen den Bäumen, um ihn zu blenden, und die Bäume schwankten wiederum, damit sie sich seinem Blick entziehen konnten. Wie aus Gehässigkeit blieb das Licht milchig und diffus. Was ringsum geschah, diente nur diesem einen Zweck – es sollte seinen Geist zermürben. Ihn irre machen. Täuschen. Denn der Wald war das Territorium heimlicher Jäger, und wo die Jäger umherstreiften, war der Geifer der falschen Großmutter nicht weit.

Da verlor Ben auch die Kontrolle über die dunkelsten Gedanken. Erinnerungen stürzten auf ihn ein, konkurrierten mit den Bildern des Waldes. Hundert schwarze Stämme, ohne Geäst, ohne Kronen. Eine Katze, die lebendig eingemauert wurde. Der albtraumhafte Nebel und direkt vor ihm die Silhouette einer Person. Er dachte an den Jäger. An die Großmutter. Den Wolf im Blümchenkleid. Hundert schwarze Stämme und hundert lächelnde Masken. Was war außen und was innen? Ben vermochte nicht, das eine vom anderen zu unterscheiden. Wo endete die Gegenwart, und wo begann die Vergangenheit?

Es war der Abend der Feier, und die ganze Welt schien in einer euphorischen Grundstimmung. Die Leuchter im Saal tauchten die Bar in ein feuriges Licht, während einer der Bühnentechniker die Getränke ausschenkte, alkoholische für die Erwachsenen, Cola und Limo für die Minderjährigen.

Ben ließ sich von seiner Chefin ein Sektglas in die Hand drücken und lächelte. Eigentlich war ihm nicht danach zumute. Das Pflichtgefühl hob seine Mundwinkel, sobald es die Situation verlangte. Zum Beispiel, wenn man ihm viel Glück wünschte und kumpelhaft auf die Schulter klopfte – meistens die Männer – oder man ihm zärtlich über die Schulter strich – in der Regel die Frauen. Ben waren solche Gesten, solche Veranstaltungen einerlei.

»Das Stück wird ein Erfolg.« Ferdinand Unger bedachte ihn mit zuversichtlicher Miene. »Das hab ich im Urin.«

Der Sechzigjährige war im Vorstand des *Schlosstheater Thalstein*. Der Verein hatte sich nach der Wende um den Erhalt des Schlosses bemüht; letztlich war es den Mitgliedern zu verdanken, dass darin ein Jugendtheater hatte eröffnen können. Ben waren geschäftstüchtige Charaktere wie Unger fremd. Deren Kunstgeschmack formte sich in Abhängigkeit von Umsätzen, Publicity und Erfolg. Er schenkte dem Mann ein höfliches Lächeln.

»Der Bürgermeister will auch vorbeischauen«, warf Unger in die Runde.

»Ah, der Bürgermeister«, wiederholte Ben übertrieben.

»Arbeitet nicht seine Tochter hier?«

»Ja, sie inszeniert das Stück.«

»Ich dachte, Sie führen Regie«, erwiderte Unger.

»Caroline assistiert Ben«, stellte Marissa Kolp mit einem Lächeln richtig.

Ben bewunderte ihr Gespür, solche Herrschaften zu handhaben. Ihm selbst fehlte schlichtweg das Verständnis für das ganze Trara. Vielleicht waren er und Marissa gerade deshalb ein perfektes Team.

Ben hob demonstrativ sein Sektglas und entschuldigte sich mit den Worten, das flüssige Gold verlange seinen Tribut. Diesmal quittierte Ferdinand Unger seinen Spruch mit einem Lachen, während Marissa mit den Augen rollte. Sie wusste genau, dass er lediglich der Situation entfliehen wollte; sie durchschaute ihn, seit sie einander kannten. Das würde sich wohl niemals ändern.

Auf dem Weg zur Toilette grüßte er pflichtbewusst die anderen Gäste. Die jungen Schauspielerinnen mitsamt ihren stolzen Eltern. Oder Schüler, die Freunde und Bekannte ihren peinlichen Familien vorzogen. Unauffällig schweifte sein Blick auf der Suche nach seiner neuen Hauptrolle zwischen den Gästen umher. Morella, dachte er, meine liebreizende Nymphe. Als er das Mädchen nicht fand und der Dämpfer ihn runterzuziehen drohte, verließ er den Saal. Er folgte einem langen Korridor zu den Toiletten, da kam der Hausmeister aus dem WC und torkelte ihm entgegen. In der Absicht, Torsten Knaak unter keinen Umständen zu berühren, trat er dicht an die Wand. Die fette Miezekatze blieb jedoch neben ihm stehen und glotzte ihm ins Gesicht. Ben seufzte genervt. Ihm war nicht danach, den ohnehin strapaziösen Abend zu einer Posse verkommen zu lassen. Torsten Knaak lenkte offenbar ein anderes Bedürfnis.

»Schilling«, zischte er. »Du bist der reinste Abschaum«,

Seinem Mundgeruch nach zu urteilen, hatte er sich auf der Toilette übergeben. Hingen in seinem mächtigem Schnauzbart etwa noch Reste von Erbrochenem? Oder am Revers seines viel zu kleinen Anzugs? Im Grunde bot sein Zustand Anlass genug, um Marissa zu alarmieren. Seines Erachtens war es allerdings der falsche Zeitpunkt, und so entschied sich Ben für die diplomatische Variante.

»Herr Knaak, bitte bleiben Sie ruhig.«

»Ich hab schon zu lange meinen Mund gehalten.«

»Denken Sie an die Kinder.«

»Das ist das Erste, was ich mache.«

»Indem Sie hier betrunken Krach schlagen und womöglich die Eltern verschrecken?«

Knaaks überforderter Verstand ließ ein Grollen aus den Tiefen seines Körpers steigen. Plötzlich hob er seine linke Pranke und packte Ben am Hemdkragen. »Du, ich könnte ... ich könnte ...«

»... den Ruf des Theaters ruinieren«, beendete Ben den Satz. »Ist es das, was Sie wollen? Den Kindern die Bühne streitig machen?«

»Was soll das heißen?«

»Sie halten sich doch für das eigentliche Genie an diesem Haus!«

Knaaks Griff versteifte sich, und erst als zwei Jungen lachend in den Korridor stürmten, lösten sich seine Finger. Er brabbelte irgendetwas Unverständliches, dann marschierte er den Gang hinunter, ungelenk und steif und kochend vor Wut. Sowie er die Jungen passierte, ließ einer von ihnen das Miauen einer Katze hören.

MITTWOCH

1

Henry Kilmer drosselte das Tempo, schaltete die Stirn-lampe an und drang in den Zöllnitzer Forst ein. Die Dunkelheit empfing ihn mit dem Versprechen, dass es in den nächsten Tagen noch kälter werden würde. Es war 5:30 Uhr, und vor ihm lag das schwerste Stück sei-ner Morgenrunde – der Anstieg zum Gipfelkreuz.

Beidseits des Wegs hob sich das Erdreich anderthalb Meter empor, als hätte ein gewaltiger Pflug eine Furche in den Wald gegraben. Tief unter den Baumkronen ver-dampfte Henrys Atem in geisterhaften Wolken. Wäh-rend er kaum voranzukommen glaubte, hüpfte das Licht seiner Stirnlampe mühelos über Wurzeln, Ast-werk und umgestürzte Kiefern.

Auch wenn Henry in seiner Kindheit oft gerannt war, hatte er im Sportunterricht bestenfalls das Mittelmaß erzielt. Auf der Aschenbahn die 75 Meter unter 11 Se-kunden zu meistern, war nun mal etwas anderes, als vor einer gewaltbereiten Clique wegzurennen.

Meist waren es vier gewesen, ein Mädchen und drei Jungen in verwaschenen Jeans und blitzsauberen Turnschuhen. Das bösartige Zentrum dieser Clique trug den Namen Patrick Kramer. Patrick mit der ge-meinen Lache und einem Hang dazu, seine Glimmstän-gel auf der Haut Jüngerer auszudrücken. Seine bevorzugten Jagdgebiete waren der Schulhof, die Schultoilette oder die Schulwege. Zu seinem Glück hatte Henry einen Ort gefunden, der Patrick und Konsorten völlig fremd war. Er und sein Freund Hannes hatten auf einem Areal leerstehender Garagen ihr Hauptquartier errichtet. Sie waren zwölf Jahre alt, und ihre Vorstellung von einem solchen Quartier entsprach mitnichten dem eines Truppenstützpunkts. Was sie ihr Hauptquartier nannten, glich vielmehr einer gemütlichen Wohnstube.

Berlin-Lichtenberg bot bis Mitte der 1990er-Jahre eine Menge ausrangierter Möbel; die Menschen waren des Einheitsgraus der volkseigenen Betriebe überdrüssig, schafften den Plunder vor die Tür und stürmten in die neuen Konsumtempel. Die Jungen organisierten sich eine Couch und drehten eine Obstkiste um zu einem Tisch. Hannes hatte von seiner Mutter ein paar Kerzen stibitzt, die nun die Garage in ein schummriges Licht tauchten.

»Fast wie bei Mama und Papa.« Hannes zeigte ein anrüchiges Grinsen, bevor er mit einer beiläufigen Geste prüfte, ob seine Haare saßen.

Er und Henry ließen sich bei ihrem Stammfriseur einen identischen Bürstenschnitt verpassen, um die Haare wie Arnold Schwarzenegger in *Terminator* mithilfe von Wetgel aufzurichten. Hannes hatte seine Frisur sogar noch optimiert. Er trug die vorderen Haare ein wenig länger und konnte sie so zu einer Schanze formen.

Die Beine auf die Obstkiste gestreckt, spielte er mit einem Feuerzeug. »Jetzt fehlt bloß noch die Glotze.«

»Und 'ne Fernbedienung«, kommentierte Henry.

»Mann, das wär's. Wir könnten massig Horrorfilme gucken.«

»Ja, zum Beispiel *Dr. Giggles*.«

»Wer is 'n das?«

»Ein Serienkiller, der sich als Arzt tarnt.«

»Echt krank. Gab's den wirklich?«

»Ich denke schon.«

»Du weißt mega viel über Serienkiller.« In Hannes' Stimme klang ehrliche Bewunderung mit. »Kannst ja ein Buch darüber schreiben.«

Henry lachte, aber sein Freund blieb ernst. Bisweilen fragte er sich, weshalb Hannes ausgerechnet mit ihm Zeit verbrachte, anstatt eine ihrer Mitschülerinnen ins Kino einzuladen. Sämtliche Mädchen, auch die aus den Nachbarklassen, schwärmten für den Jungen, dessen Haare zu einer Schanze gestylt waren.

Hannes hielt ihm demonstrativ das Feuerzeug hin. »Hast du Kippen dabei?«

»Nee, aber tic tacs.«

»Bei gerade mal zwei Kalorien sag ich nicht Nein.«

Henry plumpste neben Hannes auf die Couch und reichte ihm die tic tacs. Dann starrten sie gegen das Mauerwerk und taten, als würden sie einen Schocker aus der Videothek schauen. Mitten in einer üblen Meuchelszene meinte Henry, er habe ein Geräusch von draußen gehört.

»Haha.« Hannes griente ihn an. »Billiger Trick.«

»Nein, echt jetzt.«

»Klar, Dr. Giggles, oder wie?«

Henry war nicht nach Spaßen zumute. Er hievte sich hoch, schob das Garagentor wenige Zentimeter auf und lugte hinaus. Die Angst, hier draußen einem Erwachsenen zu begegnen, hatte er bis eben verdrängen können. Oft genug hatten er und Hannes durchklamüsert, was sie in einem solchen Fall machen würden, hatten sich Ausreden zurechtgelegt und komplizierte Alarmanlagen ersonnen. Einmal hatte Hannes mit Angelsehne eine Stolperfalle quer über das Gelände gespannt. Doch je häufiger sie ihr Hauptquartier aufgesucht hatten, desto blasser war die Angst geworden. Bis jetzt.

Henry drückte sich in den Türspalt – und da entdeckte er ihn. Patrick, den Schrecken seiner Kindheit. In diesem Moment hatte er in jeder Faser seines Körpers gespürt, dass ihr kleines Paradies Geschichte war. Nie mehr würden sie ihre Beine auf die Obstkiste ausstrecken, um einen imaginären Horrorfilm zu gucken.

291 Meter über dem Meeresspiegel fiel Henry ins Schritttempo. Die Novemberluft hatte seine Lunge zu einer eisigen Grotte frieren lassen. Seine Stirnlampe scheuerte ihm über die Kopfhaut, indes ihr Licht zunächst die Birken und Kiefern streifte, darauf eine Sitzbank und schließlich sein Ziel. Völlig außer Atem verharrte Henry unter dem Gipfelkreuz und hoffte mit ein paar Luftschlägen, die bösen Erinnerungen fortzujagen. Es wollte ihm nicht gelingen. Er nahm den Abstieg Richtung Stadt, und jeder seiner Schritte wurde begleitet vom Gesicht eines toten Jungen.

2

Nachdem Linda ihn eingesammelt hatte, fuhren sie ohne Umwege in die Talstraße. Dort wohnte nach Aussage einer Bekannten von Caroline Meyer deren beste Freundin.

Katja Orlova verhehlte nicht, dass sie der tragische Unfall aus der Bahn zu werfen drohte. Sie hatte sich die letzten beiden Tage freigenommen und würde auch den Rest der Woche daheimbleiben. Obwohl an ihrem Arbeitsplatz, einer Kita im Osten der Stadt, akuter Personalmangel herrsche, verstehe ihre Chefin die Situation. Die beste Freundin sei das Gleiche wie eine nahe Verwandte, meinte Katja Orlova und stellte eine Kanne Melissentee auf den Küchentisch. »Der beruhigt die Nerven.«

»Mein Kollege ist passionierter Teetrinker«, bemerkte Linda mit einem Grinsen.

Henry konnte nicht einschätzen, ob ihr Kommentar spöttisch gemeint war oder ob sie einfach zu der Frau nett sein wollte. Gemeinsam saßen sie an dem halbrunden Tisch am Fenster. Der Ausblick bot allein das Dach und die Fassade des Nachbarhauses. Unter der Regenrinne wehte ein Banner, auf das mit teerschwarzer Farbe *Stoppt den Mietwahnsinn* gepinselt war. Henry zückte sein Notizbuch, nahm eine bequeme Position ein, und Katja Orlova zog eine Schachtel Cabinet aus der Hemdtasche. Wie selbstverständlich nahm Linda den Aschenbecher vom Fensterbrett.

»Wissen Sie«, erklärte Katja Orlova, »ich kenne Caroline seit knapp fünfzehn Jahren.«

»Das ist eine lange Zeit«, sagte Linda.

»Wir sind zusammen durch dick und dünn gegangen.«

»Das kann ich mir gut vorstellen.« Linda hielt das Feuerzeug über den Tisch, entfachte zunächst Katja Orlovas Zigarette und danach ihre eigene.

Die Frau inhalierte, neigte leicht den Kopf und strich sich beim Ausatmen durch das raspelkurze Haar. »Ich würde jeden Tag in die Klinik fahren, will mich aber auch nicht der Familie aufdrängen. Wer will schon 'ne Heulsuse an der Backe haben?« Ihr Mund krümmte sich zu einem tapferen Lächeln. »Ich warte einfach, bis sie mich anrufen.«

Henry vermochte den Wert von jahrelanger Freundschaft kaum zu ermessen. Während seiner Schulzeit hatte er Hannes als seinen besten Freund bezeichnet; allerdings hatte er ihm nie anvertraut, dass er für den Tod eines Jungen verantwortlich war. Patrick Kramer, zwei Klassen höher und an einem verregneten Sommertag für immer verschwunden, weil Henry es so gewollt hatte. Heute fragte er sich, ob er Hannes überhaupt seinen besten Freund hatte nennen dürfen, ausgerechnet einen Menschen, dem man verschwieg, was einem auf der Seele brannte. Reflexartig fuhr seine Hand hinter das linke Ohr und berührte die Narbe, die Patricks glühende Zigarette hinterlassen hatte.

»Unter Umständen sind ein paar Fragen unangenehm«, begann Linda. »Doch es ist von größter Wichtigkeit, dass Sie wahrheitsgemäß antworten.«

Katja Orlova sog an ihrer Zigarette, und unter ihren Wangenknochen straffte sich die Haut. Linda erzählte von den Drogen, die man im Urin ihrer Freundin gefunden habe. Eindrücklich bekräftigte sie, dass es einzig und allein darum gehe, Fakten zu sammeln. Niemand wolle die Verunfallte diffamieren.

»Caroline nimmt keine Drogen«, erwiderte Katja Orlova. »Sie lässt sich auch nicht dazu verführen, im Gegensatz zu mir.« Sie lächelte scheu. »Caroline trinkt halt gern.«

»Täglich?«, hakte Linda nach.

»Nein, das nicht. Im Alltag ist sie sehr kontrolliert.«

»Und am Wochenende? Beispielsweise auf Partys?«

»Da verliert sie manchmal das Maß.«

»Könnte die Trunkenheit sie schwach gemacht haben?«

»Sie meinen, wegen der Drogen?«

»Ja.«

Katja Orlova winkte mit der Zigarette ab. »Nein, die Angst vor dem Kontrollverlust sitzt bei ihr tiefer als jeder Kummer.« Sie inhalierte langsam und behielt den Rauch eine Weile in der Lunge.

Ihr Blick provozierte förmlich ein Nachfragen, dennoch spannte Linda eine taktische Pause. Sie drückte die Zigarette aus und nippte an ihrem Tee. Die Erzieherin schwieg, und in ihrem Schweigen vermischten sich Rauch und erste Tränen.

»Leute wie Caroline nennt man wohl Stresstrinker«, sagte sie endlich. »Und Caroline hat gerade 'ne Menge Stress.«

Linda schaute verständnisvoll.

»Solange alles im Leben läuft, bleibt es bei einem Gläschen am Abend. Wenn sich jedoch ein Konflikt anbahnt, verwandelt sich die liebe Caroline in eine Schnapsdrossel. Ihr Papa würde sich vor Entsetzen die Augen reiben. Ich habe mal erlebt, wie sie anderen den Alk vor der Nase weggesoffen hat.«

Durch Henrys Gedanken radelte eine volltrunkene Caroline Meyer; ihr blondes Haar flatterte im Wind, während das Fahrrad Schlangenlinien zeichnete.

»Sie wird aber nicht ausfallend«, fuhr Katja Orlova fort. »Oder biedert sich bei irgendwelchen Kerlen an. Nein, Caroline bleibt das stille Mädchen, das sie auch sonst ist. Irgendwann verschwindet sie einfach von der Party, klammheimlich, und niemand bemerkt etwas. Ich sage immer, Caroline war wieder auf Autopilot.«

Katja Orlovas Mundwinkel wollten sich zu einem Lächeln aufraffen, doch ihre Lippen erbebten nur für einen kurzen verletzlichen Moment. Leider habe sie mit den Theaterleuten nichts am Hut, sagte sie und beklagte ihre fehlende Offenheit. Wäre sie nämlich auf der Feier gewesen, hätte sie Caroline wenigsten zurückhalten können. Katja Orlova tupfte sich mit dem Ärmel die Augen trocken, und Henry verspürte den Drang, ihr ein paar tröstende Worte zu spenden.

»Sie haben sich nichts vorzuwerfen«, erklärte er nüchtern. »Ihre Freundin war nicht zum reinen Vergnügen auf der Feier.«

»Sie meinen, sie hätte Dienst gehabt?«

»Laut unseren Informationen schon«

»Das kann nicht sein.«

»Ihre Chefin hat uns das bestätigt.«

»Seltsam. Caroline hätte niemals im Dienst getrunken.«

»Das sieht ihre Chefin genauso.«

»Ja, sie ist viel zu verantwortungsvoll.«

»Sie sprachen vorhin von Stress. Hat Ihre Freundin denn welchen?«

»In Carolines Leben ist der größte Stressfaktor ihr eigenes Herz.«

»Also Liebeskummer?«

»Ja, durch die Bank weg.«

»Führt sie gerade eine Beziehung mit irgendwem?«

Katja Orlova steckte sich an ihrer Zigarette eine neue an und entschuldige sich für die Qualmerei. »Von einer Beziehung zu sprechen, wäre fast eine Lüge.«

»Das klingt nach unerwiderter Liebe.«

»Unerwidert und mit Füßen getreten.«

»Können Sie uns den Namen ihres Schwarms verraten?«

»Ben Schilling.«

»Der Regisseur?«

Katja Orlova nickte, wobei sich ihr Gesicht zu verschließen schien. »Manchmal fällt die Liebe eben auf ein Stück Dreck.«

3

Jena Nord. Linda parkte ihren Wagen im Neubaugebiet Himmelreich und überprüfte die Adresse. Laut Meldestelle wohnte Familie Schwenke in Hausnummer 10, einem pastellfarbenen Sechsgeschosser mit verglasten Balkonen. Vater, Mutter und Tochter waren gemeinsam auf der Feier im Schloss Thalstein gewesen. Julia Schwenke, vierzehn Jahre alt und Schülerin auf dem Angergymnasium, spielte in Ben Schillings Stück eine der sieben Morellas, was Linda immer noch reichlich abstrakt vorkam.

Sie klingelte, wurde hineingelassen und versuchte sich auf dem Weg zum Fahrstuhl vorzustellen, ihre Tochter würde Theater spielen. Leonie interessierte sich für Computerspiele, großformatige Bildbände und YouTube-Videos. Soweit Linda wusste, wollte sie Meeresbiologin werden. Sport und die Tiefen der Meere waren ihre Interessengebiete. Ihre Tochter auf einer Bühne – allein dieses Bild befremdete Linda. Sie hätte nicht spontan antworten können, ob sie Leonies Desinteresse fürs Theater ablehnte oder begrüßte. In ihrer Vorstellung spielten entweder Außenseiter Theater, also Kinder und Jugendliche, die unter Mobbing litten, oder Egozentriker, deren Darstellungsdrang im Klassenzimmer nicht befriedigt wurde. Als Linda aus dem Fahrstuhl trat, hoffte sie, Leonie würde noch lange von *Terra-X*-Dokus über Haie, Rochen und Korallenriffe begeistert sein.

Julias Mutter empfing sie in einer Stoffhose und einer luftigen Bluse. Ihre Pausbäckchen hatte sie offensichtlich mit Rouge gepudert. Wie Linda bei ihrem Anruf erfahren hatte, war ihr Mann auf Dienstreise.

Katrin Schwenke dirigierte sie ins Wohnzimmer, wo Linda neben Mutter und Tochter an einem riesigen Tisch Platz nahm. Alles in diesem Raum erstrahlte in hellen Farben: die babyblauen Bilderrahmen an den Wänden, die zartrosa Kissen auf der Couchgarnitur, die unzähligen Porzellanengel, die von den Schränken herabstierten. Auch in der Tischmitte standen zwei Engel mit erröteten Wangen und strohblonden Locken. Für den Bruchteil einer Sekunde drängte sich Linda ein alter Fall ins Bewusstsein: Henry im Krankenhaus, eine Höhle voller Exkremente, lauter Dinge, an die sie nicht mehr denken wollte.

»Die arme Caroline.« Katrin Schwenke seufzte und fasste nach der Hand ihrer Tochter. »Mein Gott, die arme Familie.«

»Sie nennen die Verunfallte beim Vornamen«, sagte Linda. »Kennen Sie Caroline Meyer persönlich?«

»Na, das ist unsere Caroline.«

Linda bemerkte, wie Julia Schwenke die Antwort mit einem Augenrollen quittierte. Rein äußerlich bildete das Mädchen, gekleidet in Jogginghose und Kapuzenpulli, den glatten Kontrast zu ihrer Mutter. Gern hätte Linda in Julias Zimmer geluchst, um zu prüfen, ob es dem Wohnzimmer in all seinem Kitsch ähnelte.

»In welcher Beziehung stehen Sie zu Frau Meyer?«

»Sie ist unsere Ansprechpartnerin«, erklärte Katrin Schwenke. »Quasi für das Organisatorische. Herr Schilling ist halt ein richtiger Künstler. Sie wissen ja, wenn eine Seite hervorsticht, fällt's an anderer Stelle ab.«

»Ben ist super.« Julia befreite ihre Hand aus dem Griff der Mutter. »Mutti wollte bloß sagen, dass er manchmal nicht weiß, wo ihm der Kopf steht. Das kommt von dem ganzen Input.«

Auf Linda wirkte die empathische Art der Tochter wie die einer Erwachsenen. Mit einem komplizenhaften Lächeln erkundigte sie sich, was genau sie damit meine. Katrin Schwenke holte Luft und wollte das Wort an sich reißen, doch Julia kam ihr zuvor.

»Ben lebt seine Stücke. Verstehen Sie das?«

Linda nickte.

»Er behandelt uns nicht wie Kinder.«

»Sondern?«

»Wie echte Schauspielerinnen.«

»Du meinst die Darstellerinnen der *Morella*?«

»Ja, und Levin natürlich.«

»Macht der auch mit?«

»Er spielt den Mann von Morella.«

»Ist er der einzige Junge im Ensemble?«

»Ja, leider.«

»Hast du was gegen Levin?«

»Nein, ich finde nur, dass die Rolle besser zu Ben passen würde. Der kennt den ganzen Text auswendig, und wenn er einen anguckt, strahlen seine Augen so schön.«

»Julia wird alle an die Wand spielen«, fuhr Katrin Schwenke dazwischen und lächelte stolz. »Ich verstehe sowieso nicht, weshalb er eine Rolle durch sieben teilen muss. Sieben Morellas!« Sie klang empört, und ihre Wangen färbten sich puterrot. »Meine Tochter würde das auch allein schaffen.«

»Mama, das ist das Konzept des Stücks.«

»Trotzdem bist du die Beste.«

»Einige sind echt gut«, sagte Julia ohne eine Spur von Neid. »Zum Beispiel Alina. Der steckt die Schauspielerei im Blut.«

Linda, die sich erinnerte, den Namen auf der Gästeliste gelesen zu haben, lenkte das Gespräch auf die Feier.

»Alle waren furchtbar nett«, sagte Julias Mutter. »Wir fühlten uns sofort aufgehoben.«

»Sie meinen, Sie und Ihr Mann?«

»Ralf kriegen sonst keine zehn Pferde ins Theater.«

»Und was hatten Sie für einen Eindruck von Caroline?«

»Sie wirkte gut gelaunt. Irgendwie auf Draht.«

»Aufgeputscht oder nervös?«

»Nein, eher beschäftigt. Sie schwirrte überall herum und begrüßte jeden. Ich glaube, sie wollte sich um alle gleichzeitig kümmern.«

»Sie war betrunken, Mama.«

»Ach, erzähl nicht so was.«

»Du warst doch selbst blau.«

Die Mutter griff nach einer der Engelsfiguren. »Na ja, ich hatte eine harte Woche hinter mir und habe die Chance genutzt. Mein Mann ist gefahren, also ...«

»Am Wochenende kann man sich endlich treiben lassen«, kommentierte Linda wohlwollend. »Ist Ihnen irgendetwas Besonderes aufgefallen, zwischen Caroline und einem der Gäste?«

Sie schüttelte den Kopf.

»Und zwischen ihr und einem der Angestellten?«

»Nein, Caroline war irgendwann weg.«

Julia seufzte derart demonstrativ, dass es einer Einleitung gleichkam. »Ich glaube, Caroline ist in Ben verknallt.«

Ihre Mutter ließ von der Engelsfigur ab. Ein deutliches Misstrauen verfinsterte nun ihr Gesicht, und Linda rückte vor an die Tischkante.

»Je später der Abend wurde«, fuhr Julia nach einer Pause fort, »desto mehr suchte sie seine Nähe. Aber er beachtete sie nicht weiter. Überhaupt hatte ich das Gefühl, er hätte keinen Bock auf die Feier.«

»Künstler«, stöhnte ihre Mutter, als würde das alles erklären.

»Ich glaube, sie ist deswegen zu Torsten gerannt.«

»Sag mal, wo hast du überall deine Augen gehabt?«

»Ich war jedenfalls nicht betrunken.«

Linda stützte die Unterarme auf und wollte von Julia wissen, weshalb Caroline ausgerechnet zum Hausmeister gerannt war.

»Ich denke, um sich auszuheulen.«

»Bei Torsten Knaak?«

»Ja genau. Der fetten Miezekatze.« Julia lachte auf, und das Gelächter verwandelte sie zurück in ein Kind. »Der redet immer so geschwollen. Wie ein Möchtegernschauspieler.«

»Julia«, Katrin Schwenke seufzte, »muss das sein?«

»Stimmt doch. Hast du ihn mal reden gehört?«

»Nein, warum sollte ich?«

»Der Typ ist überall dabei. Total nervig.«

»Nennt ihr ihn deshalb Miezekatze?«, fragte Linda.

»Keine Ahnung«, erwiderte Julia. »Ben nennt ihn so.«

4

Torsten Knaak befand sich auf seinem täglichen Kontrollgang durchs Theater. Jetzt, da es auf unbestimmte Zeit geschlossen war, hätte er sich die Mühe sparen können. Alle Scheinwerfer waren erloschen, alle Türangeln geölt und die Wandleuchter auf defekte Glühbirnen hin geprüft. Torsten war nicht nur ein Gewohnheitstier, darüber hinaus liebte er seine Arbeit, und erst der Einsturz der Schlossmauern hätte seine Kontrollrunden verhindert.

Er passierte gerade den Korridor hinter der Bühne, als ihm das Licht in einem Türspalt auffiel. Instinktiv dämpfte er seine Schritte. Er pirschte sich an die Tür heran und linste in die fensterlose Kammer, die den Schauspielern als Umkleide diente. Ben Schilling, der Regisseur des neuesten Stücks, saß zwischen der Garderobe und einer Reihe hoher Spinde auf einem Klappstuhl, die Schultern angezogen, den Rücken zur Tür gewandt. Schillings Anwesenheit war von Torsten nicht unbemerkt geblieben, da sein Alfa Romeo die Einfahrt versperrte.

»Machen Sie jetzt auf Schlossgeist?«, fragte Schilling, ohne sich umzudrehen.

Torsten fühlte sich ertappt und wollte im ersten Moment Reißaus nehmen. Dann öffnete er die Tür, verharrte jedoch hinter der Schwelle. In der Kammer roch es nach pubertärem Schweiß und süßem Deodorant, darunter nach Aufregung und Herzklopfen. Obwohl der Betrieb noch keine drei Tage ruhte, wurde der Geruch für ihn allmählich zu einem Aroma der Vergangenheit. Wie Marissa Kolp per Rundmail mitgeteilt hatte, waren sämtliche Vorstellungen bis kommenden Montag gestrichen.

»Ich will nicht stören ...«, sagte er mit aller Höflichkeit.

»Was Sie angeblich nicht wollen, habe ich bemerkt.«

»Entschuldigen Sie, aber ...«

»Was denn?«

Torsten empfand Schillings Tonfall als unangebracht. Er stieß ein Grunzen aus, trat festen Schrittes ein und stützte die Arme in die Hüfte. »Ihr Auto steht in der Einfahrt.«

»Ja und? Wo ist das Problem?«

»Sie dürfen dort nicht parken.«

»Bis auf Ihre Person stört das niemanden.«

»Es ist nicht das erste Mal. Außerdem habe ich Sie schon oft auf die Unfallgefahr hingewiesen.«

»Das Theater ist geschlossen. Also, was wollen Sie?«

»Ich hätte nichtsahnend auf die Einfahrt schwenken können.«

»Sind das zwei Äuglein in Ihrem Schädel?« Ben Schilling blickte über seine Schulter zur Tür. »Oder was glotzt mich da so bedeppert an?«

Torsten klammerte sich mit einer Hand am Türrahmen fest. »Halten Sie sich zurück, Freundchen.«

»Hören Sie! Warum fahren Sie nicht heim, strecken ihre Beine aus und genießen die freie Zeit?«

Schilling erhob sich vom Stuhl und musterte das Inventar, als ermüdeten ihn Torstens Einwände, seine Umsicht und seine Sorgen, im Endeffekt seine bloße Gegenwart. Hier gingen die Schauspieler, ehe sie vors

Publikum traten, ein letztes Mal ihre Texte durch. Torsten war zu Ohren gekommen, dass Schilling den Raum in Anspielung auf das berüchtigte Lampenfieber gern die Fieberkammer nannte. Auch wenn er es nie öffentlich zugegeben hätte, insgeheim gefiel ihm die Bezeichnung. Angeblich war William Shakespeare nach einer durchzechten Nacht einem Fieber erlegen. Shakespeare und Schloss Thalstein – das schmeckte Torsten ungemein.

Ben Schilling zog einen Spind auf und schaute hinein, als suchte er etwas. Dann trat er zu den Kleiderhaken und berührte sie nacheinander. »Upps, was haben wir denn hier?«, sagte er, ohne Torsten eines Blickes zu würdigen. »Könnten Sie das in Ordnung bringen?«

»Wie bitte?«

»Der Haken ist lose.«

Lässig strich er sich das Haar aus der Stirn, bevor er sich anschickte, den Raum zu verlassen. Torsten gab die Tür jedoch nicht frei. Er kochte innerlich vor Wut, und in dieser Wut bäumte er sich auf und fixierte Schilling.

»Lieber Herr Knaak mit doppeltem A. Was soll das?«

»Treiben Sie es nicht zu weit, sonst ...«

»... kratzt mich dann die Miezekatze?«

»Wenn sie mich noch einmal so nennen, dann ...«

Schilling fauchte verspielt. Ihre Gesichter waren höchstens zwei Handbreit voneinander entfernt. Torsten hätte lediglich mit der Stirn vorschnellen müssen, um dem Burschen das Nasenbein zu brechen. Eine knappe Bewegung und dieses Wunderkind von Regisseur hätte ein für alle Mal gelernt, wer hier den Hammer schwang. Leider wäre das garantiert Torstens letzter Kontrollgang gewesen, ohne dass das Schloss hätte einstürzen müssen. Er wich einen Schritt beiseite und ließ Schilling nicht aus den Augen.

Der junge Mann glitt an ihm vorüber, wobei er seinen Blick erwiderte. Torsten musste schlucken, sobald er bemerkte, dass sich in Schillings Augen keinerlei Zorn abzeichnete. Was er aus ihnen las, war viel schlimmer denn Argwohn, Frust oder gar Neid. Aus diesen azurblauen Augen sprach das reine Bedauern, vielleicht auch eine Spur Verständnis. Schilling ging den Korridor entlang, kein Blick zurück, kein gehässiges Abschiedswort, während Torsten wie bestellt und nicht abgeholt im Türrahmen verblieb.

Auf halbem Weg zum Bühneneingang stoppte der Regisseur. »Wissen Sie, Herr Knaak, die einen spielen Theater, damit sie von aller Welt gesehen werden. Und die anderen, die leben im Theater, weil's ihnen anderswo nicht möglich ist. Sie wünschen sich, unsichtbar zu sein. Verstehen Sie das?«

Er brauchte darüber nicht nachzudenken. Ben Schilling attestierte ihnen eine gewisse Ähnlichkeit, die Torsten auch unter Androhung von Folter abgestritten hätte.

Der Regisseur erreichte das Ende des Korridors und huschte durch eine schwarze Tür in den Vorstellungsraum. Torsten, unverändert wütend, jagte ihm hinterher. Lediglich ein schwacher Scheinwerfer erleuchtete die Bühne. Alle Plätze waren leer, keine Techniker, die in ihrem Kabuff von einem größeren Theater träumten, keine Praktikanten, die gelangweilt mit ihren Handys spielten, allein er und Schilling, der entspannt zum Ausgang lief.

Torsten stellte sich an den Rand der Bühne und rief:

*»Wenn der Wirrwarr stille schweigt,
Wer der Sieger ist, sich zeigt.«*

»Oh, der gute alte *Macbeth*.« Schilling hatte sich umgedreht und applaudierte ihm.

»Geben Sie zu, was Sie getan haben«, schrie Torsten. »Geben Sie es einfach zu!«

»Ich weiß, was *Sie* nicht getan haben.«

»Was soll das heißen?«

»Ihren Job, Herr Knaak.« Schilling deutete nach rechts auf eine der Wandleuchten. »Ich glaube, eine der Glühbirnen ist defekt.«

Mit einem Lachen verschwand er durch die Tür, während Torsten der Schweiß über die Stirn suppte.

5

Lennart Mikowski drückte die Klingel von Familie Blaschko, während Henry durch das kleine Fenster in der Eingangstür linste. Nachkriegsbauten dieserart kannte Henry aus Berlin – vier Stockwerke, eine schmucklose Fassade, im Aufgang graue Steintreppen und die Räume niedrig und eng.

»Ja?«, tönte eine Männerstimme aus der Gegensprechanlange.

»Kripo Jena«, sagte Henry. »Wir hatten telefoniert.«

»Ja.«

»Wir haben eine Verabredung.«

»Ja.«

»Mit Ihnen.«

»Glaub ich nicht.«

»Sind Sie Herr Blaschko?«

»Ja.«

»Es geht um die Feier ...«

»War ich nicht gewesen«, fiel Blaschko ihm ins Wort.

»Laut unseren Informationen aber Ihr Sohn Levin.«

»Der ist in der Frittenbude.«

»Alles klar«, sagte Henry mit einem Lachen. »Die weltbekannte Frittenbude.«

Der Mann erklärte ihm genervt den Weg, ehe ein dumpfes Klicken signalisierte, dass Blaschko den Hörer eingehängt hatte.

»Pommes klingt ausgezeichnet.« Lennart griente unter der Kapuze seines Hoodies. »Ich lade dich ein.«

Henry schwieg.

»Okay, Kaffee und Tee«, setzte Lennart nach, und Henry schenkte ihm ein Grinsen.

Zu Fuß folgten sie der Hauptstraße Richtung Schenkstraße. Lennart summte beim Gehen eine traurige Melodie, und Henry hing seinen Gedanken nach. Eine Tram zerschnitt beinahe lautlos die kühle Luft, bis sie an der nächsten Haltestelle stoppte. Nur wenige Fahrgäste verließen die Bahn und überquerten die Straße. Einer dieser Passanten, so sinnierte Henry, könnte eine giftige Tinktur im Ärmel tragen. Am Bordstein schaut die Person vorbildlich nach rechts und links und wechselt gemeinsam mit den anderen Menschen die Straßenseite. Eine Person so schmucklos wie die Fassaden der Nachkriegsbauten. Ebenso gut könnte sie auch nicht ausgestiegen sein und weiterhin in der Tram sitzen, stets die Fahrgäste im Visier, stets nach einem potenziellen Opfer Ausschau haltend.

»Einige Psychopathen empfinden den Zufall als Kick«, sagte Henry. »Ein Münzwurf, der über Leben und Tod entscheidet.«

»Wie kommst du denn auf so was?«, erwiderte Lennart.

»Ist mir gerade durch den Kopf gegangen.«

»Ich kann im Augenblick nur an Kaffee mit viel Zucker denken.«

»Stell dir mal vor, der Täter würde seine Opfer spontan aussuchen.«

Lennart schob die Kapuze vom Kopf. »Das ergibt keinen Sinn.«

»Berkowitz hat genau das gemacht.«

»Von dem Typen hab ich noch nie gehört.«

»David Berkowitz tötete zwischen 1976 und 1977 sechs Menschen. Er streifte so lange durch New York, bis ein geeignetes Opfer seinen Weg kreuzte. Getreu dem Prinzip Zufall. Ohne ein erkennbares Muster war die Polizei ziemlich machtlos gewesen.«

»Und wie hat man ihn geschnappt?«

»Durch einen blöden Zufall. Berkowitz hatte zu nah an einem Hydranten geparkt, woraufhin er überprüft worden war.«

»Pech gehabt!«

»Oder den Zufall gegen sich.«

Henry und Lennart stoppten vor dem Imbissladen. Aus einem Lüftungsschacht wehte ihnen der Geruch von frittiertem Fett entgegen. Hinter dem schmierigen Fenster stand ein Junge mit schwarz-weißem Basecap und stocherte, einen Ellenbogen auf den Tisch gestützt, in einem Berg Pommes herum.

Noch bevor sie ihm ihre Ausweise präsentierten, bestellte Lennart Fritten, Kaffee und einen Schwarztee. Levin Blaschko wirkte keineswegs überrascht; offenbar hatte ihn sein Vater informiert. Neben einer Dose Red Bull lag sein Handy, das er unermüdlich bediente, und selbst als Lennart das Gespräch begann, legten Levins Finger keine Pause ein. Henry registrierte sofort, dass ihn die Gegenwart zweier Polizisten nicht im Geringsten einschüchterte. So ungeniert er sich dem Telefon widmete, so frei und ungezwungen erzählte er auch von der Feier.

»Und welche Rolle spielst du?«, fragte Henry.

»Die männliche«, antwortete Levin, ohne aufzuschauen.

»Also Morellas Gatten?« Aus den Augenwinkeln sah Henry, wie Lennart anerkennend die Brauen hob. »Der Mann, der sie am Ende begräbt.«

»Hey, schnell mal auf Wiki geschaut?«

»Auch Polizisten lesen Bücher.«

Levin feuerte keinen Kommentar hinterher; offenbar gehörte er nicht zur Generation Ich-muss-das-letzte-Wort-haben. Er war die Art Kind, die Henry nur schwer fassen konnte.

»Und freust du dich, dass deine Rolle so wichtig ist.«

»Ben meint, alle Rollen sind wichtig.«

Lennart nahm am Tresen einen Teller Pommes und die Getränke in Empfang. Henry wickelte den Faden des Teebeutels um einen Finger und ließ den Beutel im Wasser auf- und abgleiten. In Anbetracht von Levins Teilnahmslosigkeit fragte er sich, ob der Junge überhaupt Begeisterung für das Schauspielen empfand. Er dachte an das Lampenfieber, an die Blicke der Zuschauer und die Scham vor der körperlichen Präsenz. Die Angst, sich im Text zu verhaspeln oder aus seiner Rolle zu fallen. Die Bühne verlangte eine gehörige Portion Mut und Enthusiasmus. Lennart, der gierig seine Fritten verschlang, schien seine Gedanken zu erraten.

»Du«, sprach er Levin an, »ich hab nicht den Eindruck, als hättest du wirklich Bock aufs Theater.«

»Soll das ’n Witz sein?«

»Na ja, der Unfall kümmert dich anscheinend nicht besonders.«

»Hören Sie«, der Junge hob die Augen von seinem Handy, »Theater ist das Geilste auf der Welt. Bloß weil ich hier Pommes esse und ein bisschen abassel, bin ich kein Nappel.«

»Das wollte ich nicht sagen.«

»Ich lern die Texte genauso wie alle anderen.«

»Sorry, Levin.«

»Und ich geb mir Mühe, echt.«

»Ja, schon klar. War blöd von mir.« Lennart streute zwei Päckchen Zucker in seinen Kaffee. »Aber jetzt mal Klartext. Ist dir auf der Feier irgendwas aufgefallen?«

»Nö.«

»Nichts Außergewöhnliches?«

»Nö.«

»Und wie war die Stimmung so?«

»Feuchtfröhlich, würde mein Daddy sagen.«

»Also ist viel Alkohol geflossen.«

Levin zuckte mit den Schultern. »Kann sein. Die meisten kannte ich eh nicht. Nur die Mädchen und Ben.«

»Du magst euren Regisseur, nicht wahr?«

»Jeder mag Ben. Der ist nicht wie die anderen Erwachsenen.«

»Würdest du ihn als Kumpel bezeichnen?«

Der Junge senkte die Augen aufs Handy, was Henry befürchten ließ, er könnte sich wieder hinter seiner Mauer aus Lässigkeit und Desinteresse verschanzen. Lennart versuchte es mit ein paar Fragen, die konkret Caroline Meyer betrafen. Ob Levin zufällig gesehen habe, was sie getrunken habe. In welchem Zustand sie gewesen sei, als sie sich auf den Heimweg begeben habe. Oder wer sich mit ihr ungewöhnlich lange unterhalten habe. Für jede dieser Fragen hatte Levin die gleiche Antwort parat, nämlich ein knappes Schulterzucken.

Henry brachte das Geschirr zum Tresen, und sein Blick blieb unwillkürlich an den leeren Tassen hängen.

Wenn er hier allein gewesen wäre, hätte ein kurzer Gang zur Toilette genügt, damit Was-auch-immer unbemerkt in seiner Tasse hätte landen können. In einer Stadt mit über 100 000 Einwohnern war ein Täter, der sich dem Zufall verpflichtet fühlte, ein wahres Horrorszenario. Henry seufzte ratlos.

Sie verabschiedeten sich, und als Lennart die Tür aufzog, meinte Levin Blaschko, die fette Miezekatze habe sich mit Ben gestritten.

»Welche Miezekatze?«, fragte Henry.

»So nennen wir den Hausmeister.«

»Und wann war das?«

»Na, auf der Feier.«

»Weißt du, worum es ging?«

»Hat mich nicht interessiert. Der Typ war jedenfalls hackenstramm.«

Ob Levin Blaschko ein guter Schauspieler war, hätte Henry nicht beurteilen wollen; mit Sicherheit bewies er ein großes Geschick fürs Timing. In aller Ausführlichkeit erzählte er ihnen, wie er Torsten Knaak kotzen gehört habe. »Ich glaube, die Miezekatze hat sogar geflennt.«

6

Team 2 der Kripo Jena hatte sich im Büro eingefunden. Lennart Mikowski hockte vor dem Laptop und protokollierte die Aussagen des heutigen Tages. Henry hielt Lindas Besuch bei Familie Schwenke in Stichpunkten fest. Im Schrank blinkte die Kaffeemaschine, während auf Henrys Schreibtisch der Schwarztee dampfte. Der Anblick der ausgepressten Zitrone ließ Linda auch nach zwei Jahren gemeinsamer Arbeit die Lippen zusammenkneifen; sie konnte nicht verstehen, warum sich jemand eine halbe Zitrone in eine einzelne Tasse träufelte. Wohlgemerkt freiwillig.

Zwölf Familien hatten sie heute mit ihren Fragen behelligt. Jetzt stand nur noch der Hausbesuch bei einer gewissen Familie Wagner auf dem Programm. Sobald Linda ihre Aussage beendet hatte, wünschte sie Lennart einen entspannten Feierabend, dann setzte Henry einen Punkt, und sie verließen gemeinsam das Büro.

Familie Wagner wohnte im Rabenstieg, am Fuß des sogenannten Hausbergs. Aus der Ebene hatte man freie Sicht auf den Fuchsturm, der einer Legende zufolge der Finger eines verschütteten Riesen war. Durch einen Vorgarten gelangten sie zu einem Einfamilienhaus. Die gedrungene Bauweise und die Nähe zum Nachbarhaus waren in dieser Siedlung Standard, was in Linda ein Gefühl der Enge verursachte. Sie stiegen die Treppe hinauf, klingelten und wurden schließlich von Bettina Wagner begrüßt.

100

Beim Eintreten bemerkte Linda an dieser Frau eine madonnenhafte Schönheit. Ihr Haar, das in den Mittelscheitel und über den Ohren zu einem Zopf gebunden war, verstärkte den Eindruck. Aber ein Groll ließ ihr Gesicht älter als das einer Vierzigjährigen erscheinen. Linda glaubte, der späte Besuch trüge eventuell Schuld daran. Den wenigsten Zeugen konnte man es recht machen; entweder ärgerten sie sich, weil sie per Vorladung aufs Präsidium bestellt worden waren, oder sie grollten darüber, dass sie von der Polizei zu Hause aufgesucht wurden.

Obwohl Bettina Wagner sie direkt ins Wohnzimmer geführt hatte, bot sie ihnen keinen Platz an. Sie standen zwischen Couch und Schrankwand wie potenzielle Nachmieter, die eine Führung durchs Haus bekamen. Henry klappte sein Notizbuch auf, und Linda wünschte sich nicht zum ersten Mal, auch etwas zum Festhalten zu haben. Sie ergriff in ihrer Jacke die Zigaretten, verkniff sich jedoch, die Schachtel hervorzuholen. Sichtlich berührt erzählte ihnen Bettina Wagner, dass Alina bei ihrer Freundin schlafe.

»Haben Sie Ihre Tochter nicht über unseren Besuch informiert?«, fragte Linda.

»Doch, das habe ich.«

»Und das ist Ihrer Tochter egal?«

»Natürlich nicht.« Sie zuckte die Achseln. »Alina hat angerufen, und dann war nichts mehr zu machen.«

Der Unterton in ihrer Stimme verriet Linda, dass zwischen Mutter und Tochter einiges im Argen lag. Vielleicht erklärte das auch den Unmut in ihrer Miene. Alina schlief nicht einfach bei einer Freundin; sie hatte überdies die Polizei versetzt und brachte ihre Mutter damit in eine peinliche Lage.

»Leben Sie mit Ihrer Tochter allein?«

»Ich bin Witwe«, erwiderte die Frau.

Ihre Antwort war so einfach wie bestürzend, aber weniger der Umstand der Witwenschaft erschreckte Linda; es war vielmehr die Intonation, mit der Bettina Wagner geantwortet hatte. Im Laufe ihrer Karriere hatte Linda den Tonfall gelegentlich von Müttern vernommen. Und was machen Sie beruflich? Ich bin Mutter. Drei Worte, die jegliches Nachbohren zu unterbinden suchten. Die Beziehung zu einem anderen Menschen schien Aufgabe genug, auch wenn es sich wie in diesem Fall um einen Toten handelte. Henry setzte den Bleistift an, und Linda erahnte seinen Stichpunkt. Beruf, Doppelpunkt, Witwe.

»Thomas ist vor neun Jahren gestorben«, sagte Bettina Wagner. »Ein Unfall.«

»Und Sie sind Hausfrau?«

»Nein, ich bin Lehrerin für Geografie und Sport.«

Linda dachte an ihre Tochter. »Und an welcher Schule unterrichten Sie?«

»Ich nehme gerade eine Auszeit.«

»Auf Ihr eigenes Bestreben hin?«

»Auf Bestreben meiner Seele.« Bettina Wagner lächelte scheu. »Ich bin wegen Burn-out beurlaubt worden.«

Als würde sie sich rechtfertigen wollen, meinte die Frau, sie sei nur ihrer Tochter zuliebe auf der Feier gewesen. Seit der Diagnose ihrer Krankheit pflege sie allenfalls sporadischen Kontakt zu ihren Mitmenschen. Sie fühle sich eigentlich in größeren Gruppen unwohl, zumindest in ihrem jetzigen Zustand. Linda nickte verständnisvoll. Bettina Wagner schlang die Arme um den Bauch, trat ans Fenster und blickte hinaus in die Dunkelheit. Lindas und Henrys Spiegelbilder schmierten über die Scheibe wie die flüchtigen Schemen zweier Hausgeister. Linda erkundigte sich, ob sie Caroline Meyer persönlich kenne.

»Im Grunde nicht. Sie hat lediglich ein paarmal angerufen, wenn die Proben länger gedauert haben. Sie brauchte mein Einverständnis.«

»Sie sind bestimmt stolz auf Ihre Tochter.«

»Weil sie im Theater spielt?«

»Mir ist zu Ohren gekommen, dass sie Talent hat.«

Statt Lindas Behauptung zu bestätigen, sagte Bettina Wagner: »Ich könnte das nicht. Ich hatte schon Probleme mit dreißig Schülern. Stellen Sie sich mal vor, ich müsste auf einer Bühne stehen. Im Scheinwerferlicht und dazu noch die ganzen Leute.« Sie wandte sich zurück ins Zimmer. »Kaum zu glauben, dass Alina meine Tochter ist.«

7

Im Dämmerlicht des frühen Abends erschienen Alina die Grabsteine wie bucklige Zwerge. Die goldfarbenen Inschriften wurden von der Dunkelheit ausradiert, und auch der Giebel der kleinen Feierhalle war kaum noch zu erkennen. Sie saß, die Beine ausgestreckt und die Hände in den Manteltaschen, auf einer Bank im hinteren Teil des Ostfriedhofs.

Der Friedhof war nur zehn Fußminuten von ihrem Zuhause entfernt. Bis auf ein paar Greise, die in stiller Andacht zwischen den Gräbern umherkrochen, begegnete man hier nur selten anderen Menschen. Manchmal sah sie den Gärtner mit Laubbesen und Heckenschere ein paar letzte Arbeiten vor dem Feierabend verrichten. Ihre Mutter wusste nichts von ihren häufigen Besuchen auf dem Friedhof, und falls sie doch etwas ahnte, hätte sie sich die Frage nach dem Warum wohl selbst beantworten können.

In ihrem Leben hatte Alina an einer einzigen Beerdigung teilnehmen müssen. Sie war sechs Jahre alt gewesen und hatte keinerlei Erinnerung daran. Heute fragte sie sich, was ein Kind auf einem Begräbnis anstellen mochte, während die Erwachsenen mit gesenkten Köpfen Tränen vergossen. Hatte sie womöglich zwischen den Steinen Verstecken gespielt? Oder die Blumen von fremden Gräbern gezupft? Oder hatte sie stocksteif neben ihrer Mutter gestanden und auf die Urne ihres Vaters gestarrt?

Im Schatten der Grabsteine wuchsen Silberkraut und Heidekraut oder vergammelten die Kränze von Allerheiligen. Das Grab ihres Vaters lag in Sichtweite, sodass sie nicht mühselig davorstehen musste. Es war bereits winterfest mit Tannenzweigen abgedeckt worden, allerdings hatte Alina keinen Schimmer, wer dafür verantwortlich war.

Ihr Vater war kein guter Mensch gewesen. So lautete zumindest das Urteil ihrer Mutter. Mehr als das gab sie nur selten preis, es sei denn, sie war gleichzeitig betrunken und wütend. Oder gleichzeitig betrunken und wehleidig, was weitaus häufiger vorkam und für Alina noch schwerer zu ertragen war. In solchen Momenten lallte ihre Mutter, er habe sie grün und blau geschlagen, wobei sie nicht »er« oder »Thomas« sagte, sondern »dein Vater«.

»Dein Vater hat mich grün und blau geschlagen, vergiss das nicht.«

»Dein Vater war ein Monster, damit du das weißt.«

»Dein Vater hat mein Leben ruiniert.«

Die Litanei endete stets mit dem einen Satz, in dem sie ihn einmal nicht als Alinas Erzeuger bezeichnete: »Immerhin hat er mir ein anständiges Sümmchen hinterlassen.« Ihr Vater hatte eine mittelgroße Firma geleitet. *Wagners Fliesen- und Mosaikverlegung.* Die Firma hatte die Bäder und Küchen der halben Stadt gefliest, und Alina war schon von den Eltern einiger Mitschüler angesprochen worden, ob der Herr Wagner ihr Vater sei. Die Frage berührte sie auf unangenehme Weise, und sie war froh darüber, dass ihre beste Freundin kein Interesse an ihrer Familiengeschichte zeigte. Thomas Wagner war auf Rügen von einem Kreidefelsen zu Tode gestürzt – laut ihrer Mutter sei er dabei stockbesoffen gewesen. Bald nach der Beerdigung hatte ihre Mutter die Firma abgestoßen. Damals war Alina gerade eingeschult worden. An die Firma erinnerte sie sich ebenso wenig wie an das Begräbnis.

Die Dämmerung ließ nun auch die Inschrift auf seinem Grabstein verschwimmen. Alina, die ein sehr gutes Gedächtnis für Texte aller Art hatte, konnte den Wortlaut längst auswendig hersagen.

»Hier ruht in Frieden Thomas Wagner
In ewigem Gedenken und ewiger Liebe
Seine Familie.«

Und das alles in schönstem Blattgold auf poliertem Granit. In ewiger Liebe – für wen galt das? Für seine Eltern, deren Gesichter sie längst vergessen hatte? Für seinen Bruder, an den sie sich nicht einmal erinnerte? Mit Gewissheit galten diese Worte nicht für ihre Mutter. Alina hatte noch nie um ihren Vater geweint; sie verspürte aber den Drang, mit ihm zu reden, ein richtiges Gespräch zwischen Tochter und Vater zu führen. Erst vor Kurzem hatte sie ein Foto von ihm im Wohnzimmerschrank entdeckt. Seine Gestalt glich darauf einem unförmigen Cello, außerdem trug er eine alte, abgewetzte Strickjacke und lächelte sympathisch. Absolut nicht wie ein Monster.

8

Lindas Passat hielt vor dem ehemaligen Hotel, in dem Henry wohnte. Der Plattenbau unterschied sich kaum von den Nachbarblocks. Auf keinen Fall hätte sie in Lobeda-Ost wohnen wollen. Sie war dankbar, dass sie und Stefan sich nach der Geburt ihrer Tochter ein Haus gekauft hatten. Damals waren die Preise noch erschwinglich gewesen, und auch der Umstand, die nächsten dreißig Jahre einen Kredit abzahlen zu müssen, ließ sie die Entscheidung nicht bereuen. Natürlich wusste sie, dass Henrys Wahl für den Wohnort seiner Vorliebe für Anonymität geschuldet war.

»Dann bis morgen.« Linda drehte die Lautstärke des Radios hoch.

Chris Rea sang von einem Typen, der nach Texas fliehen wollte, weil alles immer verrückter wurde. In Linda löste sich gleichsam die Verspannung, was zweifellos dem Feierabend zu verdanken war.

Henry hatte seinen Gurt gelöst, blieb jedoch sitzen. »Mir geistert da so ein Gedanke durch den Kopf.«

Er stockte, worauf Linda die Musik leiser stellte. Nach zwei gemeinsamen Dienstjahren hatte sie längst ein Ohr für die Sprache ihres Partners entwickelt und wusste sein Zögern zu deuten. »Okay, schieß los!«

»Ich habe mal zwei Möglichkeiten ausgeklammert. Erstens, dass Caroline Meyer sich selbst vergiftet hat.«

»Aha, und warum?«

»Bisher zeichnen unsere Zeugen ein anderes Bild von ihr.«

»Die können sich aber irren? Jeder hat verborgene Seiten.«

»Wir haben leider nur diese Aussagen.«

»Okay, das lass ich vorläufig gelten.«

»Zweitens würde ich einen der Angestellten ausschließen.«

»Hat dich etwa das Gelaber von der ach so tollen Familie eingelullt?«

Henry schüttelte den Kopf. »Linda, überleg doch mal. Weshalb soll jemand vom Theater Caroline Meyer ausgerechnet auf der Feier unter Drogen setzen? Die ganzen Leute, die ganzen Blicke. Ein viel zu hohes Risiko. Das hätte der Angestellte an jedem anderen Tag leichter haben können.«

Das fahle Licht der Hausbeleuchtung drang durch das Fenster der Beifahrerseite und umrahmte Henrys dunkles Gesicht. Er meinte, nachdem er beide Möglichkeiten ausgeschlossen habe, komme nur einer der Gäste infrage.

»Lennart hat mir schon von deiner Zufallstheorie erzählt«, sagte Linda. »Ich bin davon nicht begeistert.«

»Ich auch nicht mehr.«

Henrys Antwort überraschte sie.

»Ich denke vielmehr ...« Er zögerte und sagte dann furchtbar schnell: »Ich denke an einen der Schüler.«

Aus einem Reflex heraus wandte Linda den Blick von ihm ab. Ein Kind, dachte sie, und allein der Gedanke ekelte sie an. Das Bild ihrer Tochter drängte sich in ihr Bewusstsein. Leonie, bald dreizehn, Berufswunsch Meeresbiologin. Die Darstellerinnen und der einzige männliche Part des Ensembles waren zwischen vierzehn und neunzehn Jahre alt. Linda mochte den Gedanken nicht zu Ende führen.

Offenbar stand ihr der Widerwillen ins Gesicht geschrieben, denn Henry sagte mit eindringlicher Stimme: »Jesse Pomeroy hatte mit vierzehn bereits zwei Menschen auf dem Gewissen. Nur seine Jugend hat ihn vor dem Galgen bewahrt.« Er machte eine kurze Pause, bevor er fortfuhr. »Im Gefängnis war Pomeroy Mitglied in der hauseigenen Theatergruppe.«

»Und wann war das?«

»1874.«

»Ist ziemlich lange her.«

»Mit elf Jahren hat Mary Bell zwei Kinder erwürgt. Das ist 1968 gewesen.«

»Henry, die Zeiten ändern sich.«

»Du erinnerst dich bestimmt an den Fall James Bulger. Der Zweijährige wurde von zwei Zehnjährigen zu Tode gefoltert.«

»Hör schon auf! Ich hab's kapiert.«

Linda fröstelte und raffte sich die Jacke vor die Brust. Wie unter einem Zwang versuchte sie, sich ihre Tochter als Giftmischerin vorzustellen. Sosehr ihr dieser Gedanke auch zuwider war, so wenig ließ sich eine Tatsache abstreiten: Die Intelligenz für ein solches Vergehen hatte Leonie durchaus.

Doch war sie überhaupt in der Lage, sich K.-o.-Tropfen zu besorgen? Oder welche aus gewöhnlichen Haushaltsmitteln herzustellen? Das Internet bot Anleitungen für alles Erdenkliche – um Waffen oder Bomben zu basteln und sicherlich genauso für das Zusammenpanschen von Drogen.

Letztlich sprach Henry aus, was sie ungern zugegeben hätte. »Wir haben beide keine Ahnung, wo Kinder alles rankommen.«

»Du hast recht. Die Zeit, in der man Mamas Kippen stibitzte, ist vorbei.«

»Rauchen ist eh out.«

»Wirklich?«

»Laut Statistik total uncool.«

»Was ist nur aus unserer Welt geworden?« Linda stieß ein heiseres Lachen aus und wünschte Henry einen schönen Abend.

Sie beobachtete, wie sich vor ihm die Glastür aufschob und er samt Seitenscheitel, Umhängetasche und Jackett in seinem Wohnblock verschwand. Nur seine garstige Theorie, die hatte er ihr zurückgelassen. Statt den Wagen zu starten, stellte sie die Musik lauter, zündete sich eine Zigarette an und überließ sich den dunklen Fantasien. Eltern, die das Kinderzimmer nach verbotenen Substanzen durchwühlten. Kinder, die andere zu vergiften imstande waren. Was war das für eine Welt?

SPÄTER

Ein Schwall kaltes Wasser riss Ben aus der Versenkung. Er musste das Bewusstsein verloren haben, vielleicht schon zum zweiten oder dritten Mal. Das Wasser floss ihm über Hemd und Hose, abwärts auf seine nackten Füße. Es fühlte sich an, als wäre er vollkommen durchnässt; allein die hinter der Stuhllehne gefesselten Hände schienen trocken geblieben zu sein.

Er blinzelte das Wasser aus den Augen und versuchte, etwas zu erkennen. Überall Nebel und im Nebel die Schemen einer gleichgültigen Natur. Bäume und Sträucher, doch niemand, der sich ihm zeigte. Er konnte nicht einmal sagen, woher das Wasser stammte, ob jemand einen Eimer über ihm ausgeschüttet hatte oder ob es durch Zauberhand auf seinen Körper gelangt war. In der Angst, jeden Moment wieder ohnmächtig zu werden, irrte sein Blick umher.

Direkt vor ihm war eine Fensteröffnung, die in den Wald hinausging. Kantige, von grünen Flechten bewachsene Steinblöcke hoben sich bis über seinen Kopf. Langsam dämmerte Ben, wo er sich befand, wohin man ihn verschleppt hatte, aber ein Teil seines Verstands wollte diese Tatsache nicht akzeptieren. Er wandte die Augen nach links und spürte sofort die Drahtschlinge um seinen Hals. Das Metall schnitt ins Fleisch und drohte, ihm die Haut zu zerfetzen. Trotz der Schmerzen gelang ihm ein flüchtiger Blick zur Decke. Das

*Drahtende war nirgends auszumachen; es musste ir-
gendwo hinter ihm angebracht sein. Sobald er den
Kopf zur Seite neigte, führte das zu noch tieferen Wun-
den. Schließlich wandte sich Ben wieder dem Fenster
zu. Er starrte müde und resigniert in die Landschaft
und akzeptierte, was nicht mehr zu leugnen war.*

Die Konfrontation mit Torsten Knaak hatte ihn beinahe die Feier verlassen lassen. Er hatte keine Angst
vor seinen Anschuldigungen gehabt, war weder in Panik verfallen noch in Gewissensnöte geraten. Die Situation war ihm einfach lästig, wie ein Mückenstich auf
der Innenseite des Zeigefingers. Statt wieder in den
Saal zurückzukehren, trat er durch den Hinterausgang
nach draußen. Im Theater war das Rauchen verboten,
streng genommen auf dem gesamten Gelände. Damit
die Angestellten nicht ständig vor das Tor laufen mussten, hatte der Hausmeister im Schlosshof einen Stan-
daschenbecher aufgestellt.

»Hey«, begrüßte ihn Caroline Meyer. Sie war anscheinend allein hier und qualmte am Fuß der Außentreppe
eine Zigarette.

Obwohl Ben nicht rauchte, hielt er sich gern hier auf.
Wochentags besuchten ganze Klassen das Theater, was
zur Folge hatte, dass die Räume von Kindergeschrei er-
füllt waren. Der Schlosshof verhieß Ruhe und die Möglichkeit, Kraft zu tanken. Ben setzte sich auf die un-
terste Treppenstufe. Der Schein der kupfernen Außen-
laterne vermochte gerade den Umkreis vom Eingang
bis zu den angrenzenden Bäumen zu erhellen. Mit der
hereinbrechenden Dämmerung rückte der Wald Stück
für Stück näher ans Schloss.

Caroline zog an ihrer Selbstgedrehten. »Ziemlich viel los heute.«

»Ja, gemäß dem Motto *Sehen und gesehen werden*.« Die junge Frau grinste.

»Kommt dein Vater auch?«

»Ja, hundertpro.«

»Schon nervös?«

»Nein, eher genervt.«

»Warum?«

»Na ja, du wirst ihn noch kennenlernen.«

Ben lächelte ihr zu. »Solche Veranstaltungen sind nicht dein Ding, oder?«

»Ich will Theater machen«, sagte sie selbstbewusst. »Alles andere ist Firlefanz.«

Mit großen Augen schaute sie auf ihn herab, als erwartete sie einen gescheiten Kommentar über den Sinn von Leben und Kunst oder wenigstens einen Scherz, der sie alles leichter nehmen ließ. Obwohl er nicht reagierte, wich sie ihm nicht von der Seite. Ihm kam der Verdacht, Caroline brennte etwas auf der Seele. Er sah ihre glühenden Wangen, das Leuchten in ihren Augen, die Nervosität, mit der sie ihre Zigarette zum Mund führte. Er konnte sich noch gut an die Zeit mit Anfang zwanzig erinnern, an den zur Schau gestellten Verdruss, weil einem die Familie und deren beschränkte Sichtweise beleidigte. Das Theater bot den Unverstandenen eine Zuflucht. Aber – und das vergaßen die meisten – eine solche Zuflucht war keine Garantie für Glück und inneren Frieden.

»Schraube deine Erwartungen nicht zu hoch«, sagte Ben.

»Was für Erwartungen denn?«

»Na, so allgemein. Manchmal endet das in bösen Schmerzen.«

DONNERSTAG

1

»Was ich dir jetzt sage, darfst du niemanden erzählen.« Alina blieb stehen und wartete darauf, dass ihre Freundin laut und deutlich ihr Einverständnis äußerte.

Scheinbar unbeeindruckt schob sich Sarah ihre Wollmütze zurecht, dann zupfte sie ihren Pony hervor und fächerte sich das Haar über die Stirn. Alina rechnete nicht mehr mit einer Antwort und lief weiter, als Sarah ein lapidares »Okay« verlauten ließ.

»Versprochen?«, hakte Alina nach.

»Ja, versprochen.«

»Dein heiligster Schwur?«

»Das klingt ja geheimnisvoll.«

»Los, versprich's mir.«

»Okay, wenn ich's weitersage, darfst du allen die Sache mit Jason verraten.«

Sie befanden sich auf dem morgendlichen Schulweg, und Alina hatte keine Ahnung, wovon ihre Freundin sprach. Ein Jason ging weder in ihre Klasse, noch war ihr ein Junge mit diesem Namen bekannt. Das Bedürfnis, sich endlich jemandem anzuvertrauen, war weitaus stärker als ihre Geduld für Sarahs Liebesgesäusel. Viel zu lange schon stand das Unausgesprochene zwischen ihnen; gleichzeitig ahnte sie, dass ihr Geständnis sie in ein anderes Licht rücken würde. Sie schluckte vor

Nervosität, spürte unter ihrem Mantel das Herzrasen und öffnete den Mund, doch ehe eine Silbe über ihre Lippen kam, riss Sarah das Wort an sich.

»Jason ist einfach mega!«, schrie sie.

Ohne Rücksicht auf Alina begann sie, von dem fremden Jungen zu erzählen. Dünne Atemwolken drangen ihr aus dem Mund, der vor Lippenbalsam glänzte und pausenlos auf- und zuschnappte. Bei jedem dritten Satz verdrehte sie affektiert die Augen. Alina hörte nur mit halbem Ohr zu, während sie Sarahs Redeschwall zu ignorieren versuchte. Das Unausgesprochene wurde von Sekunde zu Sekunde schwerer. Erdrückender. Letztlich unsagbar. Sie dachte an ihre Rolle in dem neuen Theaterstück, an Morella und eine Liebe, die selbst den Tod überwand.

Doch Sarahs Ergüsse hielten Alina in der Realität fest. Ihre Freundin lebte in einem Universum, das neben ihr nur von halbwüchsigen Jungs bewohnt wurde. Nachdem sie Jasons plumpe Anmache beschrieben hatte, gab sie ihre eigene Reaktion wieder. Nicht zum ersten Mal war Alina dankbar, dass Sarah keinerlei Interesse fürs Theater hegte. Allein der Gedanke, wie sie die Bühne im Schloss Thalstein vereinnahmte, erfüllte sie mit Grauen. Sarah beanspruchte die ganze Welt als Bühne, deshalb schien es nur gerecht, dass das im Wald versteckte Ort Alina vorbehalten war.

»Und dann hat mich Jason geküsst«, berichtete Sarah. »Voll auf den Mund.«

Alina ballte die Hände in ihren Manteltaschen zu Fäusten.

»Er küsst wie ein Frosch. Total schleimig.«

Sarahs Worte bedrängten sie ohne Punkt und Komma, und jedes Mal, wenn sich ihre Freundin empörte, endete das in einem affektierten Lachen. Für Alina war ein Junge, der beim Küssen mit Fröschen konkurrierte, eine Nichtigkeit. Gestern hatte Marissa Kolp ihre Mutter verständigt, dass die Proben vorerst pausieren. Daraufhin hatte Alina Ben angeschrieben, genau genommen waren es bis heute siebenundzwanzig Nachrichten, und auf keine einzige hatte er reagiert. Entweder war sein Telefon aus, oder er ignorierte sie mit voller Absicht.

»Ich sollte ihn abschießen«, sagte Sarah. »Das war zu eklig.« Nachdem Alina ihr Vorhaben unkommentiert ließ, stoppte sie mitten auf dem Weg. »Hörst du mir überhaupt zu?«

»Dein Jason geht mir am Arsch vorbei!«, fuhr Alina sie an.

In Sarahs Kulleraugen zeichnete sich das blanke Entsetzen ab. Alina rechnete damit, dass sie nun das Hassvokabular ganzer Mädchencliquen ernten würde, aber Sarah schimpfte mit keinem Wort.

»Das wollte ich nicht«, entschuldigte sich Alina rasch. »Es ist mir einfach rausgerutscht.«

»Geht es deiner Mutter wieder schlecht?«

Der sensible Ton traf Alina sehr viel härter als das Entsetzen in ihren Augen. Diese Reaktion hatte sie nicht erwartet, nicht von Sarah Strobel.

»Alina, irgendwas ist mit dir.«

»Kann sein.«

»Normalerweise bist du der ruhigste Mensch, den ich kenne.«

»War das ein Kompliment?«

»Stimmt doch. Wenn du mal laut wirst, schwärmst du vom Theater.«

»Bitte rede nicht davon.«

»Warum denn nicht?«

»Erzähle ich dir später.«

»Schade. Ich wollte eh mal mitkommen.«

»Wohin mitkommen?«

»Na, ins Schlosstheater.«

Sarahs Ankündigung schnürte Alina die Kehle zu.

»Ich würde bestimmt eine gute Julia abgeben.« Sarah strich sich über den Pony und präsentierte sich als Prinzessin, indem sie einen Knicks andeutete. »Oder eine ... wie hieß die noch mal?«

In Alinas Brust hockte ein Schrei, der sich Luft zu verschaffen drohte.

»War das nicht irgendwas mit M? Morta... Morta.«

Sie musste sich von ihrer Freundin wegdrehen, sonst hätte sie für nichts garantieren können.

»Jetzt hab ich's«, rief Sarah mit einem Lachen. »Mortadella.«

Kaum hatte sie ausgesprochen, öffnete sich Alinas Kehle gleich einem unter Druck stehenden Fass. »Sie heißt Morella, du blöde Kuh!«

Alina zog die Fäuste aus den Manteltaschen und rannte den Rabenstieg hinauf. Ließ ihre Freundin zurück, mit ihrem Jason und den Froschküssen und dem Irrglauben, Morella spielen zu können.

2

Frank Wenzel, Leiter der Kripo Jena, thronte hinter seinem Schreibtisch und wartete auf Antworten. Neuerdings pflegte er die Marotte, mit dem Lineal seine Nagelhaut zu bearbeiten. Bei Wenzel hatten die Marotten Methode.

»Bisher läuft alles mies«, wiederholte Linda. Sie saß neben Henry und rang sich Erklärungen ab, die ihren Chef ohnehin nicht zufrieden stellen würden. »Im Grunde kommt jeder als Täter infrage. Selbst eine der Schülerinnen könnte Frau Meyer vergiftet haben. Wir bemühen uns, in alle Richtungen zu ermitteln.«

»Ihr Vater will Ergebnisse sehen.«

»Das sagten Sie schon.«

»Und warum muss ich's Ihnen trotzdem vorbeten?«

Henry öffnete sein Notizbuch, was den Anschein erweckte, er wolle es als Schutzschild vor Wenzel benutzen. Dann fuhr er mit dem Zeigefinger über seine buschigen Brauen und erklärte, dass es bei Eisenach einen ähnlichen Fall gegeben habe.

»Eine junge Frau ist auf der A4 unterwegs gewesen, als sie ein plötzlicher Schwindel überkam. Zum Glück für sie und die anderen Verkehrsteilnehmer hat sie es geschafft, auf den Seitenstreifen zu stoppen.«

»Und weiter?«, murmelte Wenzel.

»Die Rettungskräfte fanden sie bewusstlos hinterm Steuer.«

Wenzel schaute das erste Mal von seinen Nägel auf.

»Die Analyse ergab Liquid Ecstasy in ihrem Blut.«

»Interessant, Kilmer.«

»Leider liefen die Ermittlungen ins Leere. Sagt zumindest das hiesige Kommissariat.«

»Ich hoffe, Sie haben denen nicht unser Problem ausgeplaudert.«

Henry schüttelte wie ein gehorsamer Schuljunge den Kopf. Linda befürchtete, er würde aus der Defensive heraus seine Zufallstheorie erläutern und so den Karren an die Wand fahren. Die Theorie klang verdächtig nach Serientäter und Serientäter wiederum nach medialer Aufmerksamkeit – eine Konsequenz, die nur Wenzels Ärger provoziert hätte. Im Grunde ging Linda der ganze Wirbel um Caroline Meyer gegen den Strich. Natürlich hatte sie Mitleid mit dem Opfer, und im Hinblick auf ihre eigene Tochter machte sie die Tat auch wütend. Ließ sie ihre Gefühle aber außen vor, fand sie diesen Fall viel besser in der Abteilung für Drogenkriminalität aufgehoben. Außerdem missfiel ihr Wenzels Affentheater, das allein der gesellschaftlichen Stellung von Meyer geschuldet war.

Linda lehnte sich zurück und sah ihren Chef direkt an. »Hat sich der Herr Bürgermeister schon mal gefragt, ob seine Tochter ein Drogenproblem hat?«

»Dieser Verdacht ist vom Tisch.« Wenzel klopfte mit dem Lineal auf seinen Oberschenkel. »Oder gibt's da noch Diskussionsbedarf?«

»Ich würde liebend gern die Familie befragen.«

»Darum kümmere ich mich persönlich.«

Linda legte den Kopf in den Nacken und lachte verächtlich.

3

Torsten Knaak schloss die Tür zum Büro seiner Chefin auf, neigte das Kinn zur Schulter und horchte in die Stille des Hauses. Alles bestens. Kein Mucks drang aus dem Erdgeschoss. Er trat ein und drückte die Tür hinter sich zu.

Ihm waren sämtliche Poster und Aushänge vertraut. Bei jeder Vorstellung hatte er im Zuschauerraum gesessen, ganz links am Rand und seine Schützlinge stets im Blick. Er hatte lange vor Marissa Kolp den Laden geschmissen und würde es auch nach ihrem Abgang tun, denn der Mann für alles war in Wirklichkeit der gute Geist von Schloss Thalstein. Leider wollte das seine Chefin nicht begreifen.

Er setzte sich an ihren Schreibtisch, versuchte, das Chaos aus Anträgen und Notizen zu ignorieren und stattdessen die Stille zu genießen. Die einzige Person, die den Frieden hätte durchkreuzen können, würde um diese Uhrzeit nicht im Theater auftauchen. Ein Genie wie Ben Schilling schlief garantiert bis nach zwölf. Mit einem Gefühl der Erleichterung langte Torsten nach dem Telefon.

Im Laufe eines jeden Vormittags rief er bei sich zu Hause an, mal aus dem Büro, mal aus seinem Dienstzimmer. Welches Telefon er benutzte, entschied letztlich die An- oder Abwesenheit seiner Chefin. Natürlich zog Torsten das helle Büro seiner fensterlosen Kammer vor, und überhaupt war es nicht falsch, hier oben regelmäßig nach dem Rechten zu sehen.

»Und?«, fragte seine Frau.

»Hier ist alles still und friedlich«, antwortete er.

»Das freut mich.«

»Eigentlich fast schon gespenstisch.«

»Mein Lieber, dir fehlen die Kinder.«

»Sie fehlen mir wirklich.«

»Nach der ganzen Aufregung darfst du dir aber auch ein bisschen Ruhe gönnen.«

Torsten seufzte schwermütig. Letztes Jahr hatten er und seine Frau Rubinhochzeit gefeiert. In trauter Zweisamkeit hatten sie unter einer Weide am Saaleufer gepicknickt, im Korb eine Flasche alkoholfreien Sekt, an den Fingern die glanzlosen Ringe. Ein Leben ohne Renate mochte sich Torsten nicht vorstellen; er brauchte sie, wie er sonst nur das Theater brauchte.

»Hast du mit ihr gesprochen?«, fragte sie behutsam.

»Sie ist nicht hier.«

»Ich meine gestern.«

»Hm.« Er druckste herum.

»Du musst, Torsten. Du musst.«

»Ich weiß.«

»Es wird dich sonst kaputtmachen.«

»Ja, du hast recht.«

»Dann nimm deinen Mut zusammen.«

»Sie wird sowieso nichts ändern.«

»Ich denke, sie liebt das Theater?«

Er betrachtete erneut die Aushänge, bis ihm das Foto von der Preisverleihung förmlich zu blenden schien. Als Ben Schilling und Marissa Kolp der Theaterpreis überreicht worden war, hatte er mit Renate im Publikum gesessen und applaudiert. Damals hatten sie beide noch nicht gewusst, was sich heute nicht mehr verdrängen ließ. Torsten spürte, wie ihn die Gemütsruhe zu entgleiten drohte, und wechselte rasch das Thema, indem er Renate fragte, was im Fernsehen lief. Bereitwillig erzählte sie ihm von den Tipps eines Gartenmagazins, angeblich könne man Schwarzwurzel noch Mitte November säen. Torsten konzentrierte sich auf die Schilderung seiner Frau, ihre Stimme, ihre Verwunderung, ihr herzhaftes Lachen – nichts half so sehr, seine dunklen Gedanken zu verstreuen. Renate war sein Lebenselixier, sein Gegengift. Nach zehn Minuten hängte er ein und verließ das Büro.

Er stieg die Treppe hinunter und schlurfte ins Foyer. Dort schob er die Arme auf den Tresen und sinnierte vor sich hin. Der Appell seiner Frau, er solle endlich mit seiner Chefin reden, setzte ihm zu. Schwere Selbstvorwürfe quälten ihn. Er glaubte, ein Gemurmel zu hören, wie es manchmal im Publikum rumorte, wenn die Vorstellung an Interesse verlor. Das Geräusch war ihm unerträglich, und er floh hinter den Tresen.

Erst gestern hatte er aus der Barbeleuchtung eine kaputte Glühbirne geschraubt, um sie gegen eine neue zu ersetzen. Ohne mein wachsames Auge, dachte er oft, würde das Theater vor die Hunde gehen. Da seine Chefin blind auf beiden Augen war, belohnte sie den falschen Mann mit Dankbarkeit und Treue. Kopfschüttelnd bückte sich Torsten und öffnete das Vorhängeschloss am Kühlschrank. Einen einzigen Schluck wollte er sich gönnen, ein Gläschen von dem klebrigen Kräuterlikör, den ohnehin niemand kaufte.

Beinahe zwanzig Jahre lang hatte er keinen Tropfen angerührt. Seine Abstinenz und auch die seiner Frau waren seiner Krebserkrankung geschuldet. Nach einer erfolgreichen Behandlung hatten beide dem Alkohol abgeschworen, dem Alkohol, den blutigen Steaks und der eingeschweißten Wurst. Sie hatten einander einen Eid geleistet, der ihnen nicht weniger bedeutete als ihr Eheversprechen. Auf diese Weise wollten sie dem Schicksal danken, für eine neue Chance, für ein weiteres Leben. Doch weder Renate noch er hatten ihre Abstinenz jemals an die große Glocke gehängt. Als er auf der Feier zu viel getrunken hatte, schien das niemanden erstaunt zu haben, und in Anbetracht von Carolines Unfall war es auch belanglos. Was er dagegen als ganz und gar nicht unwichtig empfand, war die Lüge, mit der er Renate abgespeist hatte. Noch während der Feier hatten sie miteinander telefoniert. Die Veranstaltung ziehe sich wohl in die Länge, hatte er zu ihr gesagt. Er würde im Theater übernachten müssen, unten in seinem Dienstzimmer. Schließlich sei er der Hausmeister und habe alleinige Schlüsselgewalt. Renate hatte mit keiner Silbe seine Verantwortung gegenüber dem Schloss angezweifelt. Umso schmerzlicher hatte Torsten ihre tatsächliche Sorge getroffen.

»Hast du getrunken?«

»Nein.«

»Wirklich nicht?«

»Ach, Renate, warum unterstellst du mir so was?«

»Entschuldige, ich dachte nur an Schilling.«

»Was hat ausgerechnet der damit zu tun?«

»Ich hab Angst, dass ihr aneinandergeratet.«

»Ich pass auf, versprochen. Und Montag geh ich gleich zur Chefin und sag ihr alles.«

Das war vor fünf Tagen gewesen, und seitdem hatte Torsten geflucht und getrunken, gelogen und gekniffen. Von wegen guter Geist, dachte er. Furchtsam wie eine verwundete Miezekatze kauerte er hinter der Bar. Fette Miezekatze – so hatte ihn einmal eines der Kinder genannt. Er schraubte den Likör auf, und das Knacken des Deckels dröhnte voller Schadenfreude in seinen Ohren.

4

Da sie Alina gestern nicht zu Hause angetroffen hatten, waren sie heute direkt zum Angergymnasium gefahren. Laut Bettina Wagner hatte ihre Tochter bis vier Uhr nachmittags Unterricht. Letzte Stunde Mathematik bei einem gewissen Herrn Hoppe. Zu Henrys Verdruss kam die Befragung jedoch nicht zustande.

Ihre Freundin behauptete, Alina sei einfach weggelaufen. Den Unterricht zu schwänzen, sehe ihr gar nicht ähnlich, das habe sie noch nie gemacht. Alina sei nämlich eine brave Schülerin, wie Sarah Strobel versicherte. Eine, die unentwegt Einsen kassiere, eine Musterschülerin und – das sagte sie hinter vorgehaltener Hand – eine Streberin.

Henry vernahm die Stimme eines Lehrers durch eine der vielen Türen. Offenbar ermahnte er die Klasse zur Ruhe, worauf das Störfeuer im Flur abebbte. Mit dem Telefon in der Hand entfernte sich Linda von ihnen, und allein das Geräusch ihrer Schritte hallte von den Wänden wider. Ein Poster, das zum friedlichen Miteinander aufrief, zierte den sandfarbenen Anstrich; daneben reihten sich abstrakte Bilder aus den Kunstkursen aneinander. Henry fragte das Mädchen, ob es wisse, wohin Alina gelaufen sei.

»Nein«, sagte Sarah, »keine Ahnung.«

»Habt ihr eine Art geheimen Treffpunkt?«

Sie lachte verhalten. »Was soll das denn sein?«

»Ein Ort, an dem euch niemand behelligt.«

»So was wie ein Jugendklub?«

»Ja, genau so was.«

»Jugendklubs sind nur für Loser.«

»Und ein anderer Ort? Vielleicht im Einkaufszentrum?«

»Da hängen bloß Assis ab.«

Henry merkte, dass er dringend einen Auffrischungskurs zum Thema Jugendkultur benötigte. Er bat Sarah, sie möge ein letztes Mal ernsthaft nachdenken. Dann holte er sein Notizbuch hervor, hielt es allerdings selbst für töricht, das Mädchen mit kariertem Papier und Stift beeindrucken zu wollen. Nein, sie habe keine Ahnung, beharrte Sarah. Ihr Mienenspiel verriet den steten Wechsel zwischen Sorge und unverhohlener Sensationsgier, dabei wanderte ihr Blick immer wieder zu Linda, die hinter ihnen mit Alinas Mutter telefonierte. Als es nichts mehr zu fragen gab, schickte er das Mädchen zurück in den Klassenraum.

Er blickte den Korridor hinunter und bemerkte, dass Linda das Telefonat sichtlich schwerfiel. Offenbar wusste Bettina Wagner ebenso wenig, wo ihre Tochter steckte. Mit fester Stimme versuchte Linda, die Frau zu beruhigen.

Henry spukten die Worte von Alinas Freundin durch den Kopf. Musterschülerin. Streberin. Loser und Assis. Er selbst hatte oft den Unterricht schwänzen wollen, damals in den schweren Monaten vor Patrick Kramers Verschwinden. Er lag im Bett und malte sich aus, wie er zu Hause blieb und sich anstelle der Schulbücher seinen Horrorfilmen widmete. Wie der Schrecken seiner Kindheit vergebens die Gegend nach ihm durchkämmte. Allen Fantasien zum Trotz schlurfte Henry am Ende immer zum Frühstück in die Küche. Der Tee war bereits aufgebrüht, sein Pausenbrot bereits geschmiert, und seine Mutter rauchte zum Kaffee ihre erste Kippe. Sie würde vor ihm die Wohnung verlassen, und er hätte nicht einmal seinen Aufbruch fingieren müssen. Trotzdem hatte Henry nie geschwänzt. Er war einfach zu feige gewesen.

Sobald sie neue Informationen habe, beteuerte Linda gegenüber Alinas Mutter, melde sie sich. Sie verabschiedete sich und tauschte das Handy gegen eine Zigarette.

»War schwierig, oder?«, fragte Henry.

»Ich weiß nicht, was ich machen würde, wenn Leonie abhauen würde.«

»Deine Tochter hat sicherlich keinen Grund dafür.«

Henry lächelte aufmunternd, und gemeinsam folgten sie dem Schulkorridor zum Ausgang. Ihnen begegnete ein etwa fünfzehnjähriger Jungen, der eine Röhrenjeans, eine dicke Hornbrille und einen auf die Brust geschnallten Rucksack trug. Das Musterbeispiel eines Außenseiters, dachte Henry und korrigierte sich sogleich: früher vielleicht. Was heute einen echten Außenseiter kennzeichnete, vermochte er nicht zu sagen.

»Versuchen Sie's mal auf dem Friedhof«, sprach der Junge sie an.

Linda ließ die unangezündete Zigarette in der Hand verschwinden. »Was meinst du?«

»Suchen Sie nicht Alina Wagner?«

»Du bist wohl der Lauscher vom Dienst.«

»Ich hab hier zufällig gestanden.«

»Schon gut«, sagte Linda. »Ich nehme an, du meinst den Ostfriedhof.«

»Hier gibt es nur einen Friedhof.«

»Und wie kommst du darauf, dass Alina dort ist?«

»Ich weiß es eben, okay?«

»Bisschen mehr könntest du uns schon verraten.«

»Ich muss in den Unterricht«, erklärte der Junge, rannte den Korridor entlang und huschte in eines der Klassenzimmer.

5

Linda und Henry saßen im Auto und beobachteten vom Parkplatz aus dem Eingang zum Ostfriedhof. Linda sagte, sie hoffe, dass der Junge sie nicht habe verarschen wollen. Als Henry nach seiner Umhängetasche langte, bat sie ihn, im Auto zu warten. Irgendwie habe sie das Gefühl, sie könne mehr ausrichten, wenn sie allein mit dem Mädchen reden würde. Aber er brauche keinen Film zu schieben. Es liege nicht an seinen Verhörkünsten; sie hätte im Alter von Alina Wagner wohl eine Polizistin, zumal eine sehr attraktive, einem finster dreinschauenden Cop vorgezogen.

Henry quittierte ihre Bemerkung mit einem Grinsen; dann kramte er *seine* Akte hervor, was sie als Zeichen seines Einverständnisses deutete. Sie zwinkerte ihm zu und verließ den Wagen.

Draußen schlug Linda den Kragen ihrer Jacke hoch. Obschon der Wind nur schwach wehte, lag in der Luft eine schneidende Intensität, vielleicht der Vorbote eines bitterkalten Winters. Hinter vorgehaltener Hand entfachte Linda eine Zigarette, dann trat sie durch das eiserne Tor und warf einen Rundblick über das Friedhofsgelände. Fürs Erste konnte sie das Mädchen nicht entdecken, genau genommen sah sie keine Menschenseele zwischen den Gräbern.

»Kleiner Scheißer«, murmelte sie bei dem Gedanken an den Schüler, der ihnen den Tipp gegeben hatte.

Mit einem letzten Funken Hoffnung folgte sie der Anhöhe in den hinteren Teil des Friedhofs. Sie lief an

Grabsteinen und hüfthohen Hecken vorbei und fand das Mädchen schließlich auf einer Bank sitzend. Nachdem sie ihre Kippe entsorgt hatte, begrüßte sie Alina mit einem beiläufigen »Hallo«.

»Hast du was dagegen, dass ich mich setze?«

»Bitte«, nuschelte Alina. »Ist nicht meine Bank.«

Linda kam es so vor, als würden sich Tante und Nichte auf einer Familienfeier begegnen, wo niemand Interesse für ein pubertierendes Mädchen zeigte. Sie trug einen blaugrauen Mantel, schmucklose Stiefel, und überhaupt besaß ihr Äußeres eine gewisse Schlichtheit. Linda schob einen Arm auf die Rückenlehne und fragte Alina, ob sie oft hier sei.

»Ja.« Das Mädchen wies auf einen Grabstein. »Da liegt mein Vater.«

»Das tut mir leid.«

»Muss es nicht.«

»Mein Vater ist auch schon verstorben.«

»Echt interessant«, erwiderte Alina sarkastisch. »Sie sind wegen Caroline hier, oder?«

»Woher weißt du das?«

»Ich bin nicht die Einzige in der Theatergruppe.«

»Wir waren vorhin in der Schule, aber wir haben dich nicht gefunden.«

Linda bemerkte, dass Alina ihr Gesicht abwandte, dennoch schienen ihre Ohren auf Empfang zu sein. Ein solches Verhalten ließ sich unter Zeugen immer dann beobachten, wenn leidige Fragen an die Tür klopften. Mit empathischer Stimme meinte Linda, dass sich einige Menschen Sorgen um sie machten.

»Niemand macht sich Sorgen«, erwiderte Alina.

»Das glaube ich nicht.«

»Woher wollen Sie das wissen?«

»Deine Freundin Sarah war sehr besorgt.«

»Die kapiert doch nichts.«

»So wirkte sie nicht.«

»Die hat bloß Jungs im Kopf. Wenn die wüsste, dass ich ...« Alina verstummte abrupt.

»Wenn sie *was* wüsste?«, fragte Linda vorsichtig.

»Nichts.«

Linda konnte beobachten, wie Alina mit den Fingernägeln Kerben in die hölzerne Bank ritzte. Die Befürchtung, sie könne sich einen Splitter einfangen, ließ sie wieder hochgucken. Sie stellte erneut ihre Frage, doch das Mädchen antwortete nicht. So blieben sie nebeneinandersitzen, verschwiegen und lauernd zugleich. Als hätte die Tante ihrer Nichte das Geheimnis einer heimlichen Liebe entlockt, und nun war der Nichte das Geständnis unangenehm.

»Du meinst, wenn sie das mit deiner Mutter wüsste«, sagte Linda nach einer Weile.

»Wieso meine Mutter?«

»Sie hat uns von ihrer Krankheit erzählt.«

»Sie sind bei mir zu Hause gewesen?«

»Ja, wir müssen alle besuchen, die bei der Feier gewesen sind.«

»Waren Sie auch bei Ben?« Alina bedachte Linda mit einem sehnsüchtigen Blick, der ihre kontrollierte Haltung wie ein verräterisches Signal durchbrach. Dann war sie offenbar über ihre eigene Reaktion irritiert und wandte das Gesicht ab.

»Ja, wir haben auch Ben Schilling aufgesucht.«

»Hat er irgendwas gesagt?«

»Er hat unsere Fragen beantwortet.«

»Und wegen des Theaters?«

Linda ließ die Frage unbeantwortet und erkundigte sich nach Alinas Eindruck von der Feier.

»Alle waren wie immer.«

»Kein Streit oder so?«

»Nein.«

»Darf ich dich mal was Persönliches fragen?«

»Kommt drauf an.«

»Zum Thema Theater, okay?«

Deutlich sichtbar hob und senkte sich Alinas Brustkorb unter ihrem Mantel. Sie atmete so heftig, dass Linda an den Kommentar ihrer Mutter denken musste. »Kaum zu glauben, dass Alina meine Tochter ist.« Linda fragte mit aller Vorsicht, ob es in der Gruppe oder vielmehr unter den Schauspielerinnen Eifersüchteleien gebe.

»Nein, wir mögen uns alle.«

»Das glaube ich gern. Aber wollen nicht auch andere die Hauptrolle spielen?«

»Ben bestimmt, wer am besten passt.«

»Und in dem neuen Stück bist du das?«

Alina nickte zaghaft, und obwohl ihre Augen vor Stolz hätten leuchten müssen, strahlten sie nur Misstrauen aus. Als hätte Linda in irgendeiner Weise die Besetzung der Hauptrolle angezweifelt. Das Mädchen sagte, dass es heim wolle, denn ihre Mutter warte mit dem Abendessen. Plötzlich zuckte Alinas Hand hoch, und sie betrachtete völlig entgeistert einen ihrer Finger.

Sie gingen gemeinsam die Anhöhe zur Auffahrt hinunter. Henry winkte durch die Windschutzscheibe, die

Akte lag unverändert auf seinem Schoß. Ehe Linda die Wagentür öffnete, riet sie Alina, ohne Umwege nach Hause zu gehen.

»Ja, machen Sie sich keine Sorgen.«

»Ich werde bei euch anrufen.«

»Nicht nötig. Ich beeile mich.«

»Wir können dich auch bringen.«

»Nein, nein. Ich laufe gern.«

Linda stieg ein und verfolgte das Mädchen im Rückspiegel, bis es zwischen den Häusern verschwand. Sobald sie sich angeschnallt hatte, bat sie Henry, bei Lennart durchzurufen.

»Der müsste im Büro sein«, sagte er.

»Ja, ich weiß. Er soll sich mal ausführlich mit unserm Wunderkind beschäftigen.«

»Du meinst Alina Wagner?«

»Nein, Ben Schilling.«

Henry schaute Linda verdutzt an, worauf sie ihm das Gespräch wiedergab. Inmitten ihrer Ausführung stocke sie und starrte zum Friedhof. Sie wollte einen Verdacht äußern, der sich nur mit ihrer Intuition begründen ließ, und forschte nach den richtigen Worten. Es war ständig die gleiche Misere in der Polizeiarbeit. Für den Umgang mit dem Bauchgefühl gab es kein Handbuch, keinen Leitfaden.

»Als ich den Regisseur erwähnt habe, wurde Alina irgendwie anders.«

»Glaubst du, sie hat an dem Abend etwas beobachtet?«

»Gut möglich«, sagte Linda. »Gut möglich.«

6

Marissa betrat das Café *Staying Alive* in der Wagnergasse. Sie lief am Tresen vorbei, grüßte die Kellnerin und stieg zwei Stufen in ein kleines Separee hinab. Offensichtlich hatte sie Glück. Das Sofa und der Sessel waren leer, und auf dem Tisch stand kein Geschirr. Sie legte ihren Rucksack, den Mantel und die fingerlosen Handschuhe ab, setzte sich und fieberte Ben Schillings Ankunft entgegen.

Kaum hatte die Kellnerin ihre Bestellung aufgenommen, überschwemmten Marissa wärmste Erinnerungen. Ungezählte Male waren sie hier zu Gast gewesen, sie und Ben, und stets hatten sie Grauburgunder getrunken, zweifellos ihrer beider Lieblingswein. Der Ohrensessel blieb immer leer, wenn sie gemeinsam die nächste Vorführung besprachen. Sie erinnerte sich noch genau an den Abend, als ihn die Selbstzweifel so weich gemacht hatten wie ein Kind nach einem Streit mit Mama. Gemeinsam starrten sie die Wand weiß getünchter Backsteine an, während sie ihm versicherte, dass das Stück ein großer Erfolg werde. Das habe sie im Blut. Er und sie, beteuerte sie, seien das perfekte Team. Später hatte sie ihre Beine um seine geschlungen, seinen Kopf an ihren Busen geschmiegt und ihm mit sanften Küssen auch die letzten Zweifel ausgetrieben.

Als die Kellnerin das Kännchen Kaffee brachte, polterte die Gegenwart wie ein unerwünschter Gast in das Separee. Schmerzlich begriff Marissa, dass es nicht neun Uhr abends war, sondern drei Uhr nachmittags.

Leider ginge es nicht später, hatte Ben am Telefon gesagt. Er müsse das Stück vollenden, und sie wisse ja, wann dafür die beste Zeit sei. Nach Einbruch der Dunkelheit, mit einem Gläschen Wein und der passenden Musik. Natürlich wusste Marissa das, doch deswegen litt sie noch lange nicht an Demenz. Früher hatte er ohne das geringste Zögern die Schreibmaschine für ein paar zärtliche Stunden mit ihr ruhen lassen.

Gegen halb vier nahm Ben in seiner leichtfüßigen Art die Treppe ins Separee. Seine magere Gestalt steckte in einer abgewetzten Wachsjacke, sein Haar lugte unter einer Schirmmütze hervor. Er begrüßte sie weder mit einer Umarmung, noch schenkte er ihr ein Küsschen. Marissa konnte sich nur schwer an diese Zurückhaltung gewöhnen. Sie rutschte beiseite, damit er genügend Platz hatte, worauf er seine Mütze und seine Jacke neben ihr ablegte. Statt mit der Couch nahm er mit dem wuchtigen Sessel vorlieb.

Er bat für sein Zuspätkommen um Verzeihung, und seine blauen Augen verrieten ihr, dass er es aufrichtig meinte. Sie winkte ab, schenkte ihm eine Tasse Kaffee ein und gab ungefragt einen Schuss Milch hinzu. Nachdem er die Tasse samt Unterteller auf die Armlehne gestellt hatte, versank er im Sessel. Sein kariertes Hemd ging beinahe nahtlos in das ebenso karierte Muster der Polster über, unter seinem Hosenbein zeigten sich grobe Socken aus Schurwolle. Wie ein irischer Farmer, dachte Marissa mit leiser Melancholie.

»Warum haben wir uns nicht im Theater getroffen?« Sein Tonfall war unaufgeregt. »Und warum ausgerechnet hier?«

»Ich dachte, du fühlst dich hier wohl.«

»Das ist aber kein Date, oder?«

»Keine Sorge. Betrachte es einfach als Geschäftsessen.«

Er nippte an seinem Kaffee und blinzelte sie über die Tasse hinweg an. »Was haben wir denn Geschäftliches zu bereden?«

»Kannst du dir das nicht denken?«

»Um ehrlich zu sein, nein.«

»Die Sache mit ihr muss aufhören«, kam es ihr über die Lippen. Sie konnte es kaum glauben, dass sie es laut ausgesprochen hatte, an diesem Ort, ohne einen Tropfen Alkohol im Blut und direkt vor dem Mann, dem sie fast alles verzeihen würde. Sie krallte die Finger ins Sofa und hoffte, ihr Herzrasen bliebe unbemerkt. »Wenn das so weitergeht, stürzt du uns alle ins Unglück.«

»Ist jetzt mein Privatleben Thema?«

»Ben, es geht um Drogenmissbrauch.«

»Das verstehe ich nicht.«

»Die Polizei anscheinend auch nicht.«

Marissa suchte in seinem Gesicht nach Anzeichen von Panik, nach einer winzigen Regung, die sie darin bestärken würde, ihn weiter unter Druck zu setzen. Aber da war nichts. Ben betrachtete sie wie ein Experiment aus einem Chemiebaukasten für Kinder. Ein Flämmchen, ein blaues Zischen, ein bisschen Rauch und alles im Wohnzimmer vor den Augen der Eltern. Eben absolut ungefährlich.

»Glaub mir«, sagte er schließlich, »damit habe ich nichts zu tun.«

Wie sollte sie einer solchen Reaktion begegnen? In seinen Worten schwang keinerlei Schärfe mit, keine überzogene Gegenwehr, kein bissiger Vorwurf. Aus einem Impuls heraus winkte sie die Kellnerin herbei und bestellte zwei Gläser Wein. Grauburgunder selbstverständlich.

Sie übten sich in Schweigen, bis ihnen der Wein serviert wurde. Trotz seines offensichtlichen Unwillens reichte sie ihm eines der Gläser, und er nahm es ohne Protest an. Sie tranken einen ersten Schluck, ohne miteinander anzustoßen oder sich zuzuprosten.

»Und nun?«, fragte er, das Glas auf dem Knie balancierend. »Soll ich das Theater verlassen?«

Auch dafür hatte sie keine angemessene Reaktion parat. Einerseits klang es nach einer Möglichkeit, das Haus vor einer Rufkampagne zu schützen, andererseits war es das, was sie unter keinen Umständen wollte – ihn endgültig verlieren. Sie nahm einen großen Schluck und bemühte sich um eine feste Stimme.

»Ich will einen Deal.«

»Zwischen dir und mir?«

»Ja, ich glaube unverändert an unseren Erfolg.«

»Sprichst du jetzt von dem Stück?«

»Wovon denn sonst?«

»Also ein *Unser* auf reiner Arbeitsebene. Habe ich das richtig verstanden?«

Sie sparte sich eine Antwort, rückte an die Sofakante und zügelte das Bedürfnis, ihn zu berühren. »Du reißt dich bis zum Ende der Spielzeit zusammen.«

»Das ist aber eine Ansage und kein Deal.«

»Hör mir zu, Ben.«

Er schwenkte das Weinglas in der Hand und nickte.

»Ich werde die Geschichte vergessen, wenn du deinen Teil dazu beiträgst.«

Sie brauchte ihm nicht zu erklären, dass sie keineswegs die Geschichte zwischen ihnen meinte. Wider Erwarten erkannte sie unter seiner Selbstsicherheit einen Ausdruck des Zweifels, ein kaum merkliches Knabbern an der Unterlippe. Bei einem anderen Menschen hätte man das als Schüchternheit deuten können, doch hier waren es Zweifel gepaart mit Verblüffung.

»Ist das deine Antwort?«, fragte sie. »Schweigen?«

Sie glaubte, er würde jeden Moment zu weinen anfangen, was in ihr den Drang auslöste, für ihre Härte um Entschuldigung zu bitten. So funktionierte das immer. Sie wollte Willensstärke beweisen, er gab sich weich, und am Ende fühlte sie sich mies. Diesmal war es anders. Marissa blieb standhaft. Sie streckte ihre Hand nach der seinen aus, und er entzog sich ihr nicht. Ihre beiden Hände ruhten auf seinem Knie, als hätte sie ihm gerade in theatraler Pose eine Hiobsbotschaft übermittelt. Als befänden sie sich auf einer Bühne, womöglich in einem seiner Stücke. Da begann sich langsam, fast schon in Zeitlupe, sein Gesicht zu regen. Erst hob sich der linke Mundwinkel, ihm folgte der rechte, und gleichzeitig bildeten sich feine Fältchen um seine Augen, und zuletzt formten sich auf seinen Wangen zwei Grübchen, die es vollendeten: Ben Schillings charmantes Lächeln.

Als er zwei Stunden später seinen Alfa Romeo aufschloss, wollte sie ihn auf seinen Alkoholpegel hinweisen, ein Gedanke, der in ihr so lange vorhielt, bis sie angeschnallt neben ihm saß. Sie legte ihm eine Hand auf den Oberschenkel, und er wehrte weder ihre Berührung noch ihre Zärtlichkeiten ab. Stattdessen startete

er den Wagen und fuhr mit ihr zu einem Ort, den sie
am liebsten nie kennengelernt hätte.

7

Henry, Linda und Lennart hockten gemeinsam im Büro von Team 2. Um Lennarts Laptop herum häuften sich unzählige Zettel, die das Ergebnis seiner Recherche über Ben Schilling waren. Henry, der sich einen Stuhl herangezogen hatte, stellte seinen Laptop neben den des Kollegen. Linda saß auf der Schreibtischkante, fischte ein Gummibärchen aus der Jackentasche und rollte es zwischen den Fingern mürbe.

»Und?«, fragte sie. »Was rausgefunden?«

»Schilling arbeitet am Theater«, antwortete Lennart. »Da finden sich 'ne Menge Artikel, Kritiken und Interviews. Ich hab alles ausgedruckt, was mir relevant erschien.«

Henry betrachtete den Stapel DIN-A4-Blätter. »So eine Vita und keine vierzig. Nicht schlecht.«

»Als hätte der Typ mit zwölf angefangen.« Lennart langte nach einem der Zettel und berichtete, dass der Regisseur bereits an fünf Bühnen gearbeitet habe. In Leipzig, Erfurt, Lübeck, Berlin und eben in Jena. Während Schillings Erfurter Zeit sei er das erste Mal seiner zukünftigen Chefin begegnet.

»Hat sie dort dienstlich zu tun gehabt?«

»Einem Interview zufolge haben sie sich auf einem Festival kennengelernt. Als sie dann die Leitung im Schloss übernommen hat, hat sie ihm ein Angebot gemacht. Den Rest kennt ihr ja. Gleich das erste Stück wurde ein Erfolg.«

»Wie war die Resonanz an den anderen Häusern?«

Lennart erzählte, in Erfurt sei der Regisseur am Theater *Junge Generation* tätig gewesen. Seines Erachtens müsse es dort Probleme gegeben haben. Schillings Interpretation von Shakespeares *Ein Sommernachtstraum* war groß angekündigt, dann aber aus irgendeinem Grund gestrichen worden. Vom Papierstapel fischte er einen ausdruckten Spielplan der damaligen Saison.

»Sein Stück war der Headliner«, kommentierte er. »Schon vor der Premiere hatten die regionalen Medien darüber berichtet.«

»Wegen Shakespeare?«, fragte Linda ungläubig.

»Angeblich handelte es sich um eine sehr gewagte Inszenierung.«

»*Der Sommernachtstraum* und gewagt?«

»Seit wann bist du in Sachen Shakespeare so bewandert?«

»Ich hab den Film gesehen.« Linda schob sich das Gummibärchen in den Mund. »Mit Michelle Pfeiffer. Kennst du den?«

»Nee, kann ich drauf verzichten.«

»Und was hat nun für so viel Aufregung gesorgt?«

»In einer Boulevardzeitung hieß es: *Striptease am Jugendtheater.*«

Henry überflog den Spielplan. »Aber warum haben sie das Stück gestrichen?«

»Laut einem Rundbrief der Intendanz ist Ben Schilling schwer krank geworden.« Lennart zog aus seiner Zettelsammlung eine Notiz und las laut vor. »*Ohne den Regisseur kann die Integrität des Stücks nicht gewahrt werden. Die Absetzung ist zwar ein radikaler Schritt,*

*soll aber den Respekt vor der künstlerischen Vision de-
monstrieren ...* Und so weiter und so fort.«

»Die künstlerische Vision«, wiederholte Linda.
»Meine Vision von Polizeiarbeit hat Wenzel längst zerstört.« Mit einem humorlosen Lachen rutschte sie vom
Schreibtisch. »Das kommt mir alles komisch vor. Seine
Krankheit soll so übel gewesen sein, dass gleich das gesamte Stück abgesagt wurde? Warum hat man die Premiere nicht einfach verschoben?«

»Das kann ich dir nicht beantworten«, sagte Lennart.
»Schilling hat Erfurt jedenfalls verlassen.«

Henry entsann sich ihres Verdachts, dass Alina Wagner in den Regisseur verliebt wäre. Selbst wenn dem so
sein sollte, hätte das unmöglich Schillings Werdegang
beeinflussen können. Als er in Erfurt gewirkt hatte,
war sie knapp zehn Jahre alt gewesen. Möglicherweise
war sie nicht das erste Mädchen, das sich in ihn ver-
guckt hatte. Henry dachte an Schüler, die ihren Lehrer
umschwärmten. Mädchen und Jungen, die in geheimen Tagebüchern ihre noch geheimeren Fantasien
festhielten. Gero S. hatte im Liebeswahn seine Biologie-
lehrerin gestalkt und dann mit 21 Messerstichen getötet. Obwohl Henry dieserart Fakten gerade wenig hilf-
reich erschienen, fiel ihm ein zweiter, nicht weniger
extremer Fall ein. Philip C. aus Massachusetts hatte
seine Mathematiklehrerin auf der Schultoilette vergewaltigt und ermordet. Neben der Leiche fand man einen handgeschriebenen Zettel mit den Worten: *Ich
hasse euch alle!* Philip C. war zur Tatzeit vierzehn Jahre
alt gewesen. Henrys Bild von Alina Wagner wollte sich
allerdings nicht mit dem einer Giftmischerin vereinba-
ren lassen. Worin sollte ihr Motiv für eine solche Tat

liegen? Etwa Eifersucht auf Caroline Meyer, weil sie in ihr eine Rivalin sah?

»Ich habe die Nummer des Erfurter Theaters«, sagte Lennart.

Linda fackelte nicht lange und stellte das Telefon auf laut. Binnen zwei Minuten erfuhren sie, dass die ehemalige Intendantin in Rente war. Auf deren Privatnummer meldete sich nur der Anrufbeantworter. Daraufhin rief sie bei Familie Wagner an, um sich Alinas Heimkehr bestätigen zu lassen. Eine hörbar besorgte Mutter meinte, ihre Tochter sei nicht zu Hause. Lindas Gesicht erbleichte, indes ihr Tonfall entspannt blieb. Frau Wagner solle sich nicht verrückt machen. Sicherlich sei ihre Tochter bloß ein bisschen spazieren oder bei einer Freundin. Alina sei ein vernünftiges Mädchen.

Linda legte auf und schüttelte den Kopf. »Verfluchte Scheiße! Ich habe Mist gebaut.«

8

Am späten Nachmittag traf Marissa Kolp auf Schloss Thalstein ein. Sie rang sich ein freundliches »Hallo« ab, doch niemand reagierte. Vermutlich wuselte Torsten Knaak irgendwo auf dem Gelände herum und reparierte kaputte Lampen.

Mit festem Schritt erklomm sie die Treppe in den zweiten Stock, und jede Stufe rüttelte an ihrer Selbstbeherrschung. Allein die Möglichkeit, dass sie unverhofft Knaak begegnen könnte, hielt sie aufrecht. Von der Treppe durch den Korridor und rasch hinein ins Büro. Kaum hatte sie die Tür hinter sich geschlossen, beschleunigte sich ihr Herzschlag. Ihre Haltung, ihr Lächeln – ihre gesamte Maskerade fiel in sich zusammen. Wen hatte sie denn täuschen wollen? Einen Mann, mit dem sie liiert gewesen war, der sie durchleuchtet hatte wie eine Figur aus einem seiner Stücke?

In der Hoffnung sich zu beruhigen, suchte sie einen Fixpunkt an der Wand. Zu ihrem Leidwesen zeigten sich überall die Eckpfeiler ihrer gemeinsamen Vergangenheit: Plakate, Fotos, Zeitungsartikel, ein alberner Verriss vom MDR, der Thüringer Theaterpreis – eine Vergangenheit, die ohne Ben undenkbar gewesen wäre. Dann sah sie sich mit ihm in dieser Gruft, sie am Gemäuer abgestützt, er stöhnend hinter ihr, und als er sich zwischen ihren Beinen ergoss, seufzte er einen Namen, der nicht ihrer war.

Marissa presste die Hand vor den Mund, rannte zum Schreibtisch und erbrach sich in den Papierkorb. Ihr

Mittagessen, dazu mehrere Gläser Wein und eine übergroße Portion an Schmach und Demütigung. Noch während ihr der Speichel von den Lippen schlierte, begann sie zu weinen.

Es dauerte eine Weile, bis sie die Fassung wiedererlangte. Sie wischte sich den Mund sauber, öffnete das Fenster und stellte den Papierkorb auf den Sims. Mithilfe eines Bonbons versuchte sie, den sauren Geschmack zu vertreiben. Die Übelkeit war einer stillen Wut gewichen, und die Wut infizierte jede ihrer Zellen. Marissas Blick fiel auf den Theaterpreis. Nicht zu übersehen, die Unterschrift des damaligen Kultusministers. Ein Siegel als Beweis der staatlichen Anerkennung. Das Schlosstheater auf dem Zenit. Sie löste das darunter angepinnte Foto von der Wand und setzte sich.

Sie und Ben am Tag der Preisverleihung, euphorisiert vom ersten Platz. Seitdem hatte sie allzu oft fadenscheinige Entschuldigungen für sein Verhalten gefunden, hatte sich sogar an seinen Vergehen mitschuldig gemacht. Sie schob das Bonbon zwischen die Backenzähne und ließ es mit einem Knacken zerspringen. Marissa fasste einen Entschluss, den sie noch vor einer Stunde verhöhnt hätte. Sie musste das Foto, das Zeugnis ihres gemeinsamen Erfolgs verbrennen. Das wird sicherlich helfen, dachte sie. Wer überdauern will, muss loslassen können. Die Vergangenheit und die Menschen, die man nicht zu halten imstande ist.

Sie stöberte in den Schubladen nach einem Feuerzeug, wurde jedoch nicht fündig. Anschließend durchsuchte sie die Vitrine und den Aktenschrank, bis sie vor ihrer eigenen Unordnung kapitulierte. Das Foto blieb unzerstört auf dem Schreibtisch, und Ben schenkte ihr unverdrossen sein schönes Lächeln. Getrieben von einem zornigen Aktionismus, verließ Marissa das Büro.

Vorsichtig klopfte sie an Knaaks Tür. Sie hatte immer das Gefühl, er triebe irgendetwas Verbotenes in seinem Kämmerlein. Schon vor ihrer Zeit am Schlosstheater hatte die Miezekatze den Raum genutzt. Die fette Miezekatze – den Kosenamen hatte Ben ihm verliehen. Sie schämte sich, ihn bedenkenlos übernommen zu haben. Was Torsten Knaak hinter der Tür auch anstellen mochte, musste im Vergleich zu Bens Vorlieben lachhaft sein.

Sie klopfte erneut, und als jede Reaktion ausblieb, probierte sie die Klinke. Es war nicht abgeschlossen, und Marissa trat ein. Der Geruch einer alten, mit Kleidern vollgestopften Truhe schlug ihr entgegen. Der fensterlose Raum war stockfinster. Sie schaltete die Bogenlampe auf dem Arbeitstisch an und sah sich nach einem Feuerzeug um. Hier ein Paket mit Schrauben, dort eines mit Muttern. Noch verpackte Glühbirnen waren an der Wand gestapelt. Neben einer mit Bleistiften und Schraubenziehern bestückten Büchse stand ein gerahmtes Foto. Es zeigte Knaak und seine Frau. Sie guckten, wie es Kinder auf Fotografien aus dem neunzehnten Jahrhundert zu tun pflegten: starr und emotionslos, mit einem Zug von Bitterkeit.

Marissa wurde klar, dass sie nichts über Knaaks Privatleben wusste. Für sie war er einfach nur der Hausmeister; bestenfalls hatte sie ihn den Mann für alles genannt oder im Beisein von Ben die fette Miezekatze. Sie musste sich eingestehen, dass sie sich gern über ihn lustig gemacht hatte. In Bens Arme geschmiegt, war ihr kein Witz auf Knaaks Kosten zu billig gewesen. Sie hatte gekichert und gelacht und dabei Bens Schwanz massiert, hatte ernsthaft geglaubt, das Glück könnte nicht verpuffen. Ben und Marissa für immer. Doch jetzt, wo ihre Wut in kalten Hass umzuschlagen drohte, war sie klüger. In einer Schublade voller Krimskrams entdeckte sie ein Päckchen Zündhölzer. Alles hatte mit einem Feuer begonnen, und alles würde mit einem Feuer enden.

Der Rauch, den der Brand verursachte, leuchtete in blauer Farbe und roch ganz anders als der Qualm von brennendem Zeitungspapier. Toxisch, dachte Marissa und sah das Foto im Mülleimer zu einem farblosen Klümpchen schmelzen.

Um auch das letzte Glühen zu löschen, hielt sie Ausschau nach einer Wasserflasche. Aber nichts. Die Miezekatze trinkt wohl nur Milch, sagte sie sich und bat sogleich einen imaginären Torsten Knaak um Entschuldigung. Sie wollte ihn nicht mehr Miezekatze nennen, nie mehr.

Aus Angst, die Glut könnte noch einmal aufflammen, entschied sich Marissa auszuharren. Sie stützte die Arme in die Hüfte und betrachtete den Klumpen Asche wie ein lästiges Insekt. Doch sie wartete nicht allein darauf, dass die Glut endgültig erlosch; vielmehr sehnte sie den Moment herbei, in dem sich der Hass umkehren würde, vielleicht in Euphorie oder wenigstens in ein Quäntchen Stolz.

Nichts dergleichen geschah. Der erste Schritt des Loslassens wurde nicht begleitet von Fanfaren und Applaus. Unverändert zornig öffnete Marissa den Aktenschrank. Wider Erwarten war darin alles geordnet, die

Rechnungen, Durchschläge und Quittungen, alte Aushänge und Verträge. Zwischen Knaaks Schrank und ihrem Schreibtisch lagen Welten. Sie mochte es nicht glauben und zog wahllos einen Ordner heraus. Was sie darin entdeckte, verblüffte sie erneut.

Neben vergilbten Programmheften fanden sich unzählige auf Papier geklebte Zeitungsartikel. Ein Ordner gefüllt mit Berichten, die das Theater betrafen. Torsten Knaaks Gedächtnis und folglich auch das Gedächtnis des Schlosses. Während die Aushänge in ihrem Büro nur ihren eigenen Werdegang bezeugten, dokumentierte dieser Ordner eine Geschichte, die weit vor ihrer Zeit begonnen hatte.

Marissa war von der Sammlung so beeindruckt, dass sie den Mülleimer und die Glut vergaß. Sie stieß auf das Schwarz-Weiß-Foto eines jugendlichen Ensembles. Das Bild musste aus DDR-Zeiten stammen. Bis zur Wende hatte das Schloss ein Ferienwohnheim beherbergt. Die Bildunterschrift lautete: *Das Ensemble der Polytechnischen Oberschule Karl Marx aus Kahla.* Zwölf Jugendliche, allesamt in Kostümen, posierten vor der Kamera. Offenbar hatten hier schon damals Aufführungen stattgefunden. Die Maskerade verriet, dass die Gruppe Figuren aus der Komödie *Der gestiefelte Kater* darstellte. Ein Junge trug einen weiten Schlapphut und einen aufgemalten Katzenbart, ein anderer steckte in der Kluft eines Müllers. Vorrangig fesselte Marissas Aufmerksamkeit aber die Gestalt der Prinzessin. In der reinen Jungengruppe hatte Torsten Knaak die einzige Frauenrolle übernommen. Von wegen Miezekatze. Vor lauter Erstaunen hätte sie beinahe gelacht. Langsam dämmerte ihr, weshalb ihm das Schloss so wichtig war,

weshalb er die Kinder oft als seine Schützlinge bezeichnete. Sie fragte sich, ob er auch wusste, was für einen
Menschen sie hierher ans Theater geholt hatte.

9

Mit großer Gewandtheit schlich Alina durch das Foyer im Theater. Sie stieß sich nirgends den Knöchel und brachte keinen der Stühle zu Fall. Die Dunkelheit trübte ihr kaum den Blick. Ben hatte ihr gegenüber bemerkt, ihr Wesen gleiche dem einer Nymphe. Sie sei Tänzerin und Jägerin zugleich, und schon deshalb gebühre ihr die weibliche Hauptrolle in seinem Stück.

Sie nahm den Korridor in den Südflügel, bewegte sich unter den toten Lampen so leichtfüßig wie sonst nur auf der Bühne. Als sie den Umkleideraum passierte, stieg ihr ein penetranter Geruch in die Nase. Dann sah sie den Lichtschein, der die Tür von Torstens Kammer ausfüllte. Er ließ sein Büro nie offenstehen. Das komme einer Einladung gleich, hatte er ihr erklärt. Viele Kinder waren vom Spiel auf einer echten Bühne völlig berauscht; sie rannten wie Tollwütige im Theater umher, quer über die Sitzreihen hinweg, die Treppen rauf und runter und die Korridore entlang. In seinem Dienstzimmer gab es zuhauf Werkzeuge, die regelrecht zum Experimentieren einluden. Kneifzangen für Nasen, Schraubenzieher für Ohren und Kabelbinder für Fingerkuppen. Also hielt er das Zimmer geschlossen, egal ob das Haus voller Kinder war oder nicht.

Argwöhnisch stoppte Alina und schmulte am Türrahmen vorbei in den Raum. Marissa Kolp schnüffelte in Torstens Sachen herum, während aus dem Mülleimer Rauch emporstieg. Der Anblick verstörte sie dermaßen, dass sie schleunigst abhauen wollte. Das ging nicht mit

rechten Dingen zu. Wo war Torsten, verdammt? Ungeachtet ihrer Verunsicherung riskierte sie einen zweiten
Blick.

Offenbar interessierte sich Marissa Kolp für einen dicken Ordner. Alina hätte sie gern gefragt, weshalb sie
etwas in Torstens Zimmer verbrannte, nur hätte sie
dann auch erklären müssen, warum sie im Theater
war. Sämtliche Eltern waren informiert worden, dass
die Proben diese Woche ausfielen. Alina hätte also
nicht hier sein dürfen.

Sie entfernte sich von der Tür, schmiegte sich an die
Wand und lauschte. Ihr eigener Herzschlag dröhnte in
ihren Ohren; Angst und Neugier stritten in ihr um die
Vorherrschaft. Absurderweise dachte Alina an Hexen
und geheimnisvolle Rituale. Schwarze Magie, von der
Ben ihr berichtet hatte. Schwarze Magie und Tollkir-
schen. Im selben Atemzug kam ihr der Schwarze
Nachtschatten in den Sinn. *La morelle noire.*

10

Über den gesamten Donnerstag hinweg hatte Team 2 die restlichen Gäste der Feier aufgesucht, sodass nun alle Teilnehmenden befragt worden waren. Parallel hatte Frank Wenzel seine Strippen gezogen, um das böse Wort von der Vergewaltigerdroge aus den Medien zu halten. Nirgends fiel die Bezeichnung K.-o.-Tropfen, und ebenso wenig fand man ein Bild oder den Namen des Opfers. Für Linda war das nur eine Seite der Medaille.

Seit Alinas Verschwinden rief ihre Mutter unentwegt an. Die arme Frau war in Sorge, und Linda wusste, dass sie an ihrer Stelle nicht anders reagieren würde. Sie zündete sich eine Zigarette an und blies den Rauch durchs offene Fenster. Im Rückspiegel sah sie Lennart Mikowskis Fiat vom Parkplatz des Präsidiums rollen; zuvor hatte sich der Kollege in den Feierabend verabschiedet. Zurzeit hätte er ohnehin nichts ausrichten können.

»Ich hätte Alina an der Haustür abliefern sollen«, sagte sie. »Das wäre zwar peinlich für sie gewesen, aber wir hätten ein Problem weniger.«

Henry nickte stumm.

»Zumal wir nicht unter Zeitdruck standen. Ich könnte über meine eigene Dummheit kotzen.«

»Linda, ich hab's genauso vergeigt.«

»Ja, nur du hast keine ...« Linda stockte. Sie wollte Henry nicht wehtun, indem sie seine Weitsicht infrage stellte, weil er keine Familie hatte. Weil er aus rein dienstlicher Perspektive die Gefahr kaum hätte erahnen können. Dass ausgerechnet ihr mütterlicher Instinkt sie nicht gewarnt hatte, verunsicherte sie zutiefst. Nicht zum ersten Mal wünschte sie sich, Henry ihren Frust ins Gesicht brüllen zu dürfen. Allein das Bild brachte sie zum Lachen.

»Was ist denn so lustig?«, wollte er wissen.

»Ich hab mir nur was vorgestellt.«

»Okay, und das ist topsecret?«

»Ich werd's dir irgendwann zeigen.«

»Dann pass bloß auf! Nicht dass ich vor Neugier platze.«

Sie schnippte die Zigarette hinaus, stöpselte ihr Telefon ans Radio und startete den Wagen. »Jetzt leisten wir erst mal Frau Wagner Beistand.«

Während der Passat auf die Hauptstraße schwenkte, sang Chris Rea von der Sehnsucht, in Bewegung zu bleiben. Das Licht des Gegenverkehrs huschte über die Frontscheibe, und durch Lindas Gedanken geisterte das erschöpfte Antlitz von Bettina Wagner. Die arme Frau musste vor Sorge schier verzweifeln, und sie – Hauptkommissar und Mutter – trug Schuld daran. Mitten hinein in ihre Selbstvorwürfe sagte Henry ohne jeden Zusammenhang, er habe früher Probleme mit einem Jungen gehabt.

»Wann?«, fragte Linda halbherzig.

»In meiner Kindheit.«

»Auf der Schule?«

»Ja, in der siebten Klasse.«

»Also das Übliche?«

»So in etwa«, antwortete Henry, und Linda war dankbar über seinen Versuch, ein wenig Smalltalk zu betreiben. »Mein bester Freund und ich hatten unser Wohngebiet nach Zonen eingeteilt. Gewissermaßen eine sichere Zone und eine gefährliche.«

»Was war das denn für 'ne Gegend?«

»Berlin-Lichtenberg.«

»Ist das nicht dieser Nazibezirk?«

Henry zuckte mit den Schultern. »Jedenfalls trieb sich in der gefährlichen Zone eine üble Clique herum. Hannes und ich blieben immer schön in der anderen. Wir hatten sogar ein Hauptquartier.«

»Du meinst, ein geheimes Versteck?«

»Ja, genau. Wir haben einen ungenutzten Garagenhof in Beschlag genommen.« Henry stockte, und Linda hatte für einen Moment den Verdacht, er würde abwägen, was er ihr anvertrauen sollte und was nicht. »Nun gut«, fuhr er fort. »Hinaus will ich auf Folgendes: Manchmal hing ich dort auch allein rum. Der Hof war mein Lieblingsort in ganz Lichtenberg. Ich fühlte mich zwischen den Garagen absolut sicher.«

»Und da hast du dann verbotene Spiele gespielt?« Linda konnte sich ein Kichern nicht verkneifen. »Entschuldige, Henry.«

»Ich spielte wirklich dort, aber nicht womit du denkst. Ich hatte einen Gameboy.«

»Das hätte ich dir gar nicht zugetraut.«

»Einen Gameboy? Wieso nicht?«

»Ich habe gedacht, du hättest schon damals deine Mörderbücher gelesen.«

»Auch wenn du's nicht glaubst, ich bin mal ein richtiges Kind gewesen.«

»Henry Kilmer und *Super Mario Brothers*, ich hau mich weg.«

»Zu meinem Pech ist der Anführer dieser Clique aufgetaucht.«

»Und was hast du gemacht?«

»Das spielt keine Rolle«, sagte er ruhig und beherrscht. »Mir ging es primär um den Garagenhof.«

»Hab's kapiert. Der Friedhof wird kaum Alinas Lieblingsort sein.«

»Sehr unwahrscheinlich.«

»Und ihr spaßiges Zuhause garantiert auch nicht.«

»Äußerst fraglich, würde ich behaupten.«

»Dann bleibt ja nur noch ein Ort übrig.«

Linda hielt in der Karl-Liebknecht-Straße an einer roten Ampel und starrte über die Kreuzung hinweg. Eine grell erleuchtete Straßenbahn presste sich durch die Rushhour, Menschen mit prall gefüllten Einkaufsbeuteln krochen die Bürgersteige entlang. Lindas Finger klopften unermüdlich aufs Lenkrad. Das Mädchen im Theater zu finden, war immerhin eine Chance, vermutlich die letzte für heute.

»Ich glaube, ich spinne.« Sie klatschte Henry mit dem Handrücken gegen die Schulter. »Ist das Alina auf dem Fahrrad?«

»Eindeutig. Sie kommt aus der Straße Am Erlkönig.«

»Was nur eines bedeuten kann.«

»Dass sie im Theater war.«

»Oder zumindest probiert hat reinzukommen.«

Als die Ampel auf Grün sprang, öffnete Henry ohne jede Vorankündigung die Beifahrertür. Er sagte ihr, er werde zu Fuß die Straße abgehen, vielleicht habe Alina jemanden am oder im Theater getroffen. »Wenn die Person an mir vorbeifährt, notiere ich das Kennzeichen.«

»Und ich folge dem Mädchen, okay?«

»So lautet der Plan.« Henry schob sich grinsend aus dem Auto.

Mit einem kurzen Sprint überquerte er die Kreuzung Richtung Schloss Thalstein, ehe Linda ihn aus den Augen verlor. Sie wendete den Wagen und hängte sich an die Pedale von Alina Wagner.

Zehn Minuten später hielt sie in der zweiten Reihe, einige Autolängen entfernt vom Rabenstieg Nummer 6. Alina hatte ihr Fahrrad angeschlossen und war ins Haus gerannt.

Linda malte sich aus, wie Bettina Wagner auf der Couch im Wohnzimmer saß: mit abgekauten Fingernägeln und einer Miene, die zwischen Frust und Erleichterung schwankte. Bestimmt hatte sie bei Alinas Eintreffen den Fernseher ausgemacht, um ihre Tochter zur Rede zu stellen. Sie verlangte gewiss nach Erklärungen. Wo hast du dich so lange herumgetrieben? Warum bist du nicht ans Telefon gegangen? Bist du noch bei Trost? Schlimmstenfalls blieben die befriedigenden Antworten aus und sie musste sich mit einem trotzigen Schweigen arrangieren. Muttersein, sinnierte Linda und fühlte sich über Alinas Rückkehr erleichtert, als säße sie anstelle von Bettina Wagner im Wohnzimmer.

Da leuchtete eines der Fenster auf, und Alina erschien hinter der Scheibe. Sie schaute zur Straße herunter, sodass sich Linda für einen Moment entdeckt glaubte. Aber der Blick der Vierzehnjährigen wirkte starr, als nähme sie die Außenwelt nicht wahr. Womöglich betrachtete sie in der dunklen Scheibe ihr eigenes Spiegelbild. Linda hatte während ihrer Dienstzeit schon einige bizarre Situationen erlebt, doch diese Szenerie verursachte ihr eine Gänsehaut. Alinas Reglosigkeit gepaart mit der beengten Atmosphäre dieser Siedlung ließ sie an alte Gruselfilme denken. Bleiche Schönheiten, die an den Hälsen die Male des Vampirs trugen und den zweiten Biss herbeisehnten. *Draculas Tochter* hieß einer dieser Klassiker, *Das Zeichen des Vampirs* ein anderer. Linda öffnete das Autofenster und zündete sich eine Zigarette an, woraufhin Alina mit starrem Blick die Jalousie herabzog.

11

Mit aufgerissenen Augen taxierte Henry die Umgebung. Vor vier Tagen hatten er und Lennart an eben dieser Straße gehockt und einen Unfallhergang erfassen wollen. Damals war es heller Vormittag gewesen, jetzt hingegen beugte sich eine wolfsgraue Finsternis über die Straße Am Erlkönig.

Zu Henrys Linken erstreckte sich das Grundstück einer Gärtnerei. Riesige Gewächshäuser zerteilten die Landschaft. Das Glas war so grau wie die Zäune und der Asphalt unter seinen Sohlen. In seiner Fantasie wurde er von Caroline Meyer begleitet, er zu Fuß, sie auf dem Fahrrad. Marissa Kolp hatte gemeint, Caroline sei stets pünktlich und zuverlässig gewesen. Bestimmt hatte die Frau nie einen Gedanken daran verschwendet, was ihr auf dieser Straße alles zustoßen könnte. War sie stattdessen gedanklich schon im Theater gewesen, hatte organisiert und geregelt oder Ben Schilling angehimmelt? Wie hatte es ihre Freundin ausgedrückt? »Manchmal fällt die Liebe auf ein Stück Dreck.«

Rechts hoben sich nun dichte Wälder, während sich links der Gärtnerei eine Laubenkolonie anschloss. Rostiger Stacheldraht krümmte sich über die Zäune, am Stamm einer Birke hing eine zerfledderte Dartscheibe und von irgendwoher erscholl das geisterhafte Klirren eines Windspiels. In keiner der Hütten brannte Licht, alles wirkte sich selbst überlassen. Henry bemerkte das Nahen zweier Scheinwerfer und preschte ins Gebüsch. Volltreffer, dachte er euphorisch. Als das Auto in hohem Tempo an ihm vorbeigeschossen war, sprang er zurück auf die Straße und versuchte, das Kennzeichen zu entziffern. Der rasche Wechsel vom Hellen ins Dunkle irritierte jedoch seine Augen. Zähneknirschend notierte er sich ein J und drei Zahlen, dahinter ein großes Fragezeichen.

Der Rest des Wegs war nur noch ein Katzensprung. Das Schloss lag wie unter einem Grabtuch verborgen in tiefer Finsternis. Henry schaltete die Handylampe ein, passierte das Eisentor und stieg zur Terrasse hinauf. Er drückte ein Ohr gegen die schwere Eingangstür und lauschte angestrengt. Alles still, beinahe. Hinter ihm aus dem Wald ein Knacken, als verlören die Bäume neben den Blättern auch ihre Zweige. Er schaltete die Lampe wieder aus, stierte ins Dunkel, und zu seiner Nüchternheit gesellte sich ein Anflug von Vorsicht. Sowie sich seine Augen an die Lichtverhältnisse gewöhnt hatten, lugte er durch eines der unteren Fenster. Nichts. Das Innere des Schlosses war noch düsterer als die Umgebung. Entweder hatte Alina Wagner hier allein Zuflucht gesucht – so wie er vor zwanzig Jahren in den Garagen. Oder die Person, mit der sie sich hier getroffen hatte, war längst fort. Henry dachte an das Auto, das an ihm vorbeigefahren war. Obschon ihm bewusst war, dass er keine Katzenaugen besaß, tadelte er sich selbst; er hätte das Kennzeichen richtig erfassen müssen. Dann fingerte er sein Telefon aus dem Jackett, um Linda zu kontaktieren. Das Display leuchtete auf, und noch ehe sein Daumen ihren Namen hätte drücken können, traf ihn ein Gegenstand. Ein harter Schlag in die Seite, der Henry zu Fall brachte.

Vor Schmerz kniff er die Augen zu. Flirrende Punkte blitzten durch seinen Schädel, und er versuchte, auf Hände und Knie gestemmt, sich zu orientieren. Da traf ihn ein Fuß von unten gegen die Bauchdecke. Die Lichtpunkte in seinem Schädel zerstreuten sich wie ein Feuerwerk und hinterließen eine glühend heiße Dunkelheit. Ohne jede Körperspannung klatschte Henry auf den Boden.

Instinktiv hob er die Hände zum Gesicht, und in der Bewegung ein Moment der Klarheit. Er lag auf der Terrasse vor dem Theater, völlig wehrlos. Dann wurde er abermals getreten, worauf das Feuerwerk erneut in seinem Schädel explodierte und jede Gewissheit überstrahlte. Er konnte noch spüren, dass er irgendwo auf hartem Stein lag. Der genaue Ort und das Warum waren mit seinem Verstand erloschen, und als ihn der Fuß ein drittes Mal traf, drohte er, ohnmächtig zu werden.

Er war in einer endlos langen Sekunde gefangen, das Warten auf einen letzten Tritt, ein letztes Feuerwerk. Doch beides blieb aus. So schnell er die Kontrolle verloren hatte, so schnell kehrte sein Verstand zurück. Henry rollte sich gegen die Fassade und zog die Pistole aus dem Holster. Den Rücken an die Mauer gepresst, zielte er in die Dunkelheit.

»Ich bin Polizist«, brüllte er. »Ich werde schießen!«

Aber die Nacht verhöhnte ihn nur, die Nacht, der Wald, das Schloss, und alles mit der Stimme eines Jungen, der ihn beim Fangenspielen erwischt hatte. Ich hab dich, Henry. Du bist raus.

12

Die Erinnerung an Marissa Kolp und das Hexenfeuer jagte Alina unvermindert einen Schauer über den Rücken. Sie schmiegte die Arme um ihren Bauch und schaute sich nach der Strickjacke um. Heute morgen hatte die Jacke noch auf dem Bett gelegen. Ganz sicher.

Unter dem Bett fand sich die Jacke auch nicht und in dem Korb, den sie für ihre Dreckwäsche benutzte, ebenso wenig. Ihre Mutter musste in ihrem Zimmer gewesen sein. Sicherlich hatte sie unter dem Vorwand der Reinlichkeit herumspioniert – wie sie es jeden Vormittag tat, sobald sich Alina auf den Schulweg machte. Längst war sie über den Punkt hinaus, ihre Mutter auf ihre Privatsphäre hinzuweisen oder sich mit ihr deshalb zu streiten. Sie hatte nur noch Bedauern übrig für eine Frau, die tagein, tagaus die Couch hütete. Kaum zu glauben, dass sie einmal Sport unterrichtet hatte.

Sie leide an ihrer Seele, pflegte Torsten zu sagen. Sie meine es nicht böse. Seine Worte waren sanft und voller Mitgefühl, und obwohl es dazu ausreichend Anlass gab, redete er niemals schlecht über ihre Mutter. Für Alina stand außer Zweifel, dass ihr Vater auf die gleiche Weise mit ihr gesprochen hätte. Eben nicht von oben herab, als wäre sie ein naives Kind, das sich mithilfe bunter Blümchen vom Weg abbringen ließ. Ihr Vater hätte auch verstanden, was ihre Mutter zu begreifen unfähig war: ihre grenzenlose Liebe zur Bühne.

Sie löschte das Licht in ihrem Zimmer, rollte sich auf dem Bett zusammen und fixierte ihr Handy. Bisher hatte er nicht geantwortet, und allmählich glaubte sie auch nicht mehr, dass er auf ihren Hilferuf reagieren würde. In der einen Minute malte sie sich aus, wie er sich mit anderen Frauen vergnügte, in der anderen sah sie ihn schwermütig über sein Stück grübeln. Ben, allein auf dem Sofa unter der Dachschräge, das Manuskript im Schoß und das Haar zerzaust, als hätte er vor Kummer die halbe Nacht wach gelegen. Natürlich würde er in solch einer Situation nicht an sein Telefon denken.

Leise öffnete sich die Tür, und das Flurlicht warf den Schatten ihrer Mutter an die hintere Wand.

»Schatz?«

»Ja.«

»Ich hab mir Sorgen gemacht.«

»Wieso?«

»Weil du nicht da gewesen bist.«

Sie sagte nicht: weil du die Schule geschwänzt hast. Oder: weil niemand wusste, wo du dich herumtreibst. Kein Vorwurf, keine Zurechtweisung. Alina wäre nicht verwundert gewesen, wenn die Polizistin ihrer Mutter dazu geraten hätte.

Unverändert den Rücken zur Tür gewandt, sagte sie: »Ich bin schon lange hier.«

»Bist du nicht gerade erst gekommen?«

»Nein, du hast mich nicht bemerkt.«

»Erzähl nicht so was, Alina.«

»Du hast auf der Couch gelegen und gepennt.«

»Das stimmt nicht. Ich wollte dir bloß Zeit geben.«

»Na klar«, nuschelte Alina. »Was denn sonst?«

»Wie bitte?«

»Nichts.«

Alina vermochte nicht zu sagen, ob ihre Mutter getrunken hatte oder nicht. Zunächst stellte der Alkohol sie immer ruhig, doch nach ein paar Gläsern konnte diese Ruhe schnell in Gezeter umschlagen. Meist begannen dann die Hasstiraden über ihren ach so furchtbaren Vater. Um dem zuvorzukommen, meinte Alina, sie werde gleich schlafen gehen. Sie widmete sich wieder dem Telefon und linste gelegentlich zur Seite. Der Schatten ihrer Mutter verharrte reglos an der Wand, als wäre sie im Türspalt festgefroren. In Alina erzeugte das Zusammenspiel von ihrer Gegenwart und Bens Schweigen eine ungeheure Anspannung. Sie klickte sich durchs Internet, sprang von einem Video zum nächsten und versuchte dabei, ihre Mutter mit der besten aller Waffen zu schlagen – mit absoluter Gleichgültigkeit.

Plötzlich verdunkelte der Schatten die gesamte Wand, und ehe Alina hätte reagieren können, wurde ihr das Smartphone entrissen. Sie schwang die Beine vom Bett und fragte, was das solle.

»Ich hab dir das Handy geschenkt, damit du notfalls zu erreichen bist«, erwiderte ihre Mutter.

»Es gab aber keinen Notfall.«

»Ich finde schon.«

»Du hast doch keine Ahnung.«

»Ich weiß immerhin, dass du von der Schule abgehauen bist.«

»So 'n Unsinn. Ich bin gar nicht in der Schule gewesen.«

»Deine Wortklauberei hilft uns beiden nicht weiter.«

Alina streckte die Hand aus und flehte: »Gib mir bitte das Telefon, Mama. Ich warte auf eine Nachricht.«

»Die kann bis morgen warten.«

»Nein, es ist wegen des Theaters.«

»Ich denke, die Proben sind zu Ende?«

Ihre Mutter klang ernsthaft interessiert, was Alina schlagartig hoffen ließ. Sie teilte ihr mit, dass sie vorhin Frau Kolp begegnet sei, und die habe ihr gesagt, die Generalprobe habe bereits einen festen Termin. Sie wolle ihr am Abend den Plan zusenden.

Offensichtlich geriet ihre Mutter ins Grübeln. Alina kaute vor Nervosität auf der Unterlippe, bis sie sich entschloss, ihrer besten Freundin nachzueifern. Sie zog eine Schnute und senkte leicht den Blick. Ihre Mutter reagierte mit einem unergründlichen Nicken, dann verschwand das Handy in ihrer Hosentasche.

»Mutti!«, schrie Alina.

»Du brauchst mich nicht für dumm zu verkaufen.«

»Was hab ich denn gemacht?«

»Das weißt du genau.«

Ihre Mutter griff nach der Türklinke.

»Warte«, rief Alina. »Wo ist meine Strickjacke?«

»Welche?«

»Na, die graue.«

»Das stinkende Ding hab ich gewaschen.«

»*Was* hast du?«

»Ich habe die Jacke gewaschen.«

Alina sprang auf und stürmte an ihrer Mutter vorbei ins Badezimmer; dort riss sie die Jacke vom Wäscheständer und hielt sie sich in panischer Verzweiflung unter die Nase.

»Mutti, sie riecht nach Weichspüler.«

»Immerhin besser als vorher.«

»Bist du bescheuert? Weichspüler ist krebserregend.«

Alina hastete zurück ins Zimmer und warf die Tür
hinter sich zu.

13

Linda parkte den Wagen vor dem Tor, schaltete ihr Handylicht ein und überquerte den Schlossplatz. Henry hatte angerufen und gemeint, er warte dort auf sie, wobei seine Stimme seltsam gepresst geklungen hatte. Ihre Nachfrage, ob alles in Ordnung sei, hatte er mit einem lockeren »Klaro« quittiert. Jetzt auf dem Weg zur Terrasse dachte Linda, dass Henry in ihrer Gegenwart nie das Wort klaro benutzte.

Ein krampfhaftes Stöhnen. »Ich bin hier drüben.«

Der Schein ihrer Lampe folgte seiner Stimme auf die rechte Seite. Er lehnte an der Balustrade, hielt sich den Bauch, und selbst in dem schwachen Licht war sein gequältes Gesicht zu erkennen.

»Ist dir schlecht?«

»Nein, alles bestens.«

»Muss dir nicht peinlich sein.«

»Alles cool, Linda. Wirklich.«

Sein gewollt lässiger Tonfall machte sie nur noch skeptischer. Sie lenkte den Lichtschein von seinen Schuhen hinauf zu seinen Haaren. Die Hose und das Jackett waren beschmutzt, und auf seinem rechten Handrücken glänzte eine Schürfwunde. Die eine Hälfte seines Gesichts war ebenso verdreckt, als wäre er der Länge nach hingeschlagen.

»Alles bestens sieht für mich anders aus.«

Henry verzog die Mundwinkel.

»Bist du gestolpert?«

Er nickte vage, und sie bat ihn, er solle seinen Pullover hochziehen. Besorgt musterte sie seinen Bauch oder die Stelle, wo die meisten Menschen für gewöhnlich Fett besaßen. Ein schimmerndes Hämatom zog sich vom Nabel quer zur Hüfte. Mit zwei Fingern drückte Linda auf die Wunde, was Henry die Augen zusammenkneifen ließ.

»Wie soll das denn passiert sein?«

»Ich bin auf der Treppe ausgerutscht.«

»Warum hast du kein Licht gemacht?«

»Ich wollte mich nicht verraten.«

Linda berührte erneut seinen Bauch, doch diesmal durchfuhr seine Muskeln lediglich ein Zucken. Damit war für sie die Sache bewiesen, amtlich, ohne jeden Zweifel: Henry Kilmer versuchte, seine Schmerzen zu verharmlosen. Sie wollte ihm gerade den Pullover hinunterziehen, da bemerkte sie, dass das Waffenholster unter seiner Achsel geöffnet war.

Sie bemühte sich, äußerlich ruhig zu bleiben, obwohl es in ihrem Innern brodelte. Scheinbar beiläufig entfernte sie sich und leuchtete die Terrasse ab. Nahe der Treppe fand sie ein etwa anderthalb Meter langes Brett, das dort bei ihrem letzten Besuch nicht gelegen hatte. Ohne zu wissen, wonach sie eigentlich suchte, inspizierte sie die Umgebung. Auf dem staubigen Boden zeichneten sich allerlei Fußspuren ab, im Grunde nichts Besonderes. Dann entdeckte sie den Abdruck einer Handinnenfläche. Es sah ganz so aus, als wäre jemand an dieser Stelle gestürzt. Sie steckte das Handy ein und lehnte sich neben Henry an die Balustrade, verschränkte die Arme und schaute in den Himmel.

Vereinzelte Sterne strahlten kalt und nervös wie die Augen von Tiefseefischen. Der Wetterbericht hatte für den nächsten Tag dichten Nebel prognostiziert. Das Schweigen zwischen ihr und Henry zerrte an ihren Nerven, und sie zog die Zigaretten aus der Jacke.

»Ich muss dir was beichten«, murmelte er. »Vorhin hat mich jemand angegriffen.«

Linda wusste, dass sie sein Geständnis mit einer Standpauke hätte honorieren müssen; gleichzeitig fühlte sie, wie sich die Anspannung von ihr löste und sie dankbar war für seine Ehrlichkeit. Ohne dieses Geständnis wären sie einfach heimgefahren, Henry hätte sein schlechtes Gewissen geplagt und sie der Argwohn ihm gegenüber. Sie zündete sich eine Zigarette an und wartete auf das, was folgen mochte.

Natürlich hätte er die Zentrale verständigen müssen, gab er reumütig zu. Angriff auf einen Polizisten. Zudem das Ziehen der Waffe. Jedoch glaube er nicht, dass der Täter ihn habe umbringen wollen. Wäre ihm daran gelegen gewesen, wäre die Situation anders verlaufen. Er sei am Boden gewesen und der Angreifer über ihm, er wehrlos und der Angreifer mit einem Brett bewaffnet.

»Nein«, sagte Henry. »Das sollte ein Denkzettel sein.«

»Schön und gut«, erwiderte Linda. »Aber warum hast du keine Meldung gemacht?«

»Ein einziger Anruf hätte einen Großeinsatz ausgelöst.«

»Na, das hoffe ich doch.«

»Dann wäre Wenzels Nachrichtensperre Geschichte gewesen.«

»Stehst du nun im Dienst von Familie Meyer, oder was?«

»Unsinn«, protestierte Henry. »Ich will den Fall lösen.«

»Ganz löblich, Herr Kilmer. Ganz löblich. Wollen Sie das mit einem Dickschädel und blauen Flecken tun?«

»Wenn das halbe Präsidium hier anrücken würde, wäre der Täter alarmiert. Ein Anruf hätte bloß Lärm und Blaulicht gebracht.«

»Das mag stimmen. Aber der Angreifer ist trotzdem über alle Berge.«

»Immerhin wissen wir eines«, Henry wandte sich ihr zu, »die Zufallstheorie gehört in die Mülltonne. Wer wartet schon mitten im Wald auf sein Opfer?«

»Ja, vielleicht.«

Täter, die sich vom Zufall leiten lassen, fuhr er lehrerhaft fort, streunen meist durch die Stadt. Dort sei die Wahrscheinlichkeit groß genug, auf ein ahnungsloses Opfer zu treffen. Kein Mensch verstecke sich im Wald und lauere dort auf seine Beute. Das mache höchstens die Hexe in *Hänsel und Gretel*. Selbst der böse Wolf klopfe bei der Großmutter oder den sieben Geißlein an. Außerdem dürfe sie nicht vergessen, dass der Täter keinerlei Scheu gehabt habe, auf einer gut besuchten Feier zuzuschlagen.

»Henry?«

»Ja.«

»Wie kommst du darauf, dass es ein und dieselbe Person war?«

»Es gibt dafür keine Beweise, das ist mir klar.«

»Eben.«

»Das Profil eines Giftmischers ist außerdem nicht das eines Schlägers.«

»Endlich funktioniert dein Verstand wieder.«

»Danke.«

Auch wenn er in diesem Punkt Einsicht bewies, wollte Linda seine Vertuschungsaktion nicht schönreden. Sein Verhalten blieb in dieser Hinsicht dumm und obendrein gefährlich.

»Auf dem Hinweg ist mir ein Auto entgegengekommen.«

»Hast du das Kennzeichen?«

»Ich glaube schon.«

»Wie, du glaubst?«

»Es war dunkel«, verteidigte sich Henry.

Linda hätte nicht sagen können, was ihn mehr quälte: die Bauchwunde oder die Gewissensbisse. Als sie sich anschickte, zum Auto zu gehen, bat er sie inständig um Verzeihung.

»Reden wir später drüber«, sagte sie. »Ich hole rasch 'ne Taschenlampe.«

»Wozu?«

»Vielleicht hat der böse Wolf Spuren hinterlassen.«

14

Der Blick zum Fenster hinaus zeigt dir jeden Tag dieselbe Welt. Es ist egal, ob du unruhig geschlafen oder einen schönen Traum gehabt hast, ob du erholt aus dem Bett gestiegen bist oder mit schmerzenden Gliedern.

Einige Leute behaupten, die Welt sei nichts als das Produkt der eigenen Vorstellungskraft, die Welt folge dem eigenen Willen, dem eigenen Befinden. Du weißt, dass das blanker Unsinn ist, denn die Welt von gestern und heute unterscheidet sich nicht, und auch die Welt von morgen wird der Gegenwart gleichen. Irgendwo werden Kinder verhungern und anderswo Frauen und Männer aus nichtigen Gründen getötet. Die Natur verendet in Feuerstürmen, und fette Politiker reiben sich ihre vollgefressenen Bäuche. Daran kann dein Wille nicht das Geringste ändern. In Wirklichkeit bleibt die Welt nämlich nur eines: immer die gleiche, immer teilnahmslos. Und genau diese Teilnahmslosigkeit macht sie zu einer bösen Welt.

Dein Großvater war verglichen mit den fetten Politikern kaum anders. Er war ein Schwätzer, der dir tausend Geschichten über das Böse erzählt hat; stundenlang konnte er die Funktionsweise komplizierter Folterwerkzeuge beschreiben. Anfänglich hattest du noch geglaubt, die Gräuel wären die Ausgeburten einer dunklen Epoche. Menschen auf Streckbänken oder eingesperrt in eisernen Jungfrauen. Mit glühenden Haken durchbohrte Zungen, zerquetschte Daumen, verbrühte

Genitalien. Sodomisten, in deren Münder man flüssiges Blei goss. Ketzer, denen auf hölzernen Rädern die Knochen gebrochen wurden. In der Schule hatte dir der Geschichtsunterricht kein anderes Bild vermittelt. Dunkel sei das Mittelalter gewesen, dunkel und barbarisch, doch glücklicherweise auch sehr lange her. Später hatte dir dein Großvater vom Grauen der Weltkriege erzählt, und im Unterricht wurden all seine Bilder bestätigt. Deines Großvaters Stimme schweigt zwar auf ewig, aber das Fernsehen, die Zeitungen und das Internet führen seine grauenhaften Geschichten fort. Du liest von Hunger und Folter, von Krieg und Unterdrückung. Den Erdball bewohnen Abermilliarden Menschen, die sich zu wehren unfähig sind. Menschen, wie du einer warst und immer sein wirst. Menschen, die darunter leiden, dass man für ein brennendes Ferkel nur ein Schulterzucken übrig hat.

15

Linda hatte zwei Zigarettenlängen vor dem Präsidium gewartet und Henry nicht hinauskommen sehen. Von wegen, er wolle ebenso Feierabend machen. Verärgert schnippte sie die Kippe weg, steckte den Autoschlüssel wieder ein und nahm die Treppe hoch ins Büro.

In der Absicht, ihn zu überraschen, drückte sie vorsichtig die Klinke herunter. Aber ihr Partner saß nicht am Schreibtisch und wühlte sich durch einen Berg Akten oder schrieb mit übereifrigem Pflichtbewusstsein Berichte. Stattdessen lag Henry auf dem Sofa und schien tief und fest zu schlafen. Lediglich sein Laptop warf vom Schreibtisch aus einen blauen Schimmer über den Boden. Am liebsten hätte Linda die Tür zugeknallt und sich über sein erschrecktes Gesicht amüsiert oder darüber, wie er krampfhaft die Situation zu erklären versuchte. Doch dann – eine Hand auf der Klinke, einen Arm zum Schwungholen bereit – hörte sie ihn im Schlaf einen Namen sagen.

»Patrick.« Kaum verständlich und dennoch unleugbar.

Linda schloss leise die Tür, und als sie sich zu ihm bewegte, fiel ihr der Schnellhefter neben dem Sofa auf. Sie wusste sofort, dass es eine *seiner* Akten war. Hätte Wenzel sie an ihrer Stelle entdeckt, wäre der Ärger vorprogrammiert gewesen. Oft genug hatte sie Henry gewarnt, er solle aufpassen, damit niemand seine illegalen Akten zu Gesicht bekomme. Sie klaubte den Hefter vom Boden, setzte sich an ihren Schreibtisch und drehte den Laptop so, dass der Bildschirm ihren Platz erhellte.

Henry lag da, die Füße übereinander gekreuzt, einen Arm unter dem Kopf und das Gesicht zur Decke gerichtet, als nähme er gerade eine Therapiestunde. Zunächst wirkte er ganz entspannt, dann erkannte sie das Zucken um seine Wangenknochen. Die buschigen Brauen wölbten sich zur Stirnmitte hin, darunter das Beben seiner Lider.

Linda schob die Akte auf den Tisch und versuchte, die Beschriftung zu entziffern. *Patrick Kramer.* Einerseits hätte sie sich das denken können, andererseits verblüffte es sie, dass es keine Akte zum aktuellen Fall war. Sie öffnete den Hefter und entdeckte auf der ersten Seite das Foto eines Jungen. Offensichtlich war es von einem Zeitungsartikel abkopiert worden und dementsprechend verpixelt. Die winzige Bildunterschrift war im Schummerlicht unlesbar.

»Linda?«

»Ja.«

»Was machst du hier?«

»Das Gleiche könnte ich dich fragen.«

Er hievte die Beine von der Couch, stützte die Ellenbogen auf die Knie und wischte sich beidhändig übers Gesicht. Dann wollte er sich anscheinend erheben, ließ sich jedoch aus halber Höhe wieder zurück sinken. Er fasste sich in die Seite, wobei er schmerzverzerrt ein Auge zukniff.

»Henry, alles in Ordnung?«

»Ja, alles bestens.«

»Ist das jetzt deine Standartantwort?«

»Mir ist nicht nach Scherzen zumute.«

»Ich kann dich rasch in die Klinik fahren.«

»Ist bloß 'ne Prellung. Nicht der Rede wert.«

»Wenzel muss nichts erfahren. Meine Lippen sind versiegelt.«

»Mach dir keine Sorgen.« Er schenkte ihr ein Grinsen, das wenig überzeugend war. »Die Stelle ist nicht mal blau.«

Mit einem Ruck warf er beide Arme über die Rückenlehne und markierte den Relaxten. Auch wenn Linda ihm seine Show nicht abkaufte, fragte sie nicht erneut nach seinem Befinden.

Sie knipste die Schreibtischlampe an und hielt demonstrativ die Akte hoch. »Wer ist Patrick Kramer?«

Henrys um Lässigkeit bemühter Blick verfinsterte sich. Er schickte sich an, die Arme zu verschränken, hielt allerdings im nächsten Moment inne und schob sie zurück auf die Rückenlehne.

»Okay«, sagte Linda. »Entweder wir reden jetzt, quasi von Freund zu Freundin, oder ich stelle eigene Nachforschungen an. Vielleicht wende ich mich auch an Wenzel.«

Henry erhob sich bedächtig von der Couch und stellte den Wasserkocher an. »Patrick Kramer wurde vor langer Zeit ermordet.«

»Was heißt, vor langer Zeit?«

»In meiner Kindheit.«

»Und von wem?«

»Im Grunde von mir.«

Linda stieß einen schweren Seufzer aus. Eine Pause entstand, in der allein das Sieden des Wassers ertönte. Sie starrte seinen Rücken an und bereute es mittlerweile, noch einmal ins Büro gegangen zu sein. Sowie ein Piepton den Kochvorgang beendete, fragte Henry, ob sie auch einen Tee wolle. Linda bat um eine Tasse Instantkaffee. Dann riss ihr der Geduldsfaden. Sie herrschte ihn an, dass er eine solche Aussage nicht einfach im Raum stehen lassen könne.

»Versprichst du mir, alles für dich zu behalten?«

»Ja«, sagte sie und wusste gleichzeitig, dass manche Versprechen ihre Grenzen hatten.

Henry goss heißes Wasser in zwei Tassen und begann von der Begegnung mit einem Mann zu erzählen. Der Mann habe ihn nach einer Zigarette gefragt, als wäre er ein Erwachsener. Er sei ein Kind gewesen, gerade zwölf Jahre alt, und der Tag ein 22. Juni. Das Datum würde er nie vergessen. Damals habe er geglaubt, es wäre der glücklichste Tag seines Lebens. Er halbierte eine Zitrone, presste die eine Hälfte über der Tasse aus und sagte, dass er sich an das Gesicht des Mannes nicht erinnern könne. Womöglich verdränge er dessen Aussehen oder es sei ihm schlichtweg entfallen. Den Mantel, den er trotz der sommerlichen Temperaturen getragen habe, sehe er dagegen deutlich vor sich. Ein alter, verwaschener Mantel mit einem alten, verwaschenen Gürtel, an dem ein Walkman befestigt gewesen sei.

»Deshalb nenne ich ihn auch Walkman.«

Linda lachte unwillkürlich auf. »Wie das Kassettending?«

»Genau so.«

»Okay, okay. Du willst mich verarschen!«

Henry trat an den Schreibtisch und schob ihr die Tasse Kaffee zu. In seinem Gesicht war weder ein Grinsen noch die Spur eines Lächelns auszumachen. Henrys Miene war so abgeklärt, als berichtete er von einem Fall aus seinen Mörderbüchern.

»Die Kopfhörer hingen ihm um den Hals«, fuhr er fort. »So ein Bügel mit orangefarbenen Ohrpolstern aus Schaumstoff. Kennst du die noch?«

Linda nickte.

»Der Walkman lief so laut, dass ich einen Song hören konnte. Manchmal träume ich davon, also von unserer Begegnung, und dann glaube ich, die Melodie wiederzuerkennen. Jedes Mal, wenn ich aufwache, ist sie weg. Ich kann sie nicht greifen.«

Linda nickte erneut und wartete unverdrossen auf einen Lachanfall ihres Partners; sie malte sich sogar aus, wie Lennart Mikowski durch die Tür gesprungen käme und ihr ins Gesicht feixen würde.

»In deinen Ohren klingt das bestimmt abstrus«, sagte Henry. »Walkman. Aber das ist nun mal das Deutlichste, an das ich mich erinnere.«

»Und was hat das mit Patrick zu tun?«

»Irgendwie habe ich gespürt, dass der Mann böse ist. Mir will leider keine rationale Begründung dafür einfallen. Nenn es meinetwegen kindliche Intuition.« Henry tauchte mit seiner Tasse wieder ins Halbdunkel der Couch. »Irgendwie fühlt man doch, ob die Großmutter vor einem steht oder der böse Wolf.«

Linda, die in brenzligen Situationen oft auf ihr Bauchgefühl vertraute, mochte ihm jetzt nicht zustimmen. Patrick Kramer, ein Mann namens Walkman und der böse Wolf – Henry musste bei seinem Sturz direkt auf den Schädel gelandet sein.

»Natürlich bin ich Nichtraucher gewesen, und das habe ich dem Mann sofort gesagt. Darauf hat er mich gefragt, ob ich wisse, wo er Zigaretten herbekomme.«

»Ist der Typ zu blöd zum Einkaufen gewesen?«

»Du darfst nicht vergessen, dass es damals in Lichtenberg keine Spätis gab. Zigaretten hat man sich am Automaten gezogen. Trotzdem hast du recht, es kam mir schon als Kind komisch vor. Nein, das ist untertrieben, es hat mir Angst eingejagt.«

»Das kann ich verstehen.«

»Jedenfalls habe ich ihm gezeigt, wo er Zigaretten kriegen könne.«

Henry erzählte ihr, wie er den Mann mit schlotternden Beinen zu einem Garagenhof führte. Er habe den Fremden geraten, die letzte Garage aufzusuchen; dort sitze ein Junge, der qualme wie ein Schlot. Als der Mann ihn scheinbar aus Dankbarkeit die Hand auf die Schulter legte, sei Henry weggerannt. Schnurstracks nach Hause.

»Und abends konnte ich nicht einschlafen.«

»Hast du immer noch Angst gehabt?«

»Nein, mein Herz hat gerast vor Glück. Dieselbe Intuition, die mich vor dem Mann gewarnt hatte, verriet mir nun, dass Patrick für immer aus meinem Leben verschwunden war.«

»Dieser Junge hier?« Linda tippte auf das Foto.

»Ja, der Schrecken meiner Kindheit.«

»Und warum denkst du, dass der Mann ihm irgendetwas angetan hat?«

»Die Polizei ist in der Schule aufgetaucht und hat sich nach Patrick erkundigt. Angeblich hatte seine Mutter eine Vermisstenanzeige gestellt.«

»Du hast gesagt, er sei ermordet worden.«

»Ja, vom Walkman.«

»Du weißt, wie viele Jugendliche jedes Jahr die Schnauze voll haben und abhauen.«

»Linda, er ist unauffindbar. Bis heute.«

»Und du glaubst, für sein Verschwinden verantwortlich zu sein?«

»Ich bin mir sogar sicher.«

»Du bist ein Kind gewesen.«

»Ich habe den Mann nicht nur auf Patrick aufmerksam gemacht. Ich habe der Polizei auch nie etwas von ihm erzählt. Weil ich dankbar war, so unendlich dankbar. Ich bin wieder gern zur Schule gegangen und habe lange Zeit ernsthaft geglaubt, der Walkman hätte mir geholfen. Aber das war ein Irrtum, wahrscheinlich der größte meines Lebens.«

SPÄTER

Der Angstschweiß legte sich wie Schmieröl zwischen seine zerfledderte Haut und die Drahtschlinge. Immerhin gelang es ihm dadurch, den Kopf minimal zu wenden. Aus den Augenwinkeln konnte er das hinter ihm befindliche Loch erkennen. Es war in drei Metern Höhe ins Gemäuer geschlagen worden. Vor hundert Jahren hatte es wahrscheinlich als Oberlicht oder Lüftung gedient. Bisher hatte Ben diesem Loch keinerlei Bedeutung beigemessen; die alte Gruft war für ihn nur ein Treffpunkt gewesen, ein geheimer Ort, von dem allenfalls Historiker und Liebespärchen wussten. Jetzt hing buchstäblich sein Leben an diesem Loch, ganz gleich, wofür es einmal genutzt worden war. Jemand hatte aus der Höhe ein Seil um seinen Hals gespannt. Den Sinn und Zweck dieser Konstruktion begriff Ben nicht, er spürte jedoch, dass sie ihm ungeheure Schmerzen zufügte.

Da vernahm er ein Geräusch, draußen in Wald und Nebel. Wenn ihn wieder eine Ladung Wasser treffen sollte, wäre er diesmal vorbereitet. Mit aufgerissenen Augen versuchte er, jede Bewegung und jeden Ton zu erfassen. Er hörte das Rascheln von Laub, dann das Knacken mürber Zweige, die unter vorsichtigen Schritten zerbrachen. Das Schmatzen feuchter Stiefelsohlen. Er musste an den Jäger denken, den emsigen Bauchaufschneider.

*Mit diesen Gedanken wurde ihm das offene Fenster
eine Bedrohung, vielleicht sogar eine größere als die
Schlinge. Der Unbekannte, der ihm das Wasser entge-
gengeschleudert hatte, musste draußen um die Gruft
herumschleichen. Je stärker Ben sich auf die Umgebung konzentrierte, desto mehr entglitten ihm die Details. Das Moos an der Baumrinde, die Äste im Unter-
holz, ein Vogel, der die Borke nach Insekten absuchte.
Schon bald löste sich alles wieder in Dunst und Nebel
auf.*

Es hatte nicht lange gedauert, bis sich der Schlosshof
mit Gästen gefüllt hatte. Mittlerweile war es dunkel geworden, und neben der Außenlampe leuchteten vereinzelte Zigaretten und die Gesichter der Darstellerinnen.
Von anderen Festen solcherart kannte Ben die Euphorie unter den Kindern und Jugendlichen. Sie fühlten
sich nicht mehr als Amateure, die sich mit Schulbüh-
nen und wenig talentierten Lehrern begnügen mussten. Dieses Ensemble durfte in einem echten Theater
spielen und den Anweisungen eines echten Regisseurs
folgen, sieben Mädchen und ein Junge, die mit jeder
Probe reifer geworden waren. Erwachsener.

»Ich könnte einen Zylinder und eine blaue Sonnen-
brille tragen«, schlug Levin Blaschko vor. Der Siebzehn-
jährige spielte in dem Stück die männliche Rolle und
blühte zwischen den Darstellerinnen regelrecht auf.
»Und am Schluss werfe ich den Hut ins Publikum.«

»Keine schlechte Idee.« Ben zwinkerte ihm anerkennend zu. »Nur vergiss bitte nicht, dass du am Ende eine
gebrochene Figur bist.«

Ben war nicht allein mit dem Ensemble im Hof. Einige Eltern münzten den Erfolg der Kinder gern auf ihre eigene Ausdauer. Womöglich hatten sie ihre Sprösslinge dazu überredet, sich einmal auszuprobieren, sie schlimmstenfalls sogar gegen ihren Willen für den Kurs angemeldet. Ben amüsierte sich darüber, wie einige Jugendliche verstohlen an einer Kippe zogen und deren Eltern sich in der Befürchtung, als spießig zu gelten, jede Rüge verkniffen.

»Ich liebe diese Atmosphäre«, erklärte ein Mann, der sich an einem Weinglas festhielt. »Hier liegt Kreativität in der Luft.«

»Mein Sohn ist restlos begeistert«, sagte eine Frau, offenbar Levins Mutter.

»Ich hab in der Schule Theater gespielt.« Der Vater von Julia Schwenke lachte. »Leider nur Märchen.«

»Garantiert den bösen Wolf«, kommentiere seine Tochter. Sie spielte gemeinsam mit den anderen sechs Mädchen die Rolle der Morella. Während Ben über ihre Anmerkung schmunzeln musste, stieß ihre Mutter sie dezent in die Seite.

»Eigentlich war ich der Jäger«, sagte der Vater. »Der Bauchaufschneider.« Er hob die Rechte und formte mit zwei Fingern eine Schere. »Schnipp, schnapp.«

Ben lächelte pflichtbewusst. Dann waren seine Gedanken in den nahen Wald geflohen, fort von der Feier und hin zu der alten, vergessenen Gruft.

ZWEITER TEIL

*Ein Kater ohne Bart ist
nur ein verächtliches Geschöpf.*

Der gestiefelte Kater, Ludwig Tieck

*The sins of the past have come
See how they sit down together*

And You My Love, Chris Rea

FREITAG

1

Bettina Wagner blieb unentschlossen zwischen Küchentisch und Spüle stehen. Eigentlich wollte sie das Frühstücksgeschirr abräumen, ihre Kaffeetasse, ihren Teller, das unbenutzte Geschirr ihrer Tochter. Wenigstens hatte Alina hier geschlafen und nicht Reißaus genommen, nachdem sie gestern Abend ihr Telefon einkassiert hatte. Ein Frühstück, das schon lange kein gemeinsames mehr war, fiel da kaum ins Gewicht; mit diesem Wink versuchte Bettina, sich selbst zu ermuntern.

Sie strich sich die losen Haarsträhnen hinters Ohr, atmete einmal durch und räumte den Tisch ab. Während das heiße Wasser ins Spülbecken lief, stützte sie sich am Rand ab und gähnte. Der morgendliche Kaffee hatte ihren Kreislauf nicht in Schwung gebracht, und sie überlegte, ob sie erneut die Kaffeemaschine anwerfen sollte. Die letzte Nacht hatte Bettina nur wenig geschlafen; bis kurz nach vier waren ihre Gedanken wie tobende Kinder umhergesprungen. Sie hatte sogar den Atem ihrer Tochter durch die Wand zu hören geglaubt, und das trotz des laufenden Fernsehers. Die Zeit, in der sie ohne das Geplapper stupider TV-Shows hatte einschlafen können, lag gefühlte hundert Jahre zurück. Sie stellte das Wasser ab und wusch auch das unbenutzte Geschirr ab.

Obwohl die Müdigkeit ihr in den Knochen saß, funktionierten ihre Hände einwandfrei. Die jahrelange Routine hatte Bettina einen Automatismus gelehrt, der immerhin das Gewissen beruhigte. Selbst wenn ihr die mütterliche Sorge den Schlaf raubte, würde sie ihrer Tochter jeden Morgen die Schulbrote schmieren. Sie würde sieben Tage die Woche den Tisch decken, Tee und Kaffee machen und geduldig auf Alina warten. Eine schlechte Mutter zu sein, konnte ihr niemand vorwerfen; das hätte nicht einmal ihr Mann gewagt, und der war zu fast allem fähig gewesen.

Zehn Minuten später saß sie mit Alinas Telefon auf der Couch im Wohnzimmer. Sie wischte über das Display und betrachtete die Punkte, die sie zu einem Muster verbinden musste. Bettina hatte keine Ahnung, welche Kombination Alina zum Entsperren benutzte. Sie probierte ein Quadrat und ein Kreuz zwischen zwei Waagerechten. Beides funktionierte nicht. Die Furcht vor einem dritten Fehlversuch ließ sie innehalten. Wie oft durfte sie das Muster variieren, bis sämtliche Funktionen gesperrt wurden? Unschlüssig schwebte ihr Finger über dem Display. Sie dachte, dass sie für Russisch Roulette noch zu nüchtern war. Später am Abend wäre sie entweder wagemutiger oder in einem Zustand, der nichts mit Mut oder Feigheit oder gar Raffinesse zu tun hatte, eine Phase großer Gleichgültigkeit, die erst am nächsten Morgen enden würde, wenn sie sich in der Küche den Schlaf aus den Augen rieb. Bettina legte das Handy beiseite und suchte Alinas Zimmer auf.

2

Rita Löwinski, die ehemalige Intendantin der Erfurter Jugendbühne, hatte sich gemeldet. Daraufhin hatte Linda kurzerhand entschieden, die Gelegenheit beim Schopf zu packen und sie zu besuchen. Henry war ihr Tatendrang willkommen. Die letzte Nacht hatte ihre Spuren nicht nur auf seiner Bauchdecke hinterlassen.

Sie verließen Jena über die B88 Richtung Norden. Nach etwa zehn Minuten überquerten sie die Saale. Sie fuhren nun ostwärts, bis sie einen Ort namens Golmsdorf passierten. Von dort an folgten sie der Gleise, einem Nebenfluss der Saale. Die bewaldeten Hochflächen kündeten von der Einsamkeit des Holzlandes, von Einsamkeit, Monotonie und Stillstand. Gestern war hier heute und heute eine Gegenwart ohne Morgen.

»Seltsame Gegend«, sagte Linda, als sie in die Ortschaft Senkheim einfuhren. »Hier will ich nicht begraben sein.«

»Gibt es viele solcher Dörfer hier?«

»Viel weniger als früher. Das Holzland verendet langsam.«

Je tiefer sie in die Ortschaft drangen, desto niedriger wurden die Häuser. Normalerweise schrumpfte alles Fliehende, während das Nahende an Größe gewann. Als Henry durch die Heckscheibe schaute, erschienen ihm die Gebäude in der Flucht jedoch von gleicher Höhe und Breite. Wie die grob gepinselten Häuser auf dem Tuschebild eines Kindes.

»Willst du deine Literaturkenntnisse erweitern?«, fragte Linda.

»Wie kommst du darauf?«

»Ich sehe dich ständig mit dem Buch rumlaufen.«

Auf der Fahrt hatte er zum wiederholten Mal die Geschichte von *Morella* gelesen. Winzige Markierungen waren über die Seiten gekritzelt; hier hatte er ein Wort unterstrichen, dort ein Fragezeichen platziert.

»Das lese ich bloß zur Ablenkung«, antwortete Henry leichthin.

»Ablenkung von der Arbeit?« Linda grinste. »Wer's glaubt, wird selig.«

»Poes Geschichte ist nicht uninteressant.«

»Ist mir klar, dass du so was toll findest. Bei deinem Faible für Horrorstorys.«

»Eigentlich ist es ein Drama.« Henry schlug das Buch zu. »In *Morella* geht's um einen Mann, in dessen Tochter der Geist seiner verstorbenen Frau erwacht.«

»Und liebt der Typ dann seine Tochter auf die gleiche Weise wie seine Frau?«

»Das ist zumindest eine Lesart der Geschichte.«

»Klingt für mich ziemlich grenzwertig.«

»Ist es auch, wenn man bedenkt, dass Poe und seine Ehefrau einen Altersunterschied von vierzehn Jahren hatten.«

»Hab dich nicht so spießig. Da kenn ich krassere Unterschiede.«

»Virginia, seine Frau, war bei der Hochzeit erst dreizehn.«

»Ich kotz im Strahl. Was ist bloß mit euch Männern los?«

»Angeblich sollen die beiden wie Bruder und Schwester zusammengelebt haben. Die Biografen sind sich darin noch uneins.«

»Die Biografen!«, rief Linda aus. »Das sind bestimmt alles Kerle in verstaubten Anzügen.«

Sie erreichten den Krugweg, die einzige Nebenstraße in Senkheim. Durch einen Vorgarten gelangten sie zur Tür eines winzig anmutenden Hauses. Henry blickte die schmale Straße zurück. Zum Dorfausgang hin wirkte die Perspektive verzerrt und irreal, und obwohl er mehrfach zwinkerte, wollte sie sich nicht zurechtbiegen lassen. Dieses Senkheim blieb ein seltsames Dorf.

»Guten Tag, Kripo Jena. Wir haben telefoniert.« Linda lächelte einer etwa siebzigjährigen Frau entgegen.

Was sie in der nächsten Stunde erzählt bekamen, glich einer Nummernrevue in Theatergeschichte. Doch Rita Löwinski käute keine beschönigte Laufbahn wieder, im Gegenteil, ihre Erinnerungen klangen nach gelebter Geschichte. Heute allerdings, so erklärte sie, meide sie die Gesellschaft anderer Menschen. Ihre turbulenten Zeiten seien vorbei. Sie wohne lieber in trauter Dreisamkeit mit ihren Katzen. Ihr Mann sei vor fünf Jahren in der Saale ertrunken. Seitdem fröne sie der Malerei. Überall im Haus hingen Aquarelle, die eine eigenartige Friedfertigkeit ausstrahlten. Auf allen Bildern war dasselbe Motiv verewigt. Ein rosafarbener Fluss, ein spärlich bewachsenes Ufer.

Rita Löwinski schüttete Gebäck in eine Schale, und Linda langte sofort zu. Henry beäugte voller Skepsis den Puderzucker auf dem Teig. Er fragte die ehemalige

Intendantin, aus welchem Grund sie Ben Schilling an ihr Theater geholt habe.

»Er wurde mir empfohlen«, erwiderte die Frau. »Von einem Kollegen aus Berlin. Außerdem gefiel mir sein Konzept.«

»Wenn Sie von dem Regisseur so begeistert waren, weshalb haben Sie dann die Premiere abgeblasen?«

»Herrn Schilling hatte eine furchtbare Krankheit ereilt. Ein Virus oder dergleichen.«

»Muss wirklich furchtbar gewesen sein. Ich meine, gleich das Stück vom Spielplan zu streichen. Das macht man bestimmt nicht alle Tage.«

»Nein, das macht man nicht.« Rita Löwinski ließ eine der Katzen auf ihren Schoß springen. »Es war wirklich furchtbar gewesen.«

Obzwar das sonore Schnurren der Katze die Stube erfüllte, konnte von einer gemütlichen Stimmung keine Rede sein.

»Wenn es so furchtbar war«, preschte Linda vor, »findet sich garantiert eine Krankenakte.«

Henry war keineswegs über ihre Offensive erstaunt. Sie wagte den Schuss ins Blaue – eine Strategie ratloser Polizisten und eine Verhörmethode aus dem inoffiziellen Lehrbuch.

Rita Löwinski drückte das Rückgrat der Katze durch, gleichzeitig stemmte sich das Tier hoch. Sie wisse nicht, ob er zum Arzt gegangen sei, erklärte sie. Ben Schilling sei ziemlich eigen.

»Ich hätte mir ein Attest zeigen lassen«, sagte Linda. »Vielleicht ist das in Ihrer Branche unüblich, aber mit der Streichung verlor das Theater eine Menge Geld, oder?«

Rita Löwinski übte stärkeren Druck auf den Katzen-
rücken aus. »Was bezwecken Sie eigentlich mit ihrem
Besuch? Ich bin im Ruhestand. Die Sache liegt lange zurück.«

»Ich habe das Gefühl, Sie wollen uns etwas sagen.«

»Da täuschen Sie sich.«

»Sie haben die Sache damals geregelt. Wahrscheinlich zur Zufriedenheit aller. Und jetzt ...« Linda schob
sich ein Plätzchen in den Mund und kaute mechanisch.
Sobald sie heruntergeschluckt hatte, sagte sie: »Jetzt
dürfen Sie Ihren Ruhestand genießen. Niemand wird
Ihnen im Nachhinein mangelnde Professionalität vorwerfen.«

»Gewisse Entscheidungen lassen sich ohnehin nicht
korrigieren.«

»Und das soll heißen?«

»Was geschehen ist, ist nun mal geschehen.«

»Sie wissen, dass ich Ihnen die Floskel nicht ab-
nehme.« Linda deutete auf die Aquarelle an der Wand.
»Was geschehen ist, sucht früher oder später seinen
Ausdruck.«

Rita Löwinski erwiderte nichts. Mittlerweile hatte
sich die Katze auf ihren Beinen ausgestreckt. Ihr
Schnurren klang wie ein tiefer Tinnitus, der die Stille
brauchte, um dauerhaft zu schmerzen.

»Ich werde Ihnen eine Frage stellen«, sagte Linda,
»und wir werden sehen, was die Katze meint.«

Rita Löwinski bedachte Linda mit einer Miene offe-
ner Ratlosigkeit.

»Ich habe das Gefühl, die Katze würde für ein Ja das
Köpfchen heben.«

In Rita Löwinskis Gesicht wechselte der Ausdruck. Die Ratlosigkeit schien einer vagen Erkenntnis zu weichen.

»Gut«, sagte Linda, »ich fange an.«

Rita Löwinski nickte.

»War Ben Schilling der Grund für die Streichung des Stücks?«

Die Rentnerin ließ ihre Linke unter das Kinn der Katze fahren und streichelte die Stelle, bis das Tier lustvoll den Kopf hob.

»Diente Schillings ›Krankheit‹ dazu, den Ruf des Hauses zu schützen?«

Wieder die gleiche Geste, wieder das Heben des Kopfes. Dann glitt Rita Löwinskis Hand zurück auf den Rücken der Katze. Henry wagte es kaum, seinen Bleistift zu bewegen; er war von der Befragung gleichermaßen fasziniert wie erschüttert. Was hier geschah, widersprach jeglicher Verhörnorm. Das war so unorthodox, dass die Anwendung von Suggestivfragen dagegen lächerlich wirkte.

»Hat er etwas nicht Tolerierbares getan?«, wollte Linda wissen.

Die Hand blieb auf dem Rücken der Katze ruhen. Die Anspannung in der kleinen Stube war kaum auszuhalten. Langsam fuhr die Hand der alten Frau unter das Köpfchen, und die Katze bejahte die Frage.

»Hatte es mit einer der Darstellerinnen zu tun?«

Die Katze bejahte auch diese Frage.

»Mit einem Mädchen?«

Plötzlich sprang die Katze vom Schoß ihrer Herrin. Rita Löwinski äußerte auf unmissverständliche Art, sie werde den Namen des Mädchens nicht preisgeben.

Zweifellos hütete sie ein Geheimnis, das sich Pinsel und Wasserfarben verwehrte.

»Das habe ich versprochen«, sagte sie. »Nicht ihm, sondern dem Kind.«

Als sie sich erhoben, blieb Rita Löwinski sitzen. Sie schüttete das restliche Gebäck zurück in eine Dose, wobei sie wie nebenher murmelte. »Ich habe gewusst, dass Sie irgendwann kommen.«

»Das kann ich mir denken«, erwiderte Linda unterkühlt.

»Nein, nicht aus dem Grund, den Sie vermuten.«

»Und warum dann?«

»Ein Mann hat vorigen Monat angerufen.«

Linda wandte sich von der Tür ab. »Und was wollte er?«

»Das Gleiche wie Sie.«

3

»Das Schwein geht nicht dran.«

Linda musterte ihr Telefon, als wäre es womöglich defekt. Dann probierte sie erneut, Ben Schilling zu erreichen.

»Kommt nur die Mailbox?«, fragte Henry.

»Ja, verdammter Mist.«

»Dann sprich was drauf.«

»Was soll ich sagen? Hallo, hier ist die Polizei. Wir kriegen dich noch.«

Linda klang absolut humorlos. Schon während der Herfahrt hatte sie Schilling mit allerlei Schmähungen bedacht und sich selbst für ihre Naivität geschimpft. Das gestrige Gespräch mit Alina Wagner auf dem Friedhof hätte sie alarmieren müssen.

»Er muss nichts ahnen«, gab Henry vorsichtig zu bedenken. »Ich glaube nicht, dass Frau Löwinski ihn gewarnt hat.«

»Solche Typen spüren das.«

»Was meinst du damit?«

»Sie merken, wenn's eng wird. Wenn sich die Schlinge langsam, aber sicher zuzieht.«

Henry sagte nichts.

»Als Erstes zerstören sie ihre Festplatten, dann verbrennen sie sämtliche Fotos, und zum Schluss packen sie ihre Lieblingsverteidigung aus: Kann es nicht sein, dass das Mädchen irgendwas falsch verstanden hat?«

Linda kontrollierte ihre Pistole, verließ den Wagen und überquerte die Straße. Henry schulterte seine

Tasche und folgte ihr. Nach seiner Beichte glaubte er, das Recht verspielt zu haben, das Verhalten seiner Partnerin kritisieren zu dürfen. Wenigstens solange, bis sie seine Dummheit durch eine eigene Dummheit ausgeglichen hätte. Vom Kopf her wusste er, dass es eine kindische Sichtweise war, doch wog seine Scham stärker.

Linda verschaffte sich Zugang zum Haus, indem sie bei einer anderen Mieterin klingelte und sich als Paketdienst vorstellte. Kaum waren sie im Treppenhaus, vernahm Henry ein lautes Gepolter. Er hielt Linda zurück und horchte nach oben. Der Krach verstummte, und alles war wieder so ruhig, wie man es von solch noblen Altbauhäusern erwartete. Linda präsentierte eine Geste der Ahnungslosigkeit, dann stiegen sie hinauf ins Dachgeschoss.

Als Henry anklopfen wollte, fasste Linda ihn am Jackett und legte den Zeigefinger auf ihre Lippen. Er drückte sein Ohr gegen die Tür und sie kniete vor dem Briefschlitz, der zweifellos nicht mehr benutzt wurde.

»Zugeklebt«, flüsterte sie. »Er hat wohl was zu verbergen.«

»Drinnen ist alles still.«

»Mein Bauch sagt mir, dass sich das Schwein versteckt.«

»Oder er ist einfach nicht da.« Henry rückte von der Tür ab. »In dem Fall können wir nichts machen.«

»Nichts machen? Und wenn er sich absetzten will?«

»Wohin denn?«

»Was weiß ich? So ein Typ hat Gönner.«

»Wir wissen nicht mal, ob er etwas von unserem Verdacht ahnt. Außerdem muss das, was in Erfurt passiert ist, gar nichts mit unserer Sache zu tun haben.«

»Ein Mann bedrängt ein Mädchen und verliert seinen Job.« Linda richtete sich auf und fixierte Henry. »Dann wird eine junge Frau, die am selben Ort arbeitet wie der Mann, mit K.-o.-Tropfen vergiftet. Der Vergewaltigungsdroge! Ich sehe da eindeutig einen Zusammenhang.«

4

Warum sie diese hässliche Strickjacke trage, wollte Sarah von ihr wissen. Alina zog die Brauen zusammen, während sie ihren Mantel bis zum Hals zuknöpfte. Im Rücken das Angergymnasium und eine überfüllte Tram, liefen sie die Karl-Liebknecht-Straße heimwärts. Sarah hatte ihre Wollmütze ein Stück nach hinten geschoben, sodass ihr Pony im Wind tanzte. Anstelle eines Rucksacks trug sie neuerdings eine extravagante Schultertasche, die ihr das Flair einer französischen Austauschschülerin verlieh; jedenfalls stellte sich Alina so eine gleichaltrige Französin vor.

»Ich mag die Jacke«, sagte sie notgedrungen. »Außerdem ist sie von meinem Opa.«

Sie hoffte, die Lüge würde Sarahs plötzlichen Wissensdurst befriedigen. Um ganz sicherzugehen, schickte sie rasch hinterher, dass ihr Großvater längst verstorben sei.

»Oh«, erwiderte Sarah. »Das tut mir leid.«

»Er hatte Krebs.«

»Leberkrebs?«

»Ich weiß nicht.«

»Meine Tante hatte Leberkrebs.«

»Echt traurig«, murmelte Alina und glaubte die Angelegenheit schon beendet.

»Hast du deinen Opi gern gehabt?«

»Geht so.«

»Mein Opi erzählt ständig Storys von früher.«

»Ach wirklich?«

Alina wünschte sich, ihre Freundin würde das Thema
an sich reißen und nicht anders als sonst zu ihrem eigenen machen.

»Und dein Großvater?«, fragte Sarah völlig unerwartet. »Hat der auch Geschichten erzählt?«

»Ja, manchmal.«

»Und was für welche?«

Sarahs Neugier irritierte sie. Woher rührte dieses
jähe Interesse an ihrer Person? Hatte Alinas gestrige
Flucht bei ihrer Freundin eine gewisse Offenheit für die
Belange anderer geweckt? Nicht frei von Misstrauen
antwortete sie: »Geschichten von ganz, ganz früher.«

»Vom Krieg?«

»Nein, von Schlössern und alten Burgen, von Königen
und Intrigen.«

»Wie alt ist er denn geworden?«

»Keine Ahnung. Wir reden zu Hause nicht über ihn.«

»Und die Jacke hat er dir vererbt?«

Alina zuckte die Achseln.

»Oder deiner Mutter?«

»Nein, mir.«

»Also kanntest du ihn?«

»Ich habe doch gesagt, dass er mir Geschichten erzählt hat.« Alina verfluchte innerlich ihren gereizten
Tonfall. Im Grunde hatte sie nur das Thema wechseln
wollen, mehr nicht. Als sie auf den Rabenstieg bogen
und sich ihrer Hausnummer näherten, wurde ihr Sarahs Neugier unangenehm. Sie fragte ihre Freundin
nach dem Jungen, mit dem sie sich getroffen hatte.

»Welchen Jungen meinst du?«

»Na den, der wie ’n Frosch küsst.«

»Ach, du meinst Jason?«

Es funktionierte, und Sarahs Interesse war genauso vergraben wie Alinas erfundener Großvater. Ohne Punkt und Komma erzählte Sarah von Jason, dem Frosch in Menschengestalt. Alina krampfte ihre Finger in die Jackenärmel, und es war, als trüge sie unter dem Mantel eine zweite Haut. Wegen ihrer Mutter und deren Einfalt hatte diese Haut ihren unverwechselbaren Duft verloren. Selbst wenn sie die Strickjacke fortan jeden Tag anzöge, würde der Geruch nicht zurückkehren. Irgendwann würde der Stoff lediglich nach ihr selbst riechen.

Während Sarah in blühender Detailfreude ihre letzte Knutscherei beschrieb, fing Alina zu weinen an. Sie wusste nicht, weshalb es ausgerechnet hier und jetzt geschah; sie spürte nur die Tränen, die der eisige Wind von ihren Wangen leckte, spürte unter ihren Nägeln den Stoff der Strickjacke.

5

Torsten Knaak hatte gesagt, er sei im Theater. Bis mindestens fünf Uhr nachmittags. Als sie um 16:30 Uhr aus dem Wagen stiegen, schloss Knaak bereits hinter sich die Tür.

Aus der Entfernung schien seine Gestalt zu groß, um durch den Türrahmen zu passen. Er trug einen formlosen Anzug und einen Schal, dessen Fransen im Wind flatterten.

»Da haben wir ja Glück gehabt!«, rief Linda ihm entgegen.

Er wirkte nicht gerade erleichtert darüber, dass sie ihn noch abgepasst hatten. Unter seinem Schnauzbart kroch ein tiefes Knurren hervor. Linda war es mittlerweile egal, ob sie die Tagespläne anderer Menschen durchkreuzten. Taktgefühl und rücksichtsvolle Einleitungen konnten ihr gestohlen bleiben. Sie sprach ihn direkt auf den Streit mit Ben Schilling an.

»Ich kann mich nicht erinnern«, antwortete Knaak. »Ich bin schon oft mit Herrn Schilling aneinandergeraten. Solche Dinge passiert halt in einer ...«

»... Familie«, beendete Linda genervt den Satz.

»Samstag, der 7. November«, präzisierte Henry. »Auf der Feier zum Probenende. Unsere Quelle ist zuverlässig.«

»Ihre sogenannte Quelle ist vielleicht einem Trugbild erlegen. Das kann im Theater schon mal vorkommen.«

»Also leugnen Sie, dass Sie sich gestritten haben?«

»Ich kann mich nicht erinnern«, beharrte Knaak. Er taxierte sie voller Argwohn, dann strich er sich über den Bart. »Herr Schilling und ich hatten ein konstruktives Gespräch. Mehr nicht.«

»Wollen wir nicht drinnen weiterreden?« Beide Hände in die Jackentaschen geschoben, nickte Linda zur Tür. Stunde um Stunde wurde es kälter, und sie hoffte auf einen Ortswechsel. »Oder wollen wir uns in mein kuschliges Auto setzen?«

Knaak resignierte mit einer pathetischen Geste. Er schloss die Tür auf und begleitete sie in sein Dienstzimmer. Linda fragte sich, weshalb er sie hierher gelotst hatte. Ihretwegen hätten sie die Befragung auch anderorts durchführen können; immerhin wirkten die Bar und das Foyer ungleich gemütlicher. Mit einem Fingerzeig bot Knaak ihr einen Hocker an.

»Entschuldigen Sie die Enge. Aber hier lässt es sich wenigstens ungestört reden«, rechtfertigte er den Platzmangel. Sein Ton bemühte sich um Freundlichkeit. Ja, sagte er, Ben und er hätten einen kleinen Disput gehabt.

Aus Herrn Schilling war schlagartig Ben geworden. Linda registrierte, dass sich Henry eine Notiz machte. Zwei Schafe, ein Gedanke, dachte sie halb amüsiert. Sie bedeutete Knaak fortzufahren.

»Es ging um die Barbeleuchtung.«

»Um die Barbeleuchtung?«, wiederholte Linda ungläubig.

»Einige Glühbirnen sind kaputt. Ben hat mich netterweise darauf hingewiesen.«

»Haben Sie das nicht selbst bemerkt?«

»Ich habe so viel zu tun. Da übersehe ich schon mal Kleinigkeiten.«

»Also ging es bloß um diese Glühbirnen?«

»Ja, so ist es.«

»Geben Sie Herrn Schilling auch in Sachen Dramaturgie Tipps?«

Linda spürte, dass ihr Sarkasmus den Mann für alles getroffen hatte. Zudem hegte sie den Verdacht, er setze seine Empörung über eine Bagatelle als Deckmantel ein, um darunter eine viel schlimmere Sache zu verbergen. Die Masche war Linda hinlänglich bekannt. Solche Finten wurden einem beim Wochenendseminar für Psychologie erklärt. Oder beim Lebensseminar in Sachen Mutterschaft. Sie fragte ihn, weshalb die Glühbirnen auf der Feier ein Thema gewesen seien.

»Ich war betrunken und innerlich aufgebracht. Sie wissen doch, wie das ist.« Torsten Knaak mimte den Vertrauensseligen. »Zu tief ins Glas geschaut, und der Ärger bricht sich Bahn.«

Dass Knaak alkoholisiert gewesen war, hatten einige Zeugen bestätigt. Zumindest in diesem Punkt log er nicht. Um ihn aus der Reserve zu locken, musste man ihm offenbar einen Knochen vorwerfen.

»Wir wissen, dass Caroline Meyer in Ben Schilling verliebt ist.«

Knaak schaute betreten zu Boden. Seine Pranken strichen die noch mächtigeren Hosenbeine glatt.

»Kann sein«, grummelte er nach einer Pause. »Um so was kümmere ich mich nicht.«

»Ja, wir wissen Bescheid. Sie kümmern sich bloß um Glühbirnen und schiefe Nägel.«

»Genauso ist es.«

»Wie ist Ihr Verhältnis zu Ben Schilling generell?«

»Ich bin der Hausmeister, er ist der Starregisseur.«

»Streng genommen sind Sie von seinem Erfolg abhängig, oder?«

»Das Haus wäre ohne ihn besser dran.«

»Entscheidet das nicht das Publikum?«

»Ein Haufen Mist lockt auch Fliegen an.«

Knaaks Erregung schaukelte sich von den Glühbirnen zum wahren Kern hoch. Linda hakte behutsam nach, worauf denn seine Äußerung abziele. Ohne Umschweife klagte er über Schillings Methoden. Auf diese Weise könne man kein Stück inszenieren. Nicht mit Kindern und Jugendlichen. Die armen Geschöpfe ahnten noch nichts von der Macht der Bühne. Sie seien ihm und seinen dubiosen Methoden ausgeliefert. Dieser Schilling sei nämlich nichts weiter als ein Scharlatan.

»Entschuldigen Sie«, sagte Linda. »Aber offenbar stehen Sie mit Ihrer Meinung allein da.«

»Wer schenkt schon der Meinung eines Hausmeisters Gehör?«

Linda war enttäuscht. Sie hatte sich bereits ausgemalt, wie Knaak den Regisseur auf andere Art belasten würde. Letztlich teilten sie den Raum mit einem von Missgunst zerrütteten Mann. Einem Hausmeister, der gern Regisseur wäre. Der meinte, im Suff der Welt seine Wahrheit verkünden zu müssen. Die tolle Familie entsprach anscheinend mehr, als Linda geahnt hatte, einer stinknormalen Familie.

6

Als die Klingel schrillte, stockte Alina vor Schreck der Atem. Auf die Schnelle wollte ihr niemand einfallen, der bei ihnen hätte läuten können. Sarah war noch nie spontan bei ihr aufgetaucht, außerdem hatten sie sich heute in der Schule gesehen. Die wenigen Bekannten ihrer Mutter zogen es vor, mit ihr zu telefonieren – wahrscheinlich ertrugen sie nicht die Gegenwart einer Frau, die früher vor einer ganzen Klasse gestanden hatte und sich heute nur selten aus dem Haus traute.

Alina huschte durch den Korridor in ihr Zimmer und glaubte für einen kurzen glücklichen Augenblick, es könnte sich um Ben handeln. Auf Marissa Kolps Erscheinen war sie hingegen nicht vorbereitet. Sie duckte sich unter das Fenster und lugte knapp über den Sims hinweg. Die Chefin des Theaters stand an der Pforte zum Vorgarten. Alina konnte sich keinen Reim darauf machen, weshalb die Frau hier Sturm klingelte. Wollte sie ihr etwas ausrichten? Das hätte sie auch, wie es normalerweise Caroline tat, per E-Mail oder Anruf erledigen können. Vielleicht wollte sie mit ihr persönlich reden? Oder noch schlimmer: mit ihrer Mutter.

Hingekauert unter dem Fenster wartete Alina darauf, dass das Klingeln verstummte. Allein die Straßenlaterne vor dem Haus erhellte das Zimmer. Ihr Blick jagte vom Schreibtisch zum Bett und wieder zurück, graste die Orte ab, wo für gewöhnlich ihr Handy lag. Hätte sie die Theaterleiterin jetzt fotografiert und das Bild Ben gesandt, hätte er sich bei ihr gemeldet.

Sowie das Klingeln aufhörte, hob Alina vorsichtig die Augen. Das Schrillen des Festnetztelefons ließ sie so heftig zusammenzucken, dass sie mit dem Kinn gegen die Fensterbank prallte. Fast hätte sie vor Schmerz aufgeschrien. Sie presste die Hand auf den Mund und linste hinaus.

Marissa Kolp stand unverändert an der Pforte, nur hielt sie nun ein Telefon in der Hand. Sie wandte sich von der Eingangstür ab und beobachtete stattdessen das Fenster. Alina duckte sich abermals, während ihr das Herz bis in die Kehle schlug.

Sie war sich jetzt sicher, dass die Leiterin Bescheid wusste. In ihrer abscheulichsten Fantasie hatte Marissa Kolp Ben untersagt, sich mit ihr zu treffen. Natürlich hätte er dann protestiert. Ben war ein Freigeist, jemand, der sich keinem Befehl unterwarf, erst recht keinem, der seinen Gefühlen widersprach. Andererseits warnte sie ein schwarz gefiederter Vogel, dass sich die Chefin auch für eine miese Erpressung nicht zu schade gewesen wäre. Alina oder dein Theaterstück? Du musst dich entscheiden.

SPÄTER

Sobald Ben den Kopf neigte, führte das zu Schmerzen. Das offene Fleisch und das Drahtseil waren inzwischen zu einer blutigen Masse verwachsen. Er musste sich eingestehen, dass es keinen Zweck hatte. Aus eigener Kraft würde er dieser Konstruktion nicht entkommen.

Benommen spähte er zur Fensteröffnung. Zeichnete sich in den Nebelschwaden etwa eine Gestalt ab? Vielleicht die eines arglosen Wanderers oder späten Pilzsammlers. Auf seine Resignation folgte ein Moment der Euphorie. In der Hoffnung auf Hilfe brachte er ein Röcheln zustande, ein Krächzen, das sich in seinen Ohren anhörte wie ein gurgelnder Abfluss. Er hätte mit dem Stuhl ruckeln müssen, um Krach zu schlagen, aber die Angst vor einem Sturz lähmte ihn. Mit Mühe gelang ihm ein »Hallo«, kaum verständlich, doch laut genug, damit man es in der Stille hören konnte.

Die Gestalt näherte sich dem Fenster, und Ben war überglücklich, sich nicht getäuscht zu haben. Ehe sich sein Blick vollständig geklärt hatte, war die Person wieder verschwunden. Das verhasste Programm zeigte sich ihm – Wald und Nebel, Nebel und Wald. Er keuchte und knurrte und japste aufgeregt.

»Hilfe. Bitte.«

Als er verstummte, hörte er das Quietschen von Metall. Wie der Henkel eines schlingernden Eimers. Ben dachte an das Wasser, mit dem er überschüttet worden war, das Wasser, das noch immer seine Kleidung durchnässte. Trotz der verräterischen Geräusche schaffte er es nicht rechtzeitig, die Augen zuzukneifen. Ein Schwall Wasser klatschte ihm ins Gesicht.

Das Blut der Halswunde rann ihm erneut über Hemd und Hose, sein feuchtes Haar tropfte nun vor Nässe. Verzweifelt erfasste Ben die Fensteröffnung. Kein Wanderer war ihm erschienen, kein Pilzsammler, kein rettender Engel.

Mit bebenden Lippen lallte er in den Wald hinein: »Wer bist du?«

Ben hatte auf der Einfahrt vor dem Theater geparkt. Es war zehn Uhr abends, und die Straße Am Erlkönig lag in Finsternis. Es war ihm schleierhaft, weshalb die Stadt den Weg nicht mit Laternen ausstattete. Er stierte durch die Windschutzscheibe. Das Schloss war ebenso von Dunkelheit umhüllt. Dafür ließ sich die Stadt nicht haftbar machen; die fehlende Hausbeleuchtung hatte allein die Miezekatze zu verantworten.

Frustriert klopfte er seine Weste nach dem Brief ab, der heute unter seiner Wohnungstür geklemmt hatte. Er konnte sich an den Wortlaut genau erinnern, als hätte er ihn selbst verfasst.

Ich werde alles melden. Außer du tust, was ich dir sage. Warte heute am Theater. 22 Uhr.

Ich liebe dich! Ihm war sofort klar gewesen, wer ihn damit zu erpressen versuchte. Marissa. Seine Chefin, seine Verflossene, seine Fessel. Er kontrollierte die Hosentaschen und fand den Brief auch dort nicht.

Wahrscheinlich hatte er ihn in seiner Wut zerrissen oder auf dem Weg von seiner Wohnung zum Auto verloren.

»Tja«, sagte er zu sich selbst. »Ist wohl so.«

Er schaltete das Autoradio ein, suchte einen Sender, der leicht verdauliche Klassik spielte, und lehnte sich zurück. Während sich auf der Straße nichts tat, glitzerten die Sterne am Nachthimmel wie billige Pailletten. Er knipste die Innenbeleuchtung an und zog aus der Tasche das Originalmanuskript von *Morella*, seinem neuesten Stück.

Bis hinein in den Probenprozess konnte sich ein Text verändern. Oft hieß es, revidieren und korrigieren. Gelegentlich schrieb er den Darstellern eine Zeile auf den Leib oder strapazierte mit spontanen Ergüssen ihre Nerven. Er mochte diesen Teil der Arbeit, denn darin steckte etwas Organisches. Genau wie Morellas schleichende Wiederkunft aus dem Reich der Toten.

Im zweiten Akt entdeckte er einen Buchstabendreher. Er lächelte, weil ihn keines der Kinder darauf hingewiesen hatte. Normalerweise liebten sie es, Ben in großer Runde zu verbessern, worauf er zur Belustigung aller den Ertappten spielte. Er durchsuchte erneut seine Weste, diesmal nach einem Stift. Vergebens. Auch im Handschuhfach fand sich nichts zum Schreiben, und so knickte er ein Eselsohr in die Seite. Als zwischen zwei Musiktiteln die Uhrzeit angesagt wurde, bedrängte ihn der Verdacht, Marissa hätte ihn womöglich zum Narren gehalten. Sie würde hier nicht auftauchen, weder verspätet noch überhaupt.

Das Manuskript auf seinem Schoß, blickte er in den Rückspiegel. Keine Spur von irgendwem. Eine halbe

Stunde später las er zum dritten Mal die vorletzte
Szene, den ergreifenden Höhepunkt in einer ergreifenden Geschichte. Morellas Vater trägt das Mädchen zu
Grabe, hinein in jene Gruft, wo zuvor ihre Mutter be-
stattet worden war. Alles mündet in Verderben und
Tod. Bens Blick strebte zum Rückspiegel, und siehe da,
eine Person kam die Einfahrt herauf. Nach der ganzen
Warterei konnte er seinen Augen kaum trauen. Um die
miese Erpresserin besser sehen zu können, löschte er
die Innenbeleuchtung. Ihre Gestalt schälte sich nur zö-
gerlich aus dem Dunkel, und er fragte sich, weshalb sie
jeden Auftritt dramatisieren musste. Vielleicht hätte
sie ihre Karriere als Regisseurin nicht begraben sollen.
Sobald er die Strickjacke identifizierte, explodierte in
ihm ein Zorn, der aus jeder Wohnung ein Trümmerfeld
gemacht hätte. Marissas Hang zur Dramatik wurde nur
von einem Menschen überboten. Als sich die Beifahrertür öffnete, verstand Ben die Welt nicht mehr

SAMSTAG

1

André Meisner hatte die Statur eines Tänzers. Obwohl Torsten Knaak ihn um einen Kopf überragte, reichten ihm Meisners Beine bis zum Bauchnabel. Gern hätte er ihn darauf angesprochen, ob er in seiner Jugend Ballett oder Ausdruckstanz gemacht habe; allein der tätowierte Totenschädel auf dem Hals des Mannes hielt seine Neugier im Zaum.

»Ich soll die Karre wirklich abschleppen?« André Meisner schob die Daumen hinter den Bund seiner Arbeitshose.

»Ja«, sagte Torsten. »Deshalb hab ich Sie ja gerufen.«

»Wird denn die Auffahrt stark genutzt?«

»Wie meinen Sie das?«

»Heute ist Samstag. Wochenende.«

»Ja und?«

»Ich glaub kaum, dass hier 'n großer Ansturm sein wird.«

»Es geht ums Prinzip«, antwortete Torsten bestimmt. Meisner vermittelte den Eindruck, als wollte er sich vor der Arbeit drücken. War es nicht Aufgabe des städtischen Abschleppdienstes, im Parkverbot stehende Autos zu entfernen? Torsten beschlich das Gefühl, der Nebel raubte den Menschen nicht nur die Sicht.

»Vielleicht ist der Fahrzeughalter im Theater«, sagte Meisner.

»Ausgeschlossen. Ich habe überall geguckt.«

Meisner zuckte unschlüssig mit den Schultern.

»Außerdem sind alle informiert worden, dass die Einfahrt frei zu bleiben hat. Wir haben einen Stellplatz im Hof.«

Die Daumen noch immer hinter den Hosenbund geklemmt, drückte Meisner seine Schultern durch und spähte in den Nebel. Er umrundete bedächtig den Alfa Romeo und inspizierte das Wageninnere, als könnte er einen Hinweis auf den Verbleib des Fahrers finden. Dann probierte er mit der gleichen nervtötenden Ruhe, die Vordertüren zu öffnen.

»Sind abgeschlossen«, brummte Torsten verärgert. »Der Typ ist sicher besoffen nach Hause gelaufen.«

»Wie kommen Sie darauf?«

»Ich kenne den Halter persönlich.«

»Aha, und wieso haben Sie mich dann gerufen?«

»Weil sich nicht jeder alles anmaßen darf. Auch kein Regisseur.«

»Ein Künstler«, murmelte Meisner vieldeutig.

»Ja, richtig. Aber die Straßenverkehrsordnung gilt für jeden.«

»Das brauchen Sie mir nicht zu erzählen.«

Torsten deutete die Einfahrt hinunter, wo der Nebel wie der Atem eines im Wald verborgenen Drachen pulsierte. »Ich fahre nichtsahnend zur Arbeit, und mir nichts dir nichts brettere ich ihm fast hinten rein.«

»Noch mal Glück gehabt, was?«

»Hören Sie, selbst wenn ich unten an der Straße parke, bleibt der Wagen eine Gefahr. Außerdem ist das eine Feuerwehrzufahrt.«

Meisner kickte mit der Schuhspitze gegen den linken Hinterreifen; wohl eine dieser Gesten, die ihn als Fachmann ausweisen sollten. »Sind Sie überhaupt befugt, widerrechtlich parkende Autos abschleppen zu lassen?«

»Ich bin hier seit zwanzig Jahren der Mann für alles. Ich bin zu allem befugt.«

André Meisner nickte, wobei der Totenschädel auf seinem Hals hämisch zu lachen schien. Torstens Ehrfurcht vor der Tätowierung schürte letztlich nur seinen Verdruss. Er stieß die Fäuste in die Taschen seines Sakkos und fixierte Meisner unverhohlen. Der Mann zuckte mit den Schultern, genauso unbestimmt und nichtssagend wie vorhin. Schließlich machte er kehrt und verschwand im Nebel. Torsten glaubte nun, das missliche Thema binnen einer halben Stunde aus der Welt. Der Alfa Romeo würde nicht mehr lang den Boden vor dem Theater beschmutzen, obendrein erwartete Schilling ein gehöriges Bußgeld. Torsten lockerte seine Fäuste und erlaubte sich ein befreiendes Grinsen.

Wider Erwarten tauchte Meisner erneut ohne seinen Abschleppwagen auf; diesmal war er jedoch nicht allein, sondern in Begleitung zweier Personen. Was für ein beschissener Morgen, dachte Torsten und hätte sich am liebsten hinter die Bar verkrochen.

2

»Und der Wagen stand schon hier, als Sie angekommen sind?«

Linda unterdrückte ein Gähnen und gleichermaßen jeden Gedanken an ihren Mann, der wieder unter die Bettdecke gekrochen war. Ein Wochenende im Hause Liedke bedeutete ausschlafen, frühstücken, hemmungslos entspannen. Normalerweise. Seit gestern pendelte Team 2 zwischen Zwätzengasse und Schloss Thalstein. Sie, Lennart und Henry observierten Schillings Adresse – im Wechsel und ohne Pause, so hatte es ihnen Wenzel aufgetragen. Mittlerweile machte er sich kaum noch die Mühe, die Wichtigkeit des Falls hervorzuheben. Eine Woche ohne konkrete Beweise hatte seine Augenringe bis in die Mundwinkel gedehnt und sein übliches Grinsen verkümmern lassen. Anstatt mit dünnen Erklärungen den Schein zu wahren, feuerte er Befehl auf Befehl ab. Außerdem hatte Linda erfahren, dass es um die Tochter des Bürgermeisters nicht gutstehe. Ärzte und Familie berieten über die schwerste aller Entscheidungen. Als wäre das nicht schon genug, musste sie sich nun mit einem mies gelaunten Hausmeister herumschlagen.

»Entschuldigen Sie, Herr Knaak. Was meinten Sie gerade?«

»Ich hab gesagt, dass ich ihm fast reingebrettert wäre.«

»Und wann war das?«

»Vor zwei Stunden. Ich habe sofort den Abschleppdienst gerufen.«

Torsten Knaak nickte zu dem Mann hin, der zwei Schritte entfernt telefonierte. Der erklärte seinem Chef sichtlich gelangweilt die Situation. Er habe seinen Wagen starten wollen, um das Fahrzeug eines gewissen Ben Schilling abzuschleppen, da sei hinter ihm ein Auto mit zwei Polizisten aufgetaucht. Jetzt ständen sie allesamt vor dem Theater. Sobald er das Telefonat beendet hatte, notierte sich Henry seine Personalien, dann stieg André Meisner in seinen Transporter und wartete auf eine Entscheidung.

»Schleppen Sie den Wagen nun ab?«, wollte Knaak wissen.

»Sie haben es aber besonders eilig«, sagte Linda.

»Ordnung muss sein.«

»Da haben Sie recht.«

»Na also.«

»Es wird trotzdem noch dauern. Mein Kollege will den Wagen erst untersuchen.«

»Wieso das denn?«

Der Hausmeister stampfte mit dem Fuß auf. Aus seiner Reaktion sprach offensichtlich weit mehr als der bloße Ärger über eine gebrochene Verkehrsregel. Egal was zwischen dem Regisseur und ihm vor sich ging, in Anbetracht ihrer Abscheu gegenüber Ben Schilling begrüßte sie Knaaks Groll. Ihretwegen hätte er den Wagen mit einem Vorschlaghammer verschönern oder ihn direkt in den Straßengraben rollen können. Schilling hatte längst die Spitzenposition auf Lindas persönlicher Abschlussliste erobert.

Sie betastete ihre Zigaretten und sah Henry den Wagen inspizieren. Seine Umhängetasche stand nahe der Fahrertür, seine Faust hielt eine schmale Taschenlampe umschlossen.

»Herr Schilling wird im Augenblick gesucht«, antwortete sie auf Knaaks Frage. Es klang offizieller, als sie beabsichtigt hatte, und auch offizieller, als es in Wirklichkeit war. Schnell versuchte sie, ihre Antwort abzumildern. »Reine Routine. Wir haben lediglich ein paar Fragen an ihn.«

»Wegen Carolines Unfall?«

»Nein.«

»Also wegen was Schlimmerem?«

Sie horchte auf. »Gibt's denn was Schlimmeres?«

Torsten Knaak machte den Eindruck, dass er seine Antwort genau abwägen wollte. Er sog seine Unterlippe ein, wodurch sein Schnauzbart noch stattlicher wirkte. Nach einer Pause meinte er zu Linda, ihr Tonfall habe sich so dramatisch angehört.

Ohne seine Äußerung zu kommentieren, fixierte sie ihn eindringlich. Der Hausmeister erwiderte ihren Blick, und die dunklen Gefühle unter seinem Unmut verwandelten sein Gesicht in Stein. Mit gepresster Stimme sagte er schließlich, er sei nicht zu seinem Vergnügen hier, es gebe allerhand zu tun. Ein paar Glühbirnen müssten ausgetauscht werden, denn am Montag solle das Theater wieder öffnen. Die Kinder tragen nämlich keine Schuld an dem Unglück. Schillings Auto fand keine Erwähnung mehr, und Knaak zog von dannen wie der letzte Ritter eines geschlagenen Heers.

»Bingo!«, schallte Henrys Stimme durch den Nebel.

»Wo bist du?«, rief Linda.

»Hier unten.«

Sie umrundete das Auto und fand ihn auf dem Boden kauernd.

Er streifte sich einen Einweghandschuh über und langte unter den Wagen. Dann richtete er sich wieder auf und präsentierte ihr eine zerknitterte Seite. »Das Deckblatt von Schillings Manuskript.«

»*ORELLA*«, las Linda laut vor. »*Nach einer Geschichte von Edgar Allan Poe.*« Die Buchstaben waren mit Dreck verschmiert, und ein achtloser Riss hatte das M vom Titel abgetrennt. Sie fragte Henry, weshalb es ausgerechnet Schillings Deckblatt sei. »Vielleicht hat es eine der Schauspielerinnen weggeworfen.«

»Nein, ich bin mir ziemlich sicher.«

»Kannst du jetzt Fingerabdrücke mit den bloßen Augen identifizieren?«

»Alle Texthefte sind mit Schillings Namen versehen. Nur nicht sein eigenes. Und außerdem«, an dieser Stelle deutete Henry auf die Buchstaben, »ist der Titel mit Schreibmaschine getippt worden.«

Linda besah sich das Deckblatt genauer.

»Bei unserem Besuch erwähnte Schilling, dass er die Erstfassung immer auf Maschine schreibt.« Henry war im Begriff, sein Notizbuch zu zücken.

»Lass stecken. Ich erinnere mich.«

»Und hier habe ich noch was.« Er leuchtete in den Innenraum des Wagens. »Dort zwischen den Sitzen.«

»Ist das sein Manuskript?«

»Ich denke schon. Nur warum sollte er das Deckblatt wegwerfen?«

»Vielleicht gefiel ihm der Titel nicht mehr.«

»Durchstreichen wäre einfacher gewesen.«

»Oder er fand ihn misslungen, so ganz plötzlich. Deshalb hat er ihn gleich zerrissen und weggefeuert.« Linda zeigte auf den Riss, der sich von der rechten Seite bis zum Titel zog. »Der Selbsthass eines Künstlers. Am Ende wollen die immer ihre eigenen Werke vernichten.«

»Woher weißt du das?«

»Hab ich auf Arte gesehen.«

Henry nickte und verstaute das Fundstück in einem Beweismittelbeutel. Seine penible Art brachte sie kaum noch zum Staunen oder Verzweifeln. Ein Viertel aller Dinge, die er vor ihren Augen eintütete, wurde früher oder später Teil der Ermittlung. Nach ihrem Ermessen war das ein guter Schnitt. Lieber hundertmal umsonst gesichert als einmal zu wenig.

Er sank wieder auf den Boden und setzte seine Untersuchung fort. Indem er hierhin und dorthin spähte, verschwand er aus ihrem Blickfeld. Sie folgte ihm auf die Beifahrerseite, wo er den Kopf voran unter dem Auto steckte.

»Vielleicht solltest du die Abteilung wechseln.«

»Ich und Kfz-Mechaniker?«

»Quatsch, ich dachte an die Kriminaltechnik.«

»Glaub mir«, murmelte er am Boden, »wenn wir genug Indizien hätten, um die Spurensicherung anzufordern, würde ich's mir schenken.«

»Kannst ruhig zugeben, dass dir das Spaß macht.«

Er hievte sich hoch und hielt ihr seine offene Hand hin. Auf dem Handschuh lag ein Schnipsel Papier in der Größe eines Daumennagels. Linda musste sich vorbeugen, um unter Nässe und Schmutz den einzelnen

Buchstaben entziffern zu können. Offenbar ein M, getippt mit einer Schreibmaschine. Sie dachte zwangs-
läufig an M wie Mörder. Und dann wäre es beinahe aus
ihr herausgeplatzt: ein Lachen, losgelöst und ein bisschen wahnsinnig.

3

Sie saßen zu dritt in Lennarts Fiat und frühstückten. Während Linda und Lennart lauwarmen Kaffee aus Plastikbechern tranken, nippte Henry Tee aus seiner Thermoskanne. Er saß auf der Rückbank und glaubte in der Enge des Dreitürers, eine fiebrige Spannung zu spüren. Zwei von ihnen wollten sicherlich nach Hause, anstatt das Wochenende vor Ben Schillings Adresse zu verbringen. Henry fühlte sich dagegen von dem abgestellten Wagen geradezu angestachelt. Seine Gedanken rotierten nicht allein um den verschwundenen Regisseur, gleichzeitig ließ ihn der Fetzen Papier aus dessen Manuskript nicht los.

»Aber weshalb sollte er sein Auto dort parken?« Auf Lennarts Lippen klebten die feinen Splitter eines Croissants. »Hierherzufahren ist doch kein Akt.«

Linda rollte mit den Augen. Ob aus ihrer Geste Desinteresse oder Unverständnis sprach, hätte Henry nicht sagen können. Als Lennart von ihr trotz Nachfrage keine Antwort erhielt, warf Henry die Vermutung des Hausmeisters in die Runde.

»Vielleicht war Schilling betrunken. Wäre doch denkbar, dass er abends im Theater war.«

»Für einen Schlummertrunk?«, fragte Lennart.

»Warum nicht? Der Mann liebt das Theater.«

»Und ganz der vorbildliche Fahrer ist er zu Fuß nach Hause?« Lennart lachte verächtlich unter der Kapuze seines Pullovers. Mit dem schwarzen Outfit und der vor Müdigkeit geplagten Miene wirkte er wie die schwindsüchtige Version eines Comichelden. »Angenommen, du hast recht«, fuhr er fort, »dann hätte ich ihn bei seiner Heimkehr sehen müssen.«

»Das Schwein ist getürmt«, raunte Linda vom Beifahrersitz herüber. »Marissa Kolp hat ihn gewarnt, und nun versteckt er sich. Dass die Frau ihm nachtrauert, sieht ein Blinder.«

»Das erklärt nicht, weshalb sie hier aufgetaucht ist«, gab Henry zu bedenken. Linda und Lennart erwiderten nichts, und er berührte den Beweismittelbeutel in der Innentasche seines Jacketts. Darin ein Schnipsel Papier mit dem Aufdruck eines Ms. »Okay«, sagte er ruhig. »Unsere Präsenz im Theater hat Staub aufgewirbelt. Ben Schilling muss sehr vorsichtig sein, seine Wohnung ist für ein Treffen keine Option mehr. Also trifft sich Schilling mit ...« Henry stockte, als könnte das bloße Aussprechen ihres Namens den Verdacht besiegeln. »Er und das Mädchen treffen sich Freitagabend im Theater.«

»Klingt plausibel«, warf Lennart dazwischen und leckte sich einen Krümel von den Lippen.

»Jedenfalls werden die beiden fast erwischt. Entweder von Marissa Kolp oder von einem der Angestellten, der irgendetwas im Schloss vergessen hat.«

»Du denkst an Knaak?«

»Zum Beispiel.«

»Schilling gelingt es, ungesehen abzuhauen.«

»Mit dem Mädchen und ohne sein Auto?«

»Das Mädchen heißt Alina Wagner«, sagte Linda streng. »Und die Formulierung ›beide erwischt werden‹ gefällt mir nicht. Das klingt nach einem Liebespaar.«

Obwohl Henry es nicht so gemeint hatte, entschuldigte er sich für seine Ausdrucksweise. Gemeinsam erwischt werden ließ sich in Richtung Romantik, Heimlichkeit und beiderseitigem Einverständnis deuten. Alina Wagner war jedoch minderjährig und Ben Schilling als Leiter einer Theatergruppe in einer gewissen Machtposition. Wenn einer erwischt werden konnte, war es der Mann mit den blauen Augen.

»Wo Alina gestern Abend gewesen war, lässt sich leicht überprüfen.« Lindas Stimme hatte einen versöhnlichen Tonfall angenommen. »Ich werde mich bei Frau Wagner erkundigen.«

Henry und Lennart nickten ihren Vorschlag ab. Die Uhr am Armaturenbrett zeigte 10:17 Uhr. Linda drückte die Tür auf, zündete sich eine Zigarette an und blies den Rauch in den lichter werdenden Nebel. Anfänglich haderte Henry damit, ihnen eine Idee näherzubringen, die er selbst für unausgereift hielt. Dann nahm er ein leeres DIN-A4-Blatt, schrieb einen Namen darauf und reichte es Lennart nach vorne. »Kannst du mir einen Gefallen tun?«

Lennart langte nach dem Blatt. »Einen Flieger bauen, oder was?«

»Nein, ich will deine Geschicklichkeit testen.«

»Kein Ding. Aber ich war in Basteln 'ne Null.«

»Umso besser«, sagte Henry. »Siehst du das Wort in der Blattmitte?«

»Steht ja nichts anderes drauf.«

»Dann trenne mal bitte den letzten Buchstaben ab.«

»Also das A?«

»Ja.«

Linda warf den Zigarettenstummel in den leeren Kaffeebecher und schloss die Tür; nun galt das Interesse seiner Kollegen allein ihm und seinem Experiment.

Nachdem sich Lennart die Kapuze vom Kopf geschoben hatte, hielt er den Bogen Papier mit beiden Händen an der Längsseite fest. »Einfach das A abreißen, das ist alles?«

»Nicht ganz«, antwortete Henry. »Mach's bitte so schnell du kannst.«

Er gab das Startsignal, und Lennart begann, eine senkrechte Linie bis zum A zu reißen, dann friemelte er sich um den Buchstaben herum und zog eine Waagerechte auf die Kopfseite des Blatts. Im Resultat ergaben das zwei Stück Papier, ein viertelgroßes und ein dreiviertelgroßes. Gemeinsam betrachteten sie das Blatt, das nur noch den Wortfetzten *Morell* zeigte. Der abgerissene Teil mit dem Buchstaben A lag auf Lennarts Oberschenkel.

»Und?«, fragte er. »War ich gut?«

»Perfekt.«

»War ja auch die schnellste Methode.«

»Herr Oberlehrer«, sagte Linda, »würden Sie uns bitte den Sinn dieser Aktion darlegen?«

Henry reichte zwei Beweismittelbeutel nach vorne; der eine enthielt den winzigen Papierfetzen, der andere das Deckblatt von Schillings Manuskript. »Ist das jetzt Zufall oder bloß der beste Weg, um an einen der Buchstaben zu gelangen?«

»Du denkst, Schilling wollte uns ein Zeichen zukommen lassen?«

»Ich denke, das ist das einzige, was wir haben.«

»Ein M«, sagte Linda ungläubig. »Ein M wie Mumpitz.«

4

Am Nachmittag fuhren Linda und Henry zum Betriebshof des städtischen Abschleppdienstes. In der Ferne kratzten die Kernberge an einem grauen Himmel, in unmittelbarer Nähe warf das Hochhaus vom Kommunalservice seinen Schatten über den Parkplatz. Linda verschränkte die Hände hinterm Rücken, neigte sich vor und stierte ins Seitenfenster von Schillings Wagen. Falls sich Henrys abstruse Vermutung bewahrheiten sollte, standen sie gerade vor einem Tatort.

»Drinnen sieht alles normal aus«, sagte sie.

»Wenn hier irgendwas passiert ist«, erwiderte Henry, »finden sich Spuren.«

»Es sei denn, was auch immer ist außerhalb des Wagens geschehen.«

»Vielleicht hätten wir das Auto an Ort und Stelle belassen sollen.«

»Ohne Verdacht? Keine Chance, Henry.«

»Hast ja recht.«

»Außerdem hätte Knaak uns die Ohren vollgeheult.« Linda umrundete frustriert den Alfa Romeo.

Henry deutete ein Nicken an, dann probierte er zum hundertsten Mal die Türen. Er schaute in eines der hinteren Fenster, runzelte die Stirn und winkte Linda heran. »Siehst du unterm Fahrersitz die Tüte?«

»Die Einkaufstüte?«

»Ja.«

»Was ist damit?«

»Ich glaube, da sind Drogen versteckt.«

Auch ohne Erläuterung begriff Linda den Zweck der Scharade. Sie rümpfte demonstrativ die Nase, nickte und meinte zu Henry, dass sie feinstes Cannabis zu riechen glaube. Er bestätigte ihre Wahrnehmung und kontaktierte den Schlüsseldienst des Betriebshofs. Zwanzig Minuten später war die Vordertür geöffnet.

Linda versuchte abermals, Bettina Wagner zu erreichen. Das Telefon in der Linken, eine Zigarette in der Rechten, sah sie Henry von der offenen Wagentür zurückweichen. Sie trat die Kippe aus und schob das Handy in die Jacke. Ihr fragender Blick musste sich Henry förmlich in den Rücken gebohrt haben. Er wandte sich zu ihr um und sagte, es rieche verdächtig nach Urin.

»Bestimmt ist eine Ratte durch die Lüftung gekrochen«, gab Linda zurück. »Unser Auto wurde mal von einem Marder markiert. Es hat gestunken wie die Hölle.«

Er öffnete die Tür auf der Beifahrerseite und steckte den Kopf unerschrocken ins Wageninnere. Dann bemerkte er, dass der Gestank eindeutig vom Fahrersitz herrührte, und strich mit dem behandschuhten Zeigefinger über den Bezug. »Ist noch feucht. Ich wette, das ist Urin.«

»Wir sollten die Kriminaltechnik anrufen.«

»Ja, keine Frage.«

Linda streifte sich ebenso Einweghandschuhe über, ehe sie das Fach auf der Beifahrerseite öffnete. Es stellte sich als leer heraus. Unter den Vordersitzen nur Staub und Flusen und die Tüte. Darin befand sich eine Tragetasche von Ikea. Henry inspizierte die Rückbank, entdeckte jedoch nichts Außergewöhnliches. Er brannte garantiert darauf, sich in das Auto zu setzen und verschiedene Szenarien durchzuspielen. Mit Nachdruck mahnte sie ihn zur Geduld, bis die Techniker die Spuren gesichert hatten. Alles andere sei fahrlässig.

Henry bekräftigte von Neuem seinen Verdacht, dass es sich um Urin handeln müsse. »Die Frage ist nur, wessen Ausscheidung das ist.«

»Schillings, würde ich sagen.« Linda wusste selbst nicht, ob ihre Antwort der Logik oder einer geheimen Hoffnung gefolgt war. »Ich meine, er ist immerhin der Fahrzeughalter.«

»Das bedeutet nicht, dass er auch hinterm Steuer gesessen hat.«

»Wer soll denn sonst gefahren sein?«

Henry hob unschlüssig die Schultern, dann schlug er vor, gleich nach dem Eintreffen der Technik die Zwätzengasse aufzusuchen. »Wir müssen in seine Wohnung.«

»Ohne richterlichen Beschluss, Henry?«

»Uns fällt schon was ein.«

5

Wie ein gewaltiger Malstrom flutete eine Erinnerung Bens Bewusstsein. Er hatte auf der Fahrerseite gesessen, und in seinem Oberschenkel hatte die Kanüle einer Spritze gesteckt. Der Kolben war bis zum Anschlag hinuntergedrückt. Binnen Sekunden ertaubten ihm die Beine. Er versuchte erst, den Anschnallgurt zu lösen, dann die Fahrertür zu öffnen. Doch seine Finger waren an dem Druck gescheitert, den beides brauchte. Darauf der vage Eindruck, wie er in seiner Jacke nach seinem Handy suchte. Es war nicht da, wo es hätte sein sollen. In wilder Panik schnappte er sich sein Manuskript und riss aus dem Deckblatt einen Buchstaben heraus. Aber warum? Was hatte er damit bezwecken wollen? In einem Moment, von dem er angenommen hatte, es wäre sein letzter auf Erden. Mit der fortschreitender Lähmung mutierte seine Angst zu einer noch größeren. Dann ein Gefühl, kaum mehr als eine Ahnung: Er pinkelte sich in die Hose.

Vielleicht täuschten ihn auch die Bilder eines bösen Traums. Ben gelang es kaum, zwischen Wahn und Realität zu unterscheiden. Die einzige Gewissheit, die er vollkommen akzeptierte, war die Gegenwart des Bauchaufschneiders.

6

Dachboden, Zwätzengasse 39.

Henry stemmte die Holzklappe auf und hievte sich durch die offene Luke nach draußen. Er rief die Leiter abwärts, dass es hier oben ziemlich diesig sei. Linda, die auf der untersten Sprosse stand, bat ihn achtzugeben. Er sagte ihr, sie solle sich keine Sorgen machen, und entfernte sich von der Öffnung.

Leichtfüßig näherte er sich dem Schornstein. Die Silhouetten ferner Gebäude schimmerten hinter einem grauen Vorhang; im Süden funkelte die Glasfassade des Jentowers wie die Rüstung eines kolossalen Ritters. Vom Schornstein aus rutschte er vorsichtig die Dachschräge hinunter, drehte sich an der Traufe um und spähte über die Gasse hinweg auf das gegenüberliegende Haus. Er hatte eine fast ungetrübte Sicht in Schillings Wohnzimmer.

Auf den ersten Blick schien sich dort nichts zu rühren. Zu einem früheren Zeitpunkt musste das allerdings noch anders gewesen sein; offenbar hatte jemand in dem Zimmer mächtig gewütet. Der Couchtisch war umgekippt, das Bücherregal leer geräumt. Gefahr in Verzug, dachte Henry. Das war Grund genug.

Ohne das geringste Zögern nickte Linda Henrys Vorschlag ab. Er hätte ihr ebenso gut erzählen können, in Schillings Wohnung tickte eine Uhr zu laut. Eine Nachbarin ließ sie ins Haus, und als Henry mithilfe eines Schraubenziehers und eines Fußtritts die Tür aufbrach, verriet Lindas Miene neben ihrer Genugtuung auch ein bisschen Schadenfreude.

»Oh«, sagte sie in Schillings Wohnzimmer. »Ich glaube, wir stören beim Reinemachen.«

Ein Blumentopf mit einer Palme lag umgestürzt auf dem Boden. Der Großteil der Bücher war aus den Schränken gerissen, während der verbliebene Rest die leeren Stellen umrahmte.

»Was schätzt du«, fragte Henry, »Wutanfall oder Kampf?«

»Einen Kampf würde ich ausschließen.«

»Warum?«

»Nur in schlechten Filmen wehrt man sich mit Büchern vor Angreifern.«

»Eventuell hat jemand nach etwas Bestimmtem gesucht.«

»Das Chaos würde zumindest dafür sprechen.«

»Seltsam, die anderen Schränke wirken unangetastet.«

»Unsere Person X könnte gewusst haben, wo sie suchen muss.«

Henry streifte durchs Zimmer, verharrte unter der Dachschräge und betrachtete das Szenario von der Couch aus. »Das erklärt nicht den umgestoßenen Couchtisch. Das spricht eher für 'nen Wutanfall.«

Linda trat an den Tisch und hob ihn an. »Das Ding wiegt fast nichts.«

»Ich wette, es wurde mit dem Fuß weggekickt.« Henry deutete vor die Couch, wo der Tisch bei ihrem letzten Besuch gestanden hatte, und schwenkte anschließend den Finger durch den Raum. »Erst der Tisch, dann die Palme und zuletzt das Bücherregal.«

»Also ist die Wut auf der Couch explodiert?«

»Genau, und vor dort aus ging's einmal rum.«

Henry inspizierte die Bücher auf dem Boden und darauf die restlichen im Regal. In Augenhöhe die gesammelten Werke von Edgar Allan Poe. Ledereinbände, braun und rissig wie sonnenverbrannte Haut. Er zog ein Exemplar heraus, schlug wahllos eine Seite auf und las die oberste Zeile. *Der Untergang des Hauses Usher.* Seit er sich der Recherche wegen mit Poes Schriften beschäftigte, war ihm die Geschichte vertraut, immerhin zählte sie zu den berühmtesten Werken des Autors.

»Ich denke«, sagte er mit dem Buch in der Hand, »dass Schilling selbst hier gewütet hat.«

»Aha, und weshalb?«

»Hättest du ein persönliches Problem mit ihm, würdest du dann seine Lieblingsbücher verschonen?«

»Ich *habe* ein persönliches Problem mit ihm«, zischte Linda. Sie strich sich das blondierte Haar über den Kragen und seufzte. »Entschuldige. Ich weiß, was du meinst.«

»Als er hier angekommen ist«, ergänzte Henry, »hatte er sich schon abreagiert.«

»Glück für die Scheiß-Poe-Sammlung.«

Er schluckte seinen Kommentar zum Thema *Wut auf der Arbeit* herunter und schenkte ihr ein duldsames Lächeln. Sie drehten sich ins Zimmer zurück, und er meinte, dass eventuell ein Telefongespräch Schillings Wut ausgelöst habe.

»Bestimmt hat ihn das böse M angerufen.« Linda schmunzelte, und Henry war insgeheim froh über ihren Sarkasmus.

Seit einer Stunde suchte er in der Wohnung nach Indizien, die auf den Verbleib des Regisseurs hindeuteten. Linda hatte die Observation des Hauseingangs übernommen; im Fall von Ben Schillings Erscheinen würde sie Henry per Anruf warnen. Nachdem er im Wohnzimmer keinerlei verwertbare Spuren entdeckt hatte, inspizierte er die Küche. Er schaute in die Schränke, kontrollierte die Spülmaschine und sogar den Mülleimer. War Schilling ein Mann, der morgens einen Tee oder einen Kaffee trank? Im Mülleimer hatte Henry weder einen Teebeutel noch einen Filter oder Kaffeepad entdeckt. Falls Schilling am Morgen nur eine auf Großmutters Art zubereitete Tasse trank und die sofort abspülte, war jede Suche umsonst. Henry fühlte sich wie ein Fischer, der sein Netz in ein fischloses Gewässer warf; ein Wechselbad aus Naivität, Größenwahn und blinder Hoffnung. Am Ende fand er nichts, was das Verschwinden des Regisseurs hätte zeitlich eingrenzen können.

Ernüchtert schlurfte Henry ins Wohnzimmer. Er positionierte sich vor der fast leeren Bücherwand und spielte im Kopf erneut Schillings Wutanfall durch. Diesmal ließ er den Regisseur rückwärts toben, vom Regal zu der umgerissenen Palme und zurück aufs Sofa. Eher beiläufig entdeckte er unter der Couch, was ihm zuvor entgangen war. Ein zusammengeknülltes Stück Papier. Er ging auf die Knie, griff danach und faltete es auseinander. In Anlehnung an Lindas bissigen Kommentar dachte er, das böse M hat ihn nicht angerufen. Es hat ihm einen Brief geschrieben.

7

Linda saß in ihrem Passat und observierte die Zwätzengasse. Das Radio blieb stumm, denn sie fühlte sich außerstande, einer Stimme, geschweige denn einer Melodie zu lauschen; nicht einmal Chris Rea durfte ihre innere Erregung mit seinem Gesang besänftigen. Sie zündete sich eine Zigarette an und blies den Rauch durchs offene Fenster hinaus. Etwa zwei Minuten später klingelte ihr Telefon. Auf dem Display leuchtete Bettina Wagners Nummer.

Linda glaubte, Alinas Mutter würde eine passende Uhrzeit für einen erneuten Besuch durchgeben wollen, schließlich hatte Linda einige dringende Fragen an ihre Tochter. Was Bettina Wagner ihr dann erzählte, schob jeden Gedanken an ein Treffen zu dritt ins Abseits.

»Sie ist nicht bei ihrer Freundin«, erklärte die Frau. »Und im Theater geht niemand ans Telefon.«

»Wann haben Sie Alina das letzte Mal gesehen?«

»Gestern Abend. Ich würde sagen, gegen sieben.«

»Später nicht mehr?«

»Ich bin auf der Couch eingenickt und habe die Nacht durchgeschlafen. Das passiert mir sonst nicht. Als ich heute Morgen an Alinas Tür geklopft habe ...«

Lindas Vorstellungskraft skizzierte eine von aller Welt entrückte Mutter. Im Wohnzimmer dröhnte der Fernseher, eventuell war auch eine Flasche Wein geöffnet worden, immerhin war es Freitagabend. Linda kannte derartige Gepflogenheiten aus ihrem eigenen Leben, beispielsweise wenn sie ein besonders schwerer

Fall belastete; nur war in ihrer Nähe ein Mann, der sich um Haus und Tochter zu kümmern wusste.

»Frau Wagner?«

»Ja.«

»Wo sind Sie gerade?«

»Im Einkaufszentrum«, sagte sie kleinlaut.

»Wäre es nicht besser, Sie würden zu Hause die Stellung halten? Ihre Tochter könnte in dieser Sekunde heimkommen.«

Sie antwortete nicht, und Lindas Gefühle schwankten zwischen Sorge und dem Unmut über Bettina Wagners Lethargie. Sie wollte ihr gerade die Meinung geigen, da sah sie einen Mann in die Zwätzengasse einbiegen. Prompt verlor das Gespräch jede Relevanz.

Sie duckte sich und spähte über die Motorhaube hinweg. Der Mann trug eine Daunenjacke im Holzfällerlook und schwere Stiefel, beides nicht Ben Schillings Stil. Als er in einem Biomarkt verschwand, bot sich Linda ein Zeitfenster. Sie ermahnte sich, Alinas Mutter nicht anzuschreien, sagte sich, dass die Frau krank war und professionelle Hilfe benötigte. Mit sanfter Stimme riet sie ihr, schleunigst heimzufahren und auf Alina zu warten. Bettina Wagner ließ ein zerbrechliches »Ja« hören, ehe Linda den Anruf beendete.

Während der Mann noch im Laden war, informierte sie die Leitstelle über Alinas Verschwinden. Dunkle Fantasien brachten ihre Stimmung noch tiefer in den Keller. Die Rechnung war so einfach wie grausig. Schilling galt als verschwunden, und ein Mädchen war nicht nach Hause gekommen. In Linda kochten die alten Selbstvorwürfe hoch; vielleicht hätte sie vorgestern dem Mädchen nicht nur folgen, sondern auch das Jugendamt informieren sollen. Sie entfachte an der aufgerauchten Zigarette eine neue, und bereits der erste Zug löste ein brennendes Husten aus. Ist bloß der Stress, beruhigte sich Linda. Mit der Hand vor dem Mund sah sie den Mann aus dem Biomarkt treten. Jetzt erkannte sie sein Gesicht ganz deutlich.

8

Bahnhof Paradies.

Linda saß auf der Rückbank ihres Passats, neben ihr das Mädchen, ängstlich, schweigsam, unnahbar, indes Henry telefonierend über den Parkplatz schlenderte. Sie hatte ihn gebeten, er möge sich die Beine vertreten, er solle irgendwas tun, nur nicht im Wagen bleiben.

Eine Frau vom Bahnhofspersonal hatte Alina auf dem Bahnsteig aufgegriffen. Das Mädchen habe zwei Stunden lang von einer Bank aus ins Gleisbett gestarrt, was die Beamtin misstrauisch gemacht habe. Alinas Reaktion auf die Frage, wohin sie denn wolle, hatte die Frau noch mehr verunsichert. »Einfach weg«, hatte Alina geantwortet. »Einfach weg, damit mich niemand findet.« In Erinnerung an einen Suizid auf der Strecke Jena-Halle hatte die Beamtin die Polizei verständigt.

»Hast du Durst?«, fragte Linda. »Mein Partner könnte was ausm Bahnhof holen.«

Alina wandte das Gesicht ab und schaute zum Seitenfenster hinaus. Unter ihrem Halbmantel zeichnete sich das Beben ihrer Schultern ab. Linda hätte sie gern in die Arme geschlossen, für einen kurzen Moment, um ihr zu signalisieren, dass sie nicht allein war. Sie dachte, das arme Mädchen. Sie dachte, das Schwein muss bluten. Sie dachte, halt dich zurück, Linda. Indem sie eine offene Position einnahm, probierte sie eine neue Strategie.

»Du spielst Morella, nicht wahr?«

Keine Reaktion von Alina.

»Das ist doch die wichtigste Figur in dem Stück, richtig?«

Ein zaghaftes Nicken.

»Er hätte jedem die Rolle geben können, aber du hast sie bekommen. Wow.«

Alinas Kopf neigte sich nach rechts.

»Das macht deine Mutter bestimmt sehr stolz.«

Ungleich rascher, als sie sich Linda zugewandt hatte, fuhr ihr Kopf zurück. Linda hätte sich ohrfeigen können. Weshalb hatte sie das Gespräch ausgerechnet auf Bettina Wagner gebracht? Dass es zwischen Mutter und Tochter Spannungen gab, war allzu offenkundig; eine gesunde Beziehung zueinander hätte sicherlich das Schlimmste verhindert. Also galt es, vorerst Alinas Mutter auszuklammern. Das Mädchen lebe in einer Welt der schwarzen Romantik, hatte der kinderlose Henry gemeint. Da seien Mütter höchstens die Ahnen aus einer schattenhaften Vergangenheit. Oder wie in Grimms Märchen die bösen Stiefmütter.

»Morella ist ein schöner Name«, sagte Linda daher. »Klingt wie Marille.«

»Marille?«, nuschelte Alina.

»Ja, das ist die süddeutsche Bezeichnung für Aprikose.«

Das Mädchen nickte schüchtern, worauf Linda sich erklären ließ, was Morella für eine Person sei. Sie kamen auf Edgar Allan Poe zu sprechen, insbesondere auf *Die Maske des Roten Todes*, wohl die einzige Geschichte, die Linda dank der Verfilmung nicht gänzlich unbekannt war. Darin hält ein Prinz in seinem Schloss einen Maskenball ab, während draußen vor den Toren eine tödliche Pest wütet. Alina erzählte von sieben Gemächern in sieben unterschiedlichen Farben. Der letzte Raum sei mit schwarzen Stoffen bespannt worden – genau wie eine richtige Theaterbühne. Eine Gestalt unter den Feiernden verbirgt sich unter der Maskerade des Roten Todes, so der Name der verheerenden Seuche. Im Finale begegnet der Prinz dieser Gestalt und bezahlt dieses Zusammentreffen mit seinem Leben.

»Hätten ihn seine angeblichen Freunde nicht warnen können?« fragte Linda und verschwieg dabei den Egoismus des Prinzen.

Ihr Kommentar verfehlte seine Wirkung nicht. Alinas ängstlicher Blick wurde von einer unleugbaren Sorge überschattet, ein Moment, in dem sie ihrer Mutter zum Verwechseln ähnelte. Nur galt Bettina Wagners Sorge der eigenen Tochter und nicht einem Mann, den Linda gern in Handschellen gesehen hätte.

»Ich glaube, dass Ben etwas zugestoßen ist.« Das Mädchen durfte nicht dichtmachen, nicht jetzt. »Du willst ihn beschützen«, fuhr sie fort und sehnte sich nach einer Zigarette. »Das kann ich gut verstehen. Menschen, die sich lieben, müssen einander helfen. Deshalb musst du uns sagen, was letzte Nacht passiert ist.«

»Was hat das damit zu tun?«

»Wir wissen, dass ihr euch getroffen habt.«

Alina runzelte die Stirn, und Linda befürchtete, ihr Schuss ins Blaue würde auffliegen. Sie beobachtete, wie das Mädchen eine Hand übers Sitzpolster strich, als suchte es nach einer losen Naht etwas, woran man zerren konnten, etwas zum Zerreißen.

»Ihr habt euch gestern Nacht am Theater getroffen, oder?« Linda machte eine kurze Pause. »Den Nebel habt ihr sicher romantisch gefunden.«

Obwohl Alinas Wangen erröteten, blieb ihre Stirn in Falten, eine Reaktion, die mehr Wut als Scham verriet. Mit zusammengepressten Zähnen fragte sie Linda, wann Ben am Theater gewesen sei.

»Gestern Nacht.«

»Und mit wem ist er da gewesen?«

»Ich denke, mit dir.«

Alina schüttelte den Kopf.

»Wir reden doch jetzt von gestern Nacht, oder?«

»Mit wem hat er sich getroffen? Sagen Sie's mir!«

»Na, mit dir«, erwiderte Linda ruhig.

»Nein, das stimmt nicht.«

»Und warum nicht?«

»Weil er mir seit Tagen nicht antwortet.«

Linda begriff nicht, was Alina ihr mitteilen wollte.

»Auf keine einzige Nachricht hat er reagiert. Dabei habe ich ihm versprochen, dass ich unser Geheimnis für mich behalte. Ich hätte alles für ihn getan, wirklich alles.«

»Also hast du dich nicht mit ihm getroffen?«

»Nein!«, schrie Alina, und in ihre Augen schossen Tränen. »Ich habe bei Torsten geschlafen.«

9

Sie übergaben Alina Wagner einer Betreuerin vom Jugendamt. Diesen Schritt zu akzeptieren, war Linda nicht leichtgefallen. An erster Stelle sollte die Mutter stehen, bekräftigte sie nach der Übergabe, doch schienen ihre geäußerten Skrupel an Henry abzuprallen. Er las in seiner Akte, und Linda erkannte eine Namensliste, die sich quer über das Papier zog. Auf einer anderen Seite entzifferte sie die Abschrift des Briefs, den er in Ben Schillings Wohnung gefunden hatte.

Ich werde alles melden. Außer du tust, was ich dir sage. Warte heute am Theater. 22 Uhr. Ich liebe dich!

Das Gekritzel einer verschmähten Liebe. Linda hob den Blick und schaute in den Rückspiegel, sah ihre Tränensäcke, das stumpfe Haar und dachte, vielleicht wäre das der richtige Zeitpunkt, um ihrem Partner aus vollem Hals ins Gesicht zu schreien. Jetzt, hier im Auto, an einem Samstag, der nicht enden wollte. Schließlich schnalzte sie mit der Zunge und startete den Wagen.

Das Ehepaar Knaak wohnte im Ortsteil Göschwitz. Unterwegs dorthin hielt Linda telefonisch Rücksprache mit Lennart Mikowski. Er observierte noch immer den Eingang der Zwätzengasse 40. Henry hatte bezweifelt, dass der Regisseur seine Wohnung aufsuchen würde. Wo er sich derzeit befinden mochte, war ihm genauso ein Rätsel wie allen anderen auch. Also pendelten sie weiter zwischen Observation und Klinkenputzen.

In Göschwitz öffnete Renate Knaak ihnen die Haustür. Laut ihrer Aussage hatte sie die Polizei bereits erwartet. Sie trug eine Lesebrille an einer Halsschnur und eine Bluse, deren Ärmel sich bis über ihre knochigen Ellenbogen bauschten. Insgesamt wirkte ihre Erscheinung auf eine betrübliche Art fleischlos. Linda konnte sich die Frau kaum neben Torsten Knaak vorstellen; da die klobige, fraglos imposante Gestalt des Hausmeisters, hier die schmächtige Figur seiner Gattin. Unweigerlich musste sie an Knaaks Spitzenamen denken, den sie zuerst von einer der Schauspielerinnen gehört hatte: fette Miezekatze. Ein Name, der ihn laut Aussage des Mädchens von Ben Schilling verliehen worden war.

»Ist Ihr Mann nicht da?«, fragte Linda unterwegs in die Wohnstube.

»Nein, der ist noch auf Arbeit.«

»Wissen Sie, weshalb wir hier sind?«

»Ich kann es mir denken.«

Die Stube fügte der Vorstellung von einem Leben jenseits der sechzig nichts Neues hinzu. Neben dem geblümten Sofa ein Fernsehsessel mit verstellbarer Rückenlehne, auf einem Beistelltisch diverse Illustrierte. Renate Knaak bot ihnen einen Platz an, bevor sie sich selbst hinsetzte.

Die Frau musste zum Sprechen nicht einmal animiert werden; sie schien der Überzeugung, ihr Mann hätte endlich die Polizei benachrichtigt.

»Ich habe Torsten tagein, tagaus gepredigt, er solle etwas tun.«

Linda nickte im Gestus der Eingeweihten.

»Wir haben ihm sogar die Wahl gelassen. Vielleicht war das zu viel des Guten.«

»Was für eine Wahl?«, hakte Linda nach.

»Entweder er kündigt sein Engagement – oder wir rufen die Polizei.«

»Wann war das?«

»Diese Woche hat Torsten mit ihm gesprochen.« Renate Knaak spreizte die Finger auf ihren spitzen Knien. »Wir haben gehofft, Herr Schilling würde einlenken. Es war Alinas ausdrücklicher Wunsch, dass die Sache nicht an die Öffentlichkeit gelangt. Sie hat eine Heidenangst.«

»Vor Ben Schilling?«

Renate Knaak schüttelte den Kopf. »Eher davor, das Schicksal ihrer Mutter zu teilen. Kennen Sie Frau Wagner?«

Linda nickte, und Renate Knaak berichtete ihnen, wie sich ihr Mann und Alina angefreundet hatten. Das Mädchen sei immer lange vor den Proben im Theater aufgetaucht, und schon bald habe es Torsten bei der Arbeit unterstützt. Kleine Sachen, meinte die Frau. Alina sei stolz darauf gewesen, die Bühne fegen zu dürfen. Am liebsten habe sie die Auslagen mit neuen Flyern bestückt. Auf seine schrullige und doch liebevolle Art habe Torsten das Vertrauen des Mädchens gewonnen. Ihr Mann habe einen sehr steinigen Weg hinter sich, genau wie Alina. Das schaffe eine Verbindung in Herz und Seele. Voller Güte erwähnte Renate Knaak, dass Alina eine Strickjacke von ihrem Mann stibitzt habe. Die Jacke erinnere sie wohl an ihren Vater. Von dessen Schicksal habe Alina ihnen auch erzählt, von der Gewalt zwischen ihm und ihrer Mutter, von seinem tragischen Unfall. Leider sei das nicht alles gewesen.

Die Frau rutschte vor an die Sofakante. Ihre Knie berührten den Tisch, als suchten sie zusätzlich Halt. »Im letzten Monat hat sie uns dann die Geschichte mit Herrn Schilling anvertraut.«

Henrys Finger führten den Bleistift über sein Notizbuch, und im Wohnzimmer fraßen die Schatten das letzte Licht des 14. November. Renate Knaak erhob sich und knipste eine Stehlampe an. Sie erklärte, dass ihr Mann eine frühere Chefin von Herrn Schilling telefonisch kontaktiert habe. Natürlich hatten sie Alinas Worten Glauben geschenkt; sie hatten sich nur absichern wollen, ehe sie Konsequenzen ergriffen. Zu ihrem Bedauern sei die Dame nicht willens gewesen, auch nur eine seiner Fragen zu beantworten. Renate Knaaks lippenloser Mund verhärtete sich. Sie zog aus einer Schublade eine Blechschatulle, entnahm ihr ein Foto und schob sich mit zittrigen Fingern die Brille auf die Nase. »Das hat uns Alina geschenkt. Sie dachte, wir fänden es schön.«

Linda und Henry betrachteten die Aufnahme eines leicht bekleideten Mädchens. Zweifellos war sie in einem Wald aufgenommen worden. Am rechten Bildrand glaubte Linda das Stück einer Steinmauer zu erkennen; möglicherweise Teil eines Gebäudes oder der Grenzwall zwischen zwei Grundstücken. Die Anhaltspunkte waren zu vage, denn dem Fotografen hatten weder das Bauwerk noch der Hintergrund interessiert. Sein Augenmerk hatte allein Alina Wagner gegolten.

»Wo ist das Foto entstanden?«, wollte Henry wissen.

»Das hat uns Alina nicht verraten«, sagte Renate Knaak.

Sowie sie das Foto an sich nehmen wollte, legte Linda einen Finger darauf und schüttelte stumm den Kopf.

10

Er musste für Sekunden das Bewusstsein verloren haben. Als er aufwachte, hing ihm ein Fetzten Stoff über dem Gesicht. Im Bruchteil einer Sekunde entlud sich seine Furcht in unkontrollierten Bewegungen. Er wollte den Fetzen abschütteln, doch je heftiger er den Kopf hin und her schlug, desto tiefer schnitt ihm der Draht ins Fleisch. Am Ende erschöpften die Schmerzen selbst die Panik.

Müde und verzweifelt starrte Ben zum Fenster, wobei ihm der Stofffetzen teilweise die Sicht raubte. Durch zwei Löcher, eines für jedes Auge, konnte er ins Freie blicken. Die Welt vor der Gruft hatte sich mitnichten verändert. Wald und Nebel, ein Zustand zwischen Tag und Nacht. Trotz der Entkräftung glaubte er, einen vertrauten Duft zu wittern. Er sog die Luft tief ein, und als er merkte, woher der Geruch rührte, wusste er, was sein Gesicht verhüllte.

Er hatte Alina den Slip letzten Monat geschenkt. Nie würde er vergessen, wie sie vor Scham errötet war. Ihrer Reaktion fehlte die Koketterie einer erwachsenen Frau, diese falsche Scheu, die meist nur deren Gefallsucht kaschieren sollte. Alinas Verhalten war der unverfälschte Ausdruck ihrer Unschuld. Deshalb hatte sie sich geziert, sein Geschenk anzuprobieren. Nachdem er sie dazu hatte überreden können, erfüllte sich auch sein zweiter Wunsch. Er hatte sie fotografieren dürfen, gekleidet in sein Geschenk und an jenem Ort, der ihm nun ein Gefängnis war.

11

Im Wagen bat Henry seine Partnerin, noch nicht loszufahren. Die Falte auf Lindas Stirn pflanzte sich in kleinen Verästelungen fort, unermüdlich und zäh. Fakt war, das Foto würde für eine Anklage kaum genügen. Leicht bekleidet war eben nicht nackt, und nicht nackt hatte in Deutschland einen Freifahrtschein.

»Ich höre«, sagte Linda, während sie den Kragen ihrer Lederjacke zurechtzupfte.

»Halte mich bitte nicht für übergeschnappt«, begann Henry. »Ich habe diese Liste erstellt.«

»Ja, die ist mir schon aufgefallen.«

»Das sind sämtliche Namen, die mit einem M anfangen und mit dem Fall zu tun haben.«

»Du glaubst wirklich, dass Schilling uns einen Hinweis geben wollte.«

»Verrückt, ich weiß.«

Linda nickte, und dieses Nicken wirkte trotz ihrer offensichtlichen Müdigkeit wohlwollend. Er las die Namen nacheinander vor, von Marissa Kolp über sechs weitere Gäste der Feier bis hin zur Familie des Opfers Caroline Meyer.

»Alles Menschen, die Grund haben, Schilling zu hassen«, pflichtete Linda ihm bei.

»Ja, nur einer fehlt.«

Lindas Stirnfalte formte ein Fragezeichen.

»Versuch mal, um die Ecke zu denken.«

»Du meinst Alina Wagner alias Morella.«

»Gut gedacht, doch diese Variante ist selbst mir zu heikel.«

»Okay, spann mich nicht auf die Folter.«

»Wie lautet der Spitzname des Hausmeisters?«

»Fette Miezekatze.«

»Und wer hat den Namen in die Welt gesetzt?«

»Unser perverses Wunderkind.«

Nebenher hatte Henry eine Seite in seiner Akte umgeschlagen und tippte nun auf die Kopie des gefundenen Ms. Linda lehnte den Kopf zurück, und Henry erwartete sogleich ein Krähenlachen, das seine Idee verhöhnen würde. Aber er täuschte sich. Sie stieß ein einzelnes »Ha« aus, völlig humorlos und nach Belieben deutbar. Dann löste sie ihren Anschnallgurt, sagte zu ihm, er solle sitzen bleiben, und klopfte erneut an die Haustür von Familie Knaak.

Als Linda zehn Minuten später wieder im Wagen saß, demonstrierte ihr Bericht, was seine verrückte Idee letztlich war – eben eine verrückte Idee. Sie erzählte ihm, dass Torsten Knaak ein Alibi besitze. Am Freitagabend habe das Ehepaar Besuch empfangen. In ihrer grenzenlosen Hilfsbereitschaft hatte Renate Knaak einen der Gäste angerufen, der ihre Aussage bestätigte. Ein Kollege, der das Alibi überprüfen werde, sei bereits auf dem Weg zu der betreffenden Person.

»Wenigstens können wir nun ein M von der Liste streichen«, sagte Linda aufmunternd.

Sie riet ihm zu einer Pause, er könne sich für ein, zwei Stunden auf der Couch im Büro ausruhen. In Anbetracht von Lindas erschöpfter Miene schämte sich Henry, dass ausgerechnet sie ihm den Vorschlag unterbreitete. Er ließ den Gurt gegen seine Brust schnellen und grübelte. Schon die Aussicht, die Ermittlungen würden ohne ihn weitergehen, missfiel ihm. Er atmete demonstrativ aus und beteuerte, wach und fit und total auf der Höhe zu sein.

Daraufhin startete Linda den Wagen und fuhr ins Zentrum. Je länger Henry das Deckblatt von Schillings Manuskript studierte, desto mehr gewann er den Eindruck, das M wäre mitnichten ein Hinweis. Vielleicht war der Fetzen lediglich das Produkt ungestümer Wut. Der Regisseur hatte das Manuskript zerrissen, wobei sich das M aus der Seite gelöst hatte. Nichts als ein blöder Zufall. Oder wie Linda in einem der letzten Fälle gemeint hatte, eine zufällige Übereinstimmung. Hier die Namen unschuldiger Menschen, dort ein dreckiger Schnipsel Papier.

Im Büro übernahm Linda freiwillig den Schreibkram und protokollierte die Zeugenaussagen. Henry drehte sich samt Stuhl von ihr weg und betrachtete die Wand auf seiner Seite. Was ein ungeschultes Auge als Wirrwarr von Schnappschüssen und Kritzeleien gedeutet hätte, war für ihn das Ermittlungsergebnis der letzten Tage. Fotos und Notizen und nicht zu vergessen die Diagonalen, die sich in seinem Kopf zu einem Muster verbanden. Bestenfalls. Denn noch ergab keine einzige Diagonale einen Sinn. Er heftete eine Kopie des Briefs aus Schillings Wohnung unter das Foto des Regisseurs. Das Original hatte er ins Labor zur forensischen Schriftanalyse gesandt.

»Allem Anschein nach hat Alina Wagner den Brief geschrieben.«

Linda schaute von ihrem Laptop auf. »Sie hat ein Alibi.«

»Ich weiß.«

»Dann ist das Thema vom Tisch?«

»Was ist, wenn sich Torsten Knaak und Alina gegenseitig schützen?«

»Sie ist in Schilling verschossen. Sie würde ihm nie etwas antun.«

»Aus Raffgier und Liebe geschehen die meisten Morde.«

»Ich glaube nicht, dass Alina einen erwachsenen Mann überwältigen kann.«

»Vielleicht hat Knaak das mit ihrer Hilfe erledigt.«

»Im Team, oder was?«

»Ja, Opfer und Racheengel.«

»Ben Schillings Verschwinden ist doch ein Segen für *alle*.« Die Bitterkeit in Lindas Stimme verhehlte kaum ihre Parteinahme. »Stell dir vor, alle Ms hätten ihn beiseite geschafft.«

»Klingt nach diesem berühmten Kriminalroman.«

»Ich kenne nur den Film.«

»Und warum ein Brief und kein Anruf? Warum auf diese antiquierte Art?«

»Weil alles Theater ist. Deswegen.« Linda lachte humorlos, während sie sich die Lederjacke überwarf. »Ich fahre Lennart ablösen. Vergiss nicht, dass morgen früh deine Schicht beginnt.«

12

Ohne Vorwarnung kassierte Ben Schilling einen Schlag auf den Hinterkopf. Nicht grob oder in einer Weise, die ihn ernsthaft verletzt hätte. Eher ein Klaps, als verlangte man seine ungeteilte Aufmerksamkeit.

»Du musst es selbst zu Ende bringen«, drang es an sein Ohr. »Es ist ganz einfach.«

Er verstand den Sinn der Forderung nicht. Es selbst zu Ende bringen. Was sollte das bedeuten? Noch bevor er darauf reagieren konnte, kippte der Stuhl nach hinten. Während sich die vorderen Beine vom Boden lösten, begannen die hinteren unter dem Gewicht zu knirschen. Ben wollte schreien, aber die Schlinge nahm ihm die Luft. Durch den Slip hindurch musste er mit ansehen, wie das Fenster langsam seiner Sicht entschwand und die Decke an dessen Stelle trat.

Der Stuhl neigte sich weiter und weiter zurück. Die Schlinge rutschte den Hals hoch, bis sich das Seil an seinen Unterkiefer legte. Ben konnte den Draht nun hinter seinen Ohren direkt am Schädel spüren. Sein Hals brannte und fühlte sich gleichzeitig kalt an. Offenbar hatte sich die Haut vom Fleisch gelöst wie Tapete von einer feuchten Wand.

Ben röchelte in den Slip hinein, ein Beten und Flehen um Gnade. Ungeachtet der Panik begriff sein Verstand nun den Zweck dieser Konstruktion. In dieser Schräglage würde sein eigenes Körpergewicht den Stuhl zu Boden drücken und das Drahtseil ihm entweder die Gurgel zerfetzen oder gleich den Kopf abreißen.

»Du siehst, es ist ganz einfach.«

Der Stuhl hob sich wieder in den sicheren Stand, und vor Bens Augen tauchte die Fensteröffnung auf. Mittlerweile war der Slip getränkt von Rotz und Tränen. Ben wusste jetzt, was damit gemeint war: »Du musst es selbst zu Ende bringen.«

SONNTAG

1

Das Läuten des Telefons riss Henry aus einem traumlosen Schlaf. Nicht zum ersten Mal in seiner kurzen Karriere war er im Büro eingenickt. Er lag auf der Couch, griff nach dem Handy und registrierte mit Entsetzen, dass es bereits nach neun war.

»Wo bist du?«, fragte Lennart aufgebracht.

»Entschuldige, ich habe ...«

»Lass stecken, Kumpel.«

»Ja, aber ...«

»Schwing deinen Arsch hoch und komm her.«

Der für seine Lässigkeit bekannte Kollege war genervt und vermutlich auch maßlos enttäuscht. Lennart wollte nach Hause, unter die Dusche springen und schlafen. Außerdem hielt er Henry vor, der Chef terrorisiere ihn mit Anrufen.

»Was will Wenzel denn?«

»Na, was schon? Ergebnisse.«

»Meines Erachtens wird Schilling nicht mehr auftauchen.«

»Kann sein«, blaffte Lennart. »Jetzt löse mich erst mal ab.«

Henry schnallte sich das Waffenholster um, setzte sich auf den Drehstuhl und stieg in seine Schuhe. Er stopfte sämtliche Unterlagen in die Tasche, und wie nebenher schweifte sein Blick über seine Recherchewand.

Einer von Lindas Sätzen schwirrte ihm pausenlos durchs Hirn. »Schillings Verschwinden ist für alle ein Segen.« Aus ihrer Feststellung hatte eindeutig ihr Zorn auf den Regisseur gesprochen, dennoch ließ ihn die Aussage kaum mehr los. Ein Segen für alle. Was hieß das genau? Als er halb im Ernst Alina Wagner zu den Verdächtigen hatte zählen wollen, hatte Linda mit der mangelnden Kraft des Mädchens argumentiert. Wie sollte eine Vierzehnjährige von Alinas Statur einen ausgewachsenen Mann aus dem Auto schleifen und dann irgendwohin verschleppen? Obendrein hatte sie ein Alibi. Mit übergeworfener Tasche studierte Henry erneut den Drohbrief. Er fragte sich, ob Alinas Mutter von dem Verhältnis wusste oder zumindest einen Verdacht hegte. Was waren Kinder bereit, ihren eigenen Eltern anzuvertrauen? Und welche Rolle hätte Familie Knaak bei einem solchen Geständnis gespielt? Hätte sie ihren Schützling davon abgeraten oder es forciert?

Auf dem Weg zur Tür entdeckte Henry zwischen den Sofakissen das Buch mit Edgar Allan Poes Kurzgeschichten. Er verstaute es in seiner Tasche und dachte dabei an das perfide Spiel der Identitäten. Soweit er es beurteilen konnte, drehte sich Schillings Adaption um ebendiesen Aspekt aus Poes Schauermärchen. Grenzwertig hatte Linda jene Lesart bezeichnet, und Henry hätte dem in keiner Weise widersprechen wollen. In Poes Geschichte waren Mutter und Tochter ein- und dieselbe Person. Eine verstorbene Frau, wiedergeboren im Körper der jüngeren, sodass das Kind den Geist, die

Seele und letztlich auch den Namen ihrer Erzeugerin besaß.

»M wie Mutter«, flüsterte Henry in der Stille des Büros.

Er zog das Telefon aus dem Jackett und wählte Lindas Nummer.

2

Ortsteil Drackendorf.

Ein Handtuch um den Oberkörper geschlungen, saß Linda auf dem Badewannenrand. Ihr Körper dampfte vor Hitze. Eigentlich hatte sie Henrys Stimme nicht hören wollen, weder von Angesicht zu Angesicht noch durchs Telefon. Ihre freie Zeit war auf den Vormittag beschränkt, während die Kollegen die Observation von Schillings Adresse fortsetzten. Allein das Erscheinen des Regisseurs hätte sie als Grund für einen Anruf gelten lassen.

»Das ist die dämlichste Theorie, die du jemals verzapft hast.« Linda kratzte sich mit der Ferse die Wade des anderen Beins. »Wenn der Typ vom Abschleppdienst Mechaniker ist, wäre er dann auch verdächtig?«

»Der hat kein Motiv.«

Linda wusste nicht, ob sie über Henrys Antwort lachen oder weinen sollte.

»Außerdem hatte Bettina Wagner die Gelegenheit.«

»Welche Gelegenheit denn? Die Frau ist total fertig.«

»Deswegen aber nicht weniger entschlossen.«

»Um Ben Schilling beiseite zu schaffen?«

»Was würdest du machen, wenn deine Tochter ...?«

»Lass meine Tochter aus dem Spiel!«, fuhr ihm Linda ins Wort. »Verstanden?«

»Entschuldige«, kam es kleinlaut zurück.

Sie langte nach dem Kosmetikspiegel und musterte ihr glühendes Gesicht. Henry schwieg, und Linda konnte ihn förmlich mit dem Telefon in der Hand schmollen sehen. Um des Friedens willen rang sie sich eine Antwort ab. Bettina Wagner hätte wohl die Polizei gerufen. Das einzig Richtige, was man in solch einer Situation tun könne.

»Und wenn du miese Erfahrungen mit der Polizei gemacht hast?«

»Dafür haben wir in ihrem Fall keinerlei Beweise.«

»Renate Knaak hat die Gewalt zwischen Bettina und Thomas Wagner erwähnt. Eine toxische Beziehung ist der perfekte Nährboden für Hass aller Art.«

»Wir drehen uns im Kreis, Henry.«

»Sie ist Sportlehrerin. Also kräftig genug.«

»Frau Wagner ist vor allem krank.«

Die Tür öffnete sich, und Stefan lugte ins Badezimmer. Er trug einen Frotteebademantel und hielt ein Glas Sprudel in der Hand. Normalerweise tranken sie zum Baden eine Flasche Sekt, doch heute musste Linda um dreizehn Uhr ihren verbohrten Partner ablösen. Sie und Stefan sahen einander an und verdrehten gleichzeitig die Augen. Das Einvernehmen war ersichtlich. Ihr Mann kannte Henry Kilmer, insbesondere seinen Übereifer, der ihm schon einen Aufenthalt im Krankenhaus beschert hatte. Linda legte den Spiegel auf den Oberschenkel und warf Stefan einen Luftkuss zu, woraufhin er mit einer resignierten Geste aus der Tür verschwand.

»Ich würde so weit gehen, dass das M für einen Namen steht«, sagte Linda. »Weiter nicht.«

»Wenn Schilling ihren Namen aber nicht wusste, was dann?«

»Sehr unwahrscheinlich.«

»Alina hat bestimmt nicht mit ihm über ihre Mutter gesprochen.«

»Trotzdem unwahrscheinlich.«

Sie malte mit dem Finger ein M auf die beschlagene Oberfläche des Spiegels. Vielleicht hätten sie in die Sauna fahren sollen, sie und Stefan, ohne Telefon und Arbeit. Ohne die Hirngespinste ihres Partners.

»Okay«, sagte sie. »Wartet Lennart in der Zwätzengasse?«

»Ja.«

»Dann weißt du auch, dass er nach Hause will.«

»Ich weiß.«

»Na also.«

Linda verabschiedete sich von Henry, schob den Spiegel auf das Schränkchen unter dem Waschbecken, und als Stefan ins Badezimmer trat, schaltete sie das Handy aus. »Dienst ist Dienst und Freizeit eben Freizeit.«

»Du brauchst dich vor mir nicht zu rechtfertigen.« Stefan reichte ihr das Glas Wasser, und sie lächelten einander an.

Dann löste Linda das Handtuch und wollte ihn umarmen, wobei ihr Blick den kleinen Spiegel streifte. Das M, das sie darauf gemalt hatte, stand nun verkehrt herum und bildete einen neuen Buchstaben.

»Verdammt.« Sie gab ihrem Mann einen Kuss, griff nach dem Telefon und eilte aus dem Bad.

3

Du bist in einem unauffälligen Haus am Rand einer unauffälligen Stadt. Du hast dich in diesem Wohnzimmer mit einem nassen Handtuch zurechtweisen lassen. Nach der ersten Abreibung hast du jene Männer angerufen, die den Bürgern deiner Stadt Hilfe versprechen. Schnellen, unkomplizierten Beistand, so wird allgemein behauptet. Aber dir hat niemand helfen wollen. Das komme in den besten Familien vor, haben sie gesagt. Einmal sei keinmal. Und keinmal sei weder eine Anzeige noch einen Aufschrei wert. Du hast von diesen Männern gelernt. Fortan war für dich jedes Mal ein erstes Mal, und einmal ist eben keinmal. Später hast du dir beigebracht, nicht zu verkrampfen, besonders dann, wenn er dort eindrang, wo es wehtat. Du hast dich gebückt und dabei nicht aufgeschrien.

Nach Jahren der Tortur ließ die teilnahmslose Welt ihn von einer Klippe stürzen. Seine Knochen zerbrachen in hundert Einzelteile. Du hast dich gefragt, ob hundert böse Einzelteile automatisch ein böses Ganzes ergeben. Du hast dir die Frage nie beantworten können, was irgendwann keine Rolle mehr spielte. Denn die hundert Einzelteile fanden nie wieder zueinander. Das Monster war für alle Zeit aus der Welt. Und jetzt, acht Jahre später, sitzt du wieder einem dieser Männer gegenüber. Du erinnerst dich genau an ihre Worte. Einmal sei keinmal.

4

Linda war auf die Toilette gegangen, und Henry harrte im Wohnzimmer aus. Bettina Wagner, die auf dem Sofa saß, umklammerte ein Schulbuch. Geografie, Klassenstufe 9. Das Buch ihrer Tochter, vermutete Henry und empfand bei diesem Anblick tiefe Ratlosigkeit. Was sollte er sagen? Wir konnte er das Gespräch weiterführen?

Auf die Frage nach Ben Schillings Aufenthaltsort hatte sie das Buch an sich gedrückt und gemeint, sie wolle ihre Tochter wiederhaben. Sie werde so lange schweigen, bis Alina zurück sei. Henry brachte es nicht fertig, ihr mitzuteilen, dass Alina auf ihren eigenen Wunsch hin nicht heim wolle. Das Mädchen hatte gegenüber Linda geäußert, es ertrage sein Zuhause nicht mehr.

»Ich wollte nur meine Tochter beschützen«, durchbrach Bettina Wagner die Stille. »Können Sie das verstehen?«

Ihre Äußerung überrumpelte Henry dermaßen, dass ihm nur ein zaghaftes Nicken gelang. Seines Erachtens war Schilling in großer Gefahr. Ob selbst verschuldet oder nicht, darüber sollten andere urteilen. Ihre Mutterschaft machte sie jedenfalls nicht zum verlängerten Arm des Gesetzes. Aus Lindas Sicht, so mutmaßte Henry, war die Situation eventuell weniger eindeutig.

»Bei einer Anzeige kommt alles ans Licht. Das Leben meiner Tochter hätte jeden Sinn verloren.« Bettina Wagner schlug das Buch auf den Tisch, dass Henry

zusammenzuckte. »Sie wäre für immer als Opfer ge-
brandmarkt. Das vergewaltigte Mädchen. Eine Ziel-
scheibe für Mitleid und Spott.«

Henry musste an den Begriff vom sauberen Opfer
denken und wie die Öffentlichkeit gern mit Gewaltop-
fern verfuhr. Ein Mädchen, das jahrelang in einem Keller missbraucht wurde, gelingt die Flucht, doch schon
bald erscheint es vielen Menschen so gar nicht gebrochen. Aus Mitleid entwickelten sich Unverständnis,
Spott und Hetze, ja, die Öffentlichkeit konnte grausam
und erbarmungslos sein. In dieser Hinsicht hätte
Henry der Frau nicht widersprechen wollen.

»Alina würde nie wieder eine Rolle erhalten. Nicht
aufgrund ihres Talents, und ungelogen, meine Tochter
hat großes Talent.« Sie strich sich beidhändig über das
stumpfe Haar. »Entweder würde man jede Kritik an ihr
weichspülen oder sie von vornherein ablehnen. Wer
schenkt denn einem Vergewaltigungsopfer reinen
Wein ein?«

In Henry erwachte die Erkenntnis, dass das Bild vom
sauberen Opfer eine Illusion war. Diejenigen, die sich
nicht selbst beschmutzten, wurden früher oder später
von anderen beschmutzt.

»Sie ist noch ein Kind«, sagte Bettina Wagner. »Mein
Kind.«

»Und wollen Sie Alina aus dem Gefängnis heraus auf-
wachsen sehen?« Linda kam ins Wohnzimmer, ihre
Miene strotzte vor Entschlossenheit.

Henry befiel das Gefühl, all seine Bücher über Serien-
mörder, all seine Kenntnisse aus dem Polizeidienst, all
die trockenen Leitfäden voller Zahlen und Fakten

halfen in dieser Situation wenig. Was Linda und diese Frau verband, war durch kein Studium erlernbar.

»Könntest du draußen warten?«, bat Linda ihn, und er verließ das Zimmer.

Eine Viertelstunde später trat auch seine Partnerin auf den Flur hinaus. Die Entschlossenheit, die sich in Lindas Gesicht abgezeichnet hatte, war für Henry nur eine Erinnerung. Sie schloss die Tür und winkte ihn mit einer erschöpften Geste heran. Er solle im Präsidium anrufen. Die Frau dürfe man jetzt nicht allein lassen. In ihrer Verfassung sei sie für sich selbst eine Gefahr. Henry pflichtete ihr bei, dann öffnete Linda die Tür einen Spalt.

Er linste ins Wohnzimmer, und obwohl er Bettina Wagner noch vor wenigen Minuten erlebt hatte, war er überrascht. Sie lag auf der Couch, das Gesicht war zur Rückenlehne gewandt, ihre Jogginghose über den halben Po gerutscht. Das Geografiebuch wirkte auf dem Tisch seltsam verloren. Sie kann einem nur leidtun, dachte Henry und unterdrückte gleichzeitig sein Bedauern. Für solche Gefühle war später genug Zeit. Er und Linda wechselten die Positionen, sie behielt die Frau im Auge, er rief die Leitstelle an.

Sobald er aufgelegt hatte, sagte Linda ein einziges Wort. »Hundegrab.«

»Was soll damit sein?«

»Schilling soll sich dort aufhalten.«

»Und wo ist das?«

»Keine Ahnung. Ist vielleicht eine Ausgeburt ihrer Fantasie.«

Mithilfe des Smartphones suchte Henry nach einem Ort namens Hundegrab. Rasch stieß er auf einen Eintrag zu Schloss Thalstein. Er konnte nicht so schnell tippen, wie seine Gedanken rotierten. Das sogenannte Hundegrab hatte den Herren von Tümpling als Gruft für ihre Jagdhunde gedient. Aber das war nur eine von vielen Spekulationen über die einstige Nutzung. Fatalerweise ließen sich nirgends die passenden Koordinaten, geschweige denn eine Wegbeschreibung auftreiben. Der Hinweis, das Hundegrab befinde sich oberhalb vom Schloss, hätte allenfalls einer ganzen Polizeistaffel genutzt. Also versuchte er es bei der Touristeninformation, die ihn mit einer Trilogie glasklarer Antworten abspeiste. Leider wisse man nicht, wo dieses Grab sei. Leider könne man ihm nicht weiterhelfen. Leider sei auch niemand hier, der das könne.

Er probierte die Nummer eines örtlichen Wandervereins. Eine Frau meldete sich, deren Alter er anhand ihrer Stimme auf über siebzig schätzte. Sie rief nach einem Mann, und allein die Langsamkeit seiner Schritte kündigte einen Achtzigjährigen an. Wider Erwarten erklärte ihm der Greis den Weg binnen einer halben Minute.

5

Marissa Kolp saß auf der Bank vor dem sumpfigen Pfuhl. Über dem Wasser brodelte der Nebel wie der stinkende Atem eines Drachen. Die Sandsteinfigur des Erlkönigs war fast vollständig verborgen; lediglich der rechte über das Auenland weisende Arm schälte sich aus der milchigen Suppe.

Marissa mochte diesen Platz. Vielleicht gab es in Jena keinen zweiten Ort, der dermaßen ihr Herz berührte. Früher hatte sie den Teich oft aufgesucht, das hieß, in Zeiten einer noch erfüllten Liebe. Jetzt hingegen war sie todunglücklich und Ben, ihr damaliger Geliebter, erledigt. Womöglich gilt das für uns beide, dachte sie schwermütig. Sie hatten einander so lange ausgespielt, bis auch ihr gemeinsames Leben verspielt war.

Sie klaubte einen Kieselstein vom Boden und wog ihn in der Hand. Die Scham hinderte sie daran, ins Theater zurückzukehren. Dass sie sich im Geiste von Ben verabschiedet hatte, löste nur das eine Problem. Ihr persönliches. Ihre Herzensangelegenheit. Hätte sie eher auf Bens Offenbarungen reagiert, wäre das andere Problem ein kleineres. Jetzt schienen das Theater und dessen Ruf ruiniert. Sobald der Missbrauch an Alina Wagner in die Medien gelangte, würden sich die Geldgeber zurückziehen. Der Bürgermeister würde in einer perfekt inszenierten Stellungnahme der Öffentlichkeit den Erschütterten verkaufen. Erst der Unfall seiner Tochter, dann diese wirklich schlimme Sache. Publikum und Journalisten würden das große Fressen

wittern, und das wohl zu Recht. Menschen mit Bens
Neigungen zerstörten die Jugendarbeit; sie machten
aus dem offenen Raum der Bühne eine Nische perver-
ser Gelüste. Es würde Monate, wenn nicht Jahre dauern, bis Eltern ihre Kinder wieder ins Schlosstheater
schickten.

Und was war mit ihrer eigenen Karriere? Auch ohne
einen richterlichen Schuldspruch würde der Makel der
Mitwisserschaft an ihr haften. Als Leiterin des
Schlosstheaters wäre sie ebenso erledigt wie ihr Regisseur. Das einstige Vertrauen, das sie sich entgegenge-
bracht hatten, endete in beiderseitigem Scheitern. So
tragisch wie seine Stücke, sinnierte Marissa. Allein sein
Tod konnte ihren Untergang noch verhindern.

Sie erhob sich von der Bank und begab sich zur
Straße. Da vernahm sie das Nahen eines Autos, das mit
viel zu hoher Geschwindigkeit über den Asphalt schoss,
als bärge der Nebel keinerlei Gefahren. Bens Alfa
Romeo konnte es nicht sein, darauf hätte sie einen
Schwur geleistet. Außer ihm war nur noch Knaak imstande, einen Sonntag im Theater zu verbringen. Aber
der würde niemals mit einem derartigen Tempo durch
den Nebel rasen.

Sie entfernte sich von der Straße und versteckte sich
hinter den Bäumen. Als das Auto am Teich vorbeifuhr,
glaubte sie, den Wagen der Polizistin erkannt zu haben.
Keine Minute später war das Motorengeräusch ver-
stummt. Marissa merkte, dass sie noch immer den Kieselstein in der Hand hielt. Sie wandte sich zum Erlkönig und warf ihn in seine Richtung; sie wollte das Geräusch hören, wenn Stein auf Stein trifft, den Klagelaut
zweier aufeinanderprallender Körper. Doch das ein-

zige Geräusch, das sie erreichte, war ein dumpfes
»Blopp«. Der Stein hatte nicht die Statur getroffen und
war im Teich verschwunden, als wäre er von Kinder-
hand geworfen worden. Sie rannte auf die Straße und
weiter durch den Nebel zum Schloss. Für ihre Rettung,
das wusste sie jetzt, gab es nur eine Lösung.

6

Henry und Linda erklommen den Jenzig von der Nordseite her. Erst im letzten Jahr hatte er den höchsten Berg der Region bestiegen, nur war er damals den Serpentinen auf der Südflanke gefolgt, was sich jetzt eindeutig als leichterer Weg erwies.

Im Laufen versuchte er, seine Tasche ruhig zu halten und nicht an Tempo zu verlieren. Linda hechelte irgendwo hinter ihm; manchmal hörte er sie husten oder fluchen. Der Abstand zwischen ihnen wurde mit jeder Biegung größer. Über ihm verschlossen die Bäume ihr Astwerk zu einer dunklen Höhle, zu einem Walbauch mit dampfenden Schleimhäuten. Die Ahnung eines Unheils ließ Henry noch schneller laufen.

Nach einer paar Minuten passierte er eine Schutzhütte für Wanderer, ein aus Ziegeln gemauertes Haus mit einer rostigen Stahltür. Sofort machte sich die Narbe auf seinem Fuß bemerkbar. Die Erinnerung an einen früheren Fall platzte in sein Bewusstsein, und durch den Walbauch pulsierte nun das Blut Unschuldiger. Er bremste und sah Linda hinter sich an einer Kiefer verschnaufen.

»Lauf weiter!«, rief sie.

Er verharrte wie ein treuherziger Hund.

»Kilmer«, schrie sie nun, »lauf weiter!«

Er warf die Tasche auf den Waldboden und hetzte den Weg entlang. Die verschlungenen Pfade raubten ihm kostbare Zeit, und er spähte nach einer Abkürzung. Sobald er den offiziellen Weg verließ und ins Dickicht

264

preschte, verlor der Boden seine Festigkeit. Unter seinen Sohlen schlierten Laub und Erde den Hang abwärts. Jeder Ast war ihm eine Sprosse, jeder Baumstamm eine Stütze, um Kraft zu schöpfen.

Seine Gedanken hatten die Vergangenheit abgestreift und rotierten stattdessen um Bettina Wagners Geständnis. Angeblich wurde Ben Schilling im Hundegrab gefangen gehalten. Alinas Mutter hatte ihn dort zum Suizid zwingen wollen. Auf welche Weise, das war ungesagt geblieben, denn ihre Beichte hatte in Schweigen und Apathie geendet. Jemanden zur Selbsttötung bewegen zu können, war für Henry kaum vorstellbar. Seine Finger rutschten von einem Ast, und er schlitterte ein ganzes Stück tiefer. An einer Wurzel, die wie eine gebrochene Rippe aus der Erde ragte, knickte er mit dem Fuß um. Sofort strahlte ein brennender Schmerz aus seinem Knöchel das Bein hinauf. Von irgendwoher vernahm er das Krähen eines Vogels. Oder war es Lindas Stimme, mehrere Höhenmeter unter ihm? Die Entkräftung wirbelte seine Eindrücke durcheinander, und erst als das Gekrächze verstummte, gelang ihm der nächste Schritt. Er kämpfte sich über den letzten Anstieg, bis er zwischen den Bäumen sein Ziel zu erkennen glaubte. Das Hundegrab. Das Mausoleum derer von Tümpling.

Henry verharrte in unmittelbarer Nähe. Die Steinhütte maß etwa sechs mal drei Meter, das gewölbte Dach befand sich allenfalls drei Meter über dem Erdboden. Die Wände waren aus grobem Felsgestein und verliehen dem Bauwerk ein brachiales Aussehen. Henry dachte an das Foto, das Alina Wagner vor der Hütte zeigte, und öffnete das Waffenholster. Während er sich dem Eingang näherte, schickte er einen Warnruf voraus.

Niemand reagierte, und Henry betrat die Hütte.

Der Schreck fuhr ihm so gewaltig in die Glieder, dass er sich fast nicht hätte abwenden können. Er stützte sich an die Wand, beidhändig und zitternd, und schloss für einen Moment die Augen. Oft hatte er sich vorzustellen versucht, was der Beamte Rolf Moeller nach dem Öffnen von Dahmers Kühlschrank gefühlt haben mochte. Damals im Sommer 1991. Eine andere Zeit, ein anderer Staat – lauter sinnlose Fakten, die durch Henrys Hirn tobten, bevor sein Mantra ein lautstarkes Echo warf: Kontrolle. Kontrolle, Kontrolle.

Die Waffe im Anschlag und völlig außer Atem, erschien Linda unterm Türsturz. Sie fragte ihn, was hier los sei. Henry sparte sich eine Antwort. Der Anblick würde seiner Partnerin mehr als genug verraten. Von einem Loch im Gewölbe baumelte ein blutiges Drahtseil herab, darunter befand sich ein umgekippter Stuhl, auf dem Ben Schillings Körper saß. Seine Füße waren an die Stuhlbeine gefesselt, seine Hände hinter dem Rücken. Der Kopf des Toten lag abgetrennt vom Rumpf an der hinteren Wand.

Linda zog ihr Handy hervor und fragte Henry, ob er den Notarzt verständigt habe. Die Absurdität ihrer Frage war ein Sinnbild der ganzen Situation.

In einer Mischung aus Ekel und echtem Interesse berührte Henry das Seil. Dass Ben Schilling einen qualvollen Erstickungstod erlitten hatte, war sehr unwahrscheinlich. Irgendjemand musste den Stuhl mit roher Gewalt nach hinten gestoßen haben, worauf die Drahtschlinge den Kopf des Regisseurs vom Körper gerissen hatte.

Linda vermied den Blick auf den Toten. Sie und Henry schauten einander an, dann wandten sich ihre Augen zur Fensteröffnung. Eine bedrohliche Geräuschkulisse beherrschte den Wald. Was der Nebel an Konturen verschleierte, offenbarte er an Tönen. Ein Rascheln in welkem Laub, ein Knistern unter dürren Zweigen. Ihm drängte sich der Gedanke an emsige Jäger auf, an Grünröcke, die nach dem kostbaren Fell der Wölfe trachteten.

Und inmitten seiner Fantasien abermals das Rascheln. Henry tastete nach dem offenen Holster, und obwohl Linda ihm signalisierte zu warten, konnte er nicht an sich halten. Er schlich hinaus, die Hand unter dem Jackett, die Sinne auf Empfang. Dicht an die Außenmauer gedrückt, spähte er in den Nebel. Da entdeckte er eine weibliche Gestalt, einen blonden Haarschopf, der ins Nichts zu fliehen drohte.

»Halt!«, rief Henry.

Die Frau erstarrte in der Bewegung.

»Polizei!«, rief er.

Die Unbekannte rannte los und floh Richtung Südflanke. Auf den eingefassten Serpentinen waberten dichte Nebelschwaden, und Henry fürchtete, die Frau hinter der nächsten Biegung zu verlieren. Er jagte durch das Gestrüpp zum nächsttieferen Abschnitt, fand dort keinen Halt und stürzte gegen die Brüstung. Unter ihm erstreckte sich Jena West. In der Ferne Dächer und Schornsteine, Antennen und eine Schar Krähen. Was immer seine Augen erfassten, begann unter einem Film aus Schweiß zu flimmern. Henry wischte sich übers Gesicht, wiederholte sein Mantra und lief weiter.

In der Ebene angelangt, durchquerte die Frau eine Laubenkolonie. Henry schrie ihr hinterher, sie solle stehen bleiben, doch rasch bezweifelte er, dass sein Ruf überhaupt Gehör fand. Durch seine Gedanken geisterte nun ein Mann, der für ihn einen Jungen getötet hatte. Ihm folgte eine Frau im Koma, danach ein unschuldiges Mädchen auf einem Friedhof. Ein Theater voller toter Seelen. In seinem Innern explodierte eine lang unterdrückte Wut. Die Zäune, Hecken und Lauben verwischten in seinen Augenwinkeln zu einem Pinselstrich, und immer seltener peitschte aus dem Dunst das Haar der Frau hervor. Und dann, als hätte der Nebel eine geheime Tür geöffnet, war sie verschwunden.

7

In einem Radius von hundert Metern sperrte rot-weißes Flatterband den Tatort ab. Weiße Einwegoveralls wandelten über das Gelände, und im Boden steckten nummerierte Kärtchen, um eventuelle Spuren zu kennzeichnen. Immer wieder Blitzlicht, das wie Messerhiebe den Nebel zerschnitt. Der Leiter der Kriminaltechnik hockte am Eingang zur Gruft, während sich eine Mitarbeiterin auf seinen Fingerzeig hin von rechts nach links bewegte. Trotz ihrer langjährigen Dienstzeit waren für Linda die Methoden der Spurensicherung ein obskures Tänzchen.

Sie meinte zu Henry, dass das noch lange dauern könne. In der Hand hielt sie einen tragbaren Aschenbecher, den ihr der Leiter der Kriminaltechnik geschenkt hatte. Damit der Tatort sauber bleibe, hatte er ohne eine Spur von Ironie erklärt. Ein Kollege hatte Henry eine Dose Cola mitgebracht, und Linda hörte zwischen gierigen Schlucken sein Hecheln. Der Nebel konnte seine von Frust geplagte Miene kaum verbergen.

»Du störst dich hoffentlich nicht daran, dass dir ’ne Frau entwischt ist«, flüsterte Linda.

»Quatsch. Ich bin nicht von gestern.«

Sie glaubte ihm. Ihr Partner fühlte sich als Versager, weil ihm eine Zeugin entkommen war; das Geschlecht spielte für Henry in dieser Situation keine Rolle.

»Die Frau wird verstört sein«, sagte Linda. »Mich hätte solch ein Anblick in den Wahnsinn getrieben. Ich meine, wenn ich nicht Polizistin wäre.«

Henry wischte sich über den Mund. »Wir sollten eine Beschreibung an die Leitstelle durchgeben.« Er reichte ihr sein Notizbuch. »Ist alles in Stichpunkten festgehalten.«

Linda musterte die Seite. »Oh, ganz ohne Skizze. Ich bin enttäuscht.«

Ihr Versuch einer Aufmunterung entlockte Henry nicht das kleinste Lächeln. Sie spürte, dass ihn jetzt nur eine Sache ablenken konnte – Arbeit.

»Lust auf eine Vernehmung?«, fragte sie.

Henry schüttelte den Kopf.

»Lust, bei einer Vernehmung dabei zu sein?«

Er nickte, und Linda zündete sich eine Zigarette an. Sie hätte lieber bis in die Nacht den Tanz der Kriminaltechniker beobachtet, als mit Bettina Wagner zu sprechen.

8

Linda und Bettina Wagner saßen sich im Büro gegenüber. Zwischen ihnen nur ein flacher Beistelltisch mit einer Flasche Mineralwasser und zwei Gläsern. In der Bemühung, für Frau Wagners Augen weniger sichtbar zu sein, hatte sich Henry auf die Couch gesetzt. Linda war froh, dass sich die Geständige hatte dazu bewegen lassen, die Beamten ins Präsidium zu begleiten.

Nachdem sie Ben Schilling gefunden hatten, waren sie und Henry erneut in den Rabenstieg gefahren. Zwei Uniformierte und eine Ärztin waren vor Ort. Bettina Wagner lag unverändert auf der Couch, den Blick abgewandt von dem Geschehen ringsum. Die Ärztin teilte ihnen mit, dass Frau Wagner vernehmbar sei; aber allzu große Hoffnung sollten sie sich nicht machen. Ihre Gesprächsfähigkeit sei begrenzt.

Jetzt entlockte die Nachricht von Schillings Tod Bettina Wagner weder einen Freudenschrei noch ein befreiendes Lachen. Insgeheim erwartete Linda ein paar Tränen der Erleichterung. Alinas Mutter hatte sich nichts sehnlicher gewünscht als den Tod des Regisseurs – das hatte sie in ihrer Wohnung mehrfach bekräftigt. Nach dem wirren Geständnis war ihr Verhalten umgeschlagen. Keine Rechtfertigungen mehr, keine überschnappende Stimme.

»Ihr Plan hat funktioniert«, sagte Linda in der Hoffnung, ein Gespräch anzuleiern. »Ben Schilling wird nie wieder einem Mädchen wehtun.«

9

Vielleicht wird der Mensch, für den du alles auf dich genommen hast, über seinen Tod weinen. Wäre alles nach Plan verlaufen, hättest du dein Kind trösten können. Du hättest Stärke gezeigt, weil in dir Vertrauen auf eine hellere Zukunft gediehen wäre. Weil die Welt vor dem Fenster nicht mehr eine teilnahmslose hätte sein müssen. Du hast die Konstruktion so angefertigt, dass sein Tod einen Suizid vermuten lässt. Wie bei Gefangenen, die sich mit einem Laken an der Gefängniszelle erdrosseln. Natürlich hätten die Leute den Grund für seine Selbsttötung erfahren wollen. Solange nicht das eigene Dasein hinterfragt werden soll, bohren die Leute gern und genüsslich in den Leben anderer Menschen. Warum ist das geschehen, warum hat er sich das angetan? All ihre stupiden Antworten wären dir entgegengekommen. Niemand hätte den Suizid eines solchen Monsters angezweifelt. Immerhin war er ein echter Künstler, und Künstler tun ständig Dinge, die nur wenige Menschen zu begreifen fähig sind. Dazu gehört auch ein selbst gewählter Tod. Gewiss hätte man von einer Schaffenskrise gesprochen oder ihm einen gehörigen Minderwertigkeitskomplex unterstellt. Oder man hätte einfach mit den Schultern gezuckt und gesagt, versteckte Neigungen, wer weiß?

10

Linda nannte den Namen der Familie, bei der ihre Tochter Unterschlupf gesucht hatte. Auch hier zeigte Bettina Wagner keine Regung. Linda ergänzte, Torsten Knaak sei der Hausmeister des Theaters und Renate seine Frau. Alinas Mutter senkte den Blick auf die Tischplatte, als würde sie das Aufnahmegerät begutachten. Zu Lindas Erstaunen öffnete sich unverhofft ihr Mund. Sie fragte, ob dieser Torsten Knaak ihrer Tochter auch etwas angetan habe.

»Nein«, antwortete Linda. »Soweit wir wissen, nicht.«

Sie sagte, dass Alina und Torsten Knaak eher eine Art Vater-Tochter-Beziehung hatten. Von Freitag zu Samstag habe Alina sogar beim Ehepaar Knaak übernachtet. Auf einer ausklappbaren Liege im Wohnzimmer. Frau Knaak habe ihnen berichtet, was Alina ihr und ihrem Mann anvertraut habe. Dass sie in Ben Schilling verliebt sei, dass sie einander berührt hatten. Laut Renate Knaak musste sich die Geschichte vor ungefähr fünf Monaten angebahnt haben.

»Während der Proben zu *Morella*«, sagte Bettina Wagner.

»Wann haben Sie das Verhältnis bemerkt?«

»Alinas grenzenlose Schwärmerei behagte mir von Anfang an nicht. Später habe ich sie dann bei einem Telefonat belauscht. Naiv wie ich war, habe ich angenommen, sie würde mit einem Mitschüler telefonieren. Ich war so dumm gewesen.«

»Das allein hat Ihnen genügt, um diese Entführung zu planen?«

»Bitte«, sagte sie, »erzählen sie mir von Familie Knaak.«

Auf die Beziehung zwischen ihrer Tochter und dieser fremden Familie war sie nicht vorbereitet gewesen. Diesen Personen hatte Alina größeres Vertrauen geschenkt als ihrer eigenen Mutter. Linda wusste, dass das nicht leicht zu schlucken war. Sie dachte an ihre eigene Tochter, fand den Vergleich jedoch rasch unpassend. Natürlich enthüllte Leonie ihren Freundinnen Dinge, die sie ihr wohlweislich verschwieg. Aber Linda war dankbar dafür. Wenigstens hatte sie Altersgenossinnen, denen sie gewisse Dinge anvertrauen konnte.

Mit sorgsam gewählten Worten erzählte Linda, dass Alina zu Torsten Knaak gemeint habe, Ben Schilling habe sie angefasst. In ihrer Schilderung sei das Mädchen sehr detailliert gewesen, streng genommen so detailliert, dass Linda jetzt Teile von Renate Knaaks Bericht aussparte.

Laut ihrer Aussage hatten sie Schillings Treiben beenden wollen. Neben dem Schutz von Alina liege ihnen auch der Ruf des Theaters am Herzen. Es sei quasi die zweite Heimat ihres Mannes. In Torsten Knaaks Vorstellung habe Schilling das Theater und dessen Existenz gefährdet, und das nicht allein durch sein schändliches Verhalten, sondern auch wegen seiner Methoden. Das Ehepaar habe ihm buchstäblich die Pistole auf die Brust gesetzt. Ben Schilling sollte kündigen, und zwar ohne großes Trara.

»Hätte er sich geweigert«, sagte Linda, »wären die beiden zur Polizei gegangen. Sie waren bereit, seinen Missbrauch zu melden.«

Bettina Wagners Blick senkte sich erneut auf das Aufnahmegerät.

Das vereinfache nur das Protokollieren, erklärte
Linda bemüht freundlich. Frau Wagner zeigte keine Reaktion, und sie konnte spüren, wie ihr die Frau zu entgleiten drohte. Die Mutterrolle war keine gemeinsame
Basis, stellte sie ernüchtert fest. Sie hatte den Fehler gemacht, sich und Alinas Mutter in eine Schublade zu packen.

Unvermittelt hoben sich Bettina Wagners Mundwinkel zu einem traurigen Lächeln. Sie wollte wissen, ob
sie sich bei Familie Knaak bedanken solle. In der Frage
schwang weder Selbstmitleid noch Sarkasmus mit; es
klang eher wie die naive Frage eines Kindes.

11

Darauf hat dich das Leben nicht vorbereitet. Du wirst den Menschen verlieren, den du am meisten liebst. Eigentlich ist es genauso absurd, wie mitten auf einem Ozean aus Wassermangel zu sterben. Alle Foltermethoden, die dir dein Großvater beschrieben hat, finden ihr Ende darin, dass ein Mensch einen anderen verliert. Unter Umständen genau den einen Menschen, den man am meisten liebt. Den Freund, die Freundin, den Ehemann, die Ehefrau. Vater oder Mutter oder beide zur selben Zeit. Schlimmstenfalls das eigene Kind. Dein Großvater hat nie von Verlust gesprochen, immer nur von ausgeklügelter Mechanik und tödlicher Effizienz. Wie diese Schraube oder jene Kurbel funktioniert, wann sich Leder dehnt oder zusammenzieht. Dass jede Folter über den Gefolterten hinaus foltert, war nicht zur Sprache gekommen. Diese Wahrheit hat dich dein Großvater nicht gelehrt. Kein Schwein verletzen zu können, heißt nicht, auch keinen Menschen verletzen zu können. Das sind zwei Paar Schuhe.

12

»Aber einen Menschen töten, das kann ich nicht.«

Bettina Wagners Feststellung klang in Lindas Ohren wie eine Entschuldigung für einen unlöschbaren Makel. Aus ihren Zügen war jegliches Leben gespült worden, vielleicht schon während ihrer Ehe. Die Liebe einer Alina Wagner zu gewinnen, musste ein Leichtes gewesen sein. Für Familie Knaak, für Ben Schilling. Das bittere Schicksal des Mädchens umklammerte Lindas Herz, und einen flüchtigen Moment lang dachte sie an eine Adoption. Nicht ernsthaft, vielmehr wie der schnellste, doch irrationalste Weg zu einer Lösung.

Langsam hob Bettina Wagner den Blick. Keine Träne in den Augen, kein Leben.

»Aber ich kann Menschen wehtun«, flüsterte sie. »Das kann ich.«

Linda tauschte mit Lennart Mikowski die Stellung und verließ das Büro. Der Kollege würde Bettina Wagner vor Dummheiten bewahren. Vernehmungen, die auf ein schnelles, durchprotokolliertes Geständnis abzielten, waren Linda zuwider. Ein Gespür für sein Gegenüber zu entwickeln, benötigte Zeit, Geduld und Offenheit. Sie brauchte einen Nikotinschub.

Auf dem Parkplatz des Präsidiums traf sie sich mit Henry, der in engem Kontakt mit der Kriminaltechnik stand. Im Gegensatz zu ihr genoss ihr Partner die Hektik auf dem Höhepunkt einer Ermittlung. Sie hatte ihre

Zigarette noch nicht angezündet, da sprudelten die Worte schon aus seinem Mund.

»Einen Suizid oder Unfall kann man bereits ausschließen.« Feine Schweißperlen hatten sich unter seinem akkuraten Scheitel gesammelt. »Durch einen Sturz wäre Schilling niemals enthauptet worden.«

Linda versuchte, ihre Zigarette zu genießen, obgleich sie von einem Abgrund in den nächsten gestolpert war. Drinnen im Büro ein Häufchen Elend namens Bettina Wagner, hier draußen der Faktencheck von Henry Kilmer, der nicht mit grausamen Details sparte.

»Auf der vorderen Kante des Stuhls hat man Partikel vom Waldboden sichergestellt. Das bedeutet, dass jemand mit voller Kraft gegen den Stuhl getreten haben muss.«

Er unterbrach seinen Redefluss, als erwartete er einen Kommentar von ihr. Im Grunde war das einer jener Momente, in dem sie ihm gern angeschrien hätte. Sie inhalierte tief, behielt den Rauch in der Lunge und spürte ein Stechen. Dann fragte sie ihn, ob er der Rechtsmedizin einen vorläufigen Todeszeitpunkt hatte entlocken können.

»Ja, irgendwann zwischen acht und zwölf.«

»War Bettina Wagner nicht am Vormittag zu Hause?«

13

Henry und Linda betraten das Theater. Das Foyer war ebenso dämmrig wie bei ihrem ersten Besuch. Es war Sonntag, der 15. November. In der nächsten Woche hätte das Theater wieder den Betrieb aufnehmen sollen. Während sie die Stufen ins zweite Stockwerk nahmen, fragte sich Henry, ob die Nachricht von Schillings Tod bereits das Schloss erreicht hatte. Da hallte ein lautes Rumsen durchs Gebäude, und Henry und Linda fielen ins Lauftempo. Sie hetzten über den Flur und ins Büro der Theaterleiterin.

»Das war nicht schwer.« Marissa Kolp stand vor einer umgestürzten Vitrine und stützte die Arme in die Hüften. »Ich dachte, eine Verschönerung meines Zimmers wäre vonnöten. Immerhin wollen wir morgen wieder öffnen.«

Hätte die Theaterleiterin ihren Satz mit einem Lachen beendet, wäre die Szene perfekt gewesen. Zumindest nach Henrys Empfinden für Dramatik. Nur kommen die Tragödien des Lebens, so hatte ihn seine Arbeit gelehrt, meist in schmerzvoller Stille daher. Marissa Kolp klemmte sich wortlos hinter ihren Schreibtisch und pustete sich Staub von den Händen. Mit einer irreal anmutenden Höflichkeit bot sie ihnen einen Platz an.

Linda hob einen Stuhl vom Boden auf und setzte sich ihr gegenüber. Henry blieb im Türrahmen stehen und betrachtete das Zimmer. Neben der Vitrine lag auch der Aktenschrank am Boden. Sämtliche Poster waren von den Wänden gerissen. Die Wut, die sich hier entladen hatte, sprach Bände. Es war vielleicht dieselbe Wut, mit der man einen Menschen zu töten vermochte. Zum Beispiel mit einem Tritt gegen einen Stuhl, kraftvoll und zornig, fern jeder Kontrolle.

»Ich habe alles niedergeschrieben.« Marissa Kolp wies auf einen Bogen Papier. »Seine Schandtaten und meine mangelnde Courage. Das hat Gott sei Dank nun ein Ende. Ich bin bereit, die Konsequenzen zu tragen.«

Linda nahm das schriftliche Geständnis entgegen und schlug beim Lesen die Beine übereinander. Marissa Kolp beobachtete seine Partnerin. Henry war in seiner Laufbahn noch nie einer Mörderin begegnet. Er dachte an die Wirtschafterin Kate Webster, die ihre Arbeitgeberin getötet, zerstückelt und teilweise gekocht hatte. In seiner Jugend war er von dem Fall Myra Hindley fasziniert gewesen, einer siebenfachen Mörderin, die mit ihrem Freund in den Mooren von Yorkshire gewütet hatte. Das alles erschien ihm nun wie billiger Grusel. Die Realität stellte ganz andere, viel profanere Anforderungen. Er hätte nicht einmal die rechtliche Lage dieser Situation einordnen können. Welche Anklage erwartete Bettina Wagner, die ihrem Opfer eine Schlinge um den Hals gelegt hatte, und welche Anklage Marissa Kolp, die für dessen Tod verantwortlich war? Auf einer Seite die Baumeisterin, auf der anderen die Henkerin und zwischen ihnen ein unausgesprochenes Einverständnis – Ben Schilling hatte das Recht auf sein Leben verwirkt.

Linda wendete das Blatt, las weiter, und nicht einmal das Summen ihres Handys störte ihre Konzentration. Ohne aufzublicken, hielt sie Henry das Telefon hin. Er erkannte Lennarts Nummer, entschuldigte sich bei Marissa Kolp und ging hinaus in den Flur.

Vor dem Büro nahm er den Anruf entgegen.

»Ich bin in Wagners Garage«, begann Lennart. »Vor mir hängt ein Regal mit Chemikalien.«

»Sind die Flaschen beschriftet?«

»Ja, einige.«

»Schau dich mal nach Reiniger, Lösungsmittel und so 'nem Zeug um.«

Henry hörte ein Stöhnen, als streckte sich sein Kollege bis in die hintersten Winkel. Lennart nannte ihm diverse Gebrauchsnamen und wissenschaftliche Bezeichnungen, bis ihm eine Flasche Felgenreiniger in die Finger fiel.

»Okay«, gab Henry durch, »wir sollten die Techniker informieren.«

»Auf jeden Fall hab ich 'ne Rolle Drahtseil gefunden und mehrere Gewindescheiben.«

»Sehr gut.«

»Was hatte ihr Mann für eine Firma?«

»Fliesen- und Mosaikverlegung.«

»Ob sie noch den Gewerbeschein besitzt?«

»Ohne den wäre sie kaum an die Chemikalien gekommen.« Das Telefon am Ohr, einen Daumen im Knopfloch seines Jacketts lief Henry die Treppe hinunter. »Und habt ihr die Nachbarn gefragt?«

»Ja, eine Dame war besonders auskunftsfreudig.«

»Und?«, fragte Henry erregt.

»Angeblich hat Frau Wagner bis zu eurem Eintreffen das Haus nicht verlassen.«

Lennarts Bericht bestätigte Bettina Wagners Aussage. Die Frage war lediglich, ob Marissa Kolp mit solcher

Wucht einen Stuhl samt Mann zu Fall bringen konnte, dass ihm eine Schlinge den Kopf abriss. Henry dachte an das zerstörte Büro der Theaterleiterin. An die umgestürzte Vitrine. Einen Metallschrank randvoll mit Akten. Zunächst ihre Wut und keine Minute später diese kontrollierte Höflichkeit. Marissa Kolp erfüllte zweifellos das Klischee einer eiskalten Mörderin. Er beendete den Anruf und wollte auf dem Treppenabsatz umkehren, als er ein Geräusch aus dem Untergeschoss vernahm.

Henry folgte einem unbeleuchteten Korridor, hörte das Zuklappen einer Tür und horchte. Neben Marissa Kolp wähnte er höchstens noch den Hausmeister im Haus. Er suchte dessen Dienstzimmer auf und verharrte vor der Tür. Knaaks einsame Stimme ließ vermuten, dass er gerade telefonierte. Wahrscheinlich mit seiner Frau. Durch die Tür drangen Sätze wie »Wir werden das hinkriegen« oder »Alles wird gut«. Unvermittelt ging die Klinke – kein »Tschüss« war gefallen, kein »Bis dann« –, und Henry stand der mächtigen Gestalt des Hausmeisters gegenüber.

»Einfach anklopfen«, bemerkte Torsten Knaak. »Oder haben Sie gelauscht?«

»Ich wollte Sie nicht beim Telefonieren stören.«

»Aha. Dann immer rein in die gute Stube.«

Ungefragt erklärte Knaak ihm, dass er mit Alina gesprochen habe. »Ich wollte nicht, dass sie es von der Polizei erfährt.«

»Also wissen Sie es?«

Der Mann nickte.

»Und wie hat Alina reagiert?«

»Erst hat sie geweint.« Knaak schluckte schwer. »Dann ohne ein Wort aufgelegt.«

»Ihre Betreuerin kümmert sich um sie.«

»Am liebsten würden wir das Mädel aufnehmen.«

»Sie und Ihre Frau?«

»Wir haben uns immer Kinder gewünscht. Der Krebs hatte andere Pläne.«

Henry lehnte sich an den Aktenschrank. »Leider weiß ich nicht, wer über Alinas Zukunft entscheidet.«

»Wollen Sie einen Schluck Likör?«

»Nein danke. Ich trinke nicht.«

»Ich hätte gedacht, Sie antworten ›Nicht im Dienst‹.«

»Das wäre wohl die korrekte Antwort gewesen.«

Torsten Knaak formte unter seinem Schnauzer ein Lächeln. Für Henry war es ein Zeichen der Ironie, dass ausgerechnet das kleinste Rädchen im Gefüge überdauern würde. Beständig wie Knaak die kaputten Glühbirnen wechselte, kamen und gingen die Künstler und Künstlerinnen. Hier zwischen Zangen, Schraubenziehern und grauen Ordnern ereilte Henry die Gewissheit seines eigenen Abschieds. Nicht mehr lang und er würde Jena hinter sich lassen, während Linda weiter das Unrecht bekämpfte. Er fragte den Hausmeister, woher er von Schillings Tod erfahren habe.

»Entschuldigen Sie«, sagte Knaak. »Ich will mit meiner Frau telefonieren.« Er bedeutete ihm, hier zu warten, und legte ihm eine Hand auf die Schulter. »Das mit neulich tut mir leid. Ehrlich.«

Henry schaute ihn verdutzt an, worauf der Hausmeister mit einem traurigen Blinzeln reagierte. Knaak tapste über die Türschwelle, und obwohl er längst draußen war, konnte Henry noch dessen Hand auf der

Schulter spüren. Echtes Bedauern hatte aus der Geste gesprochen, ganz anders als der Abschiedsgruß, mit dem ihn der Walkman zurückgelassen hatte. Henry berührte die Brandnarbe hinter dem Ohr, während im Hintergrund die Schritte des Hausmeisters verhallten. Seine Augen wanderten über den Schreibtisch und abwärts auf den Mülleimer. Wie achtlos hingeworfen, bedeckte eine Perücke den Eimerrand. Zweifellos der blonde Haarschopf der gesuchten Zeugin.

14

Linda hatte den Brief zu Ende gelesen und in einen Beweismittelbeutel eingetütet. Marissa Kolps Geständnis entsprach ganz und gar nicht ihrer Erwartung. Vor zwei Monaten hätten diese Zeilen immerhin den Missbrauch eines Mädchens verhindern können; jetzt waren sie nur der Beweis für einen Umstand, der keines Beweises mehr bedurfte.

»Sie sprechen hier nur von *einer* Schuld«, sagte Linda verbittert.

»Ich habe alles aufgeschrieben«, erklärte Marissa Kolp. »Wirklich alles.«

»Was am Hundegrab vorgefallen ist, erwähnen Sie mit keinem Wort.«

»Er hat mit mir nicht darüber gesprochen.«

»Das verstehe ich nicht.«

»Ben hat mir nicht gesagt, was er mit ihr da oben gemacht hat.«

»Und wann sind Sie dort gewesen?«

»Mich hat Ben ein einziges Mal mitgeschleppt.« Marissa Kolp schaute verlegen zur Seite. »Und glauben Sie mir, ich hätte gern darauf verzichtet.«

»Und heute Vormittag?«

»Was heute Vormittag?«

»Waren Sie vor wenigen Stunden an der Gruft?«

»Hören Sie mir nicht zu? Ich sagte doch schon, dass ich bloß einmal da gewesen bin. Ich finde diesen Ort grässlich. Wenn er mit dem Mädchen dort das Gleiche gemacht hat wie mit mir, kann man ihm nur den Tod wünschen.«

In der Hoffnung, aus Marissa Kolps Mimik ein verräterisches Zeichen der Lüge zu lesen, fokussierte Linda ihr Gegenüber. Das Chaos ringsum, das ausformulierte Schuldbekenntnis und dieses Gespräch ließen sich nicht in Einklang bringen. Entweder bot die Frau eine große Show oder ein ebenso großes Missverständnis herrschte hier vor. Linda räusperte sich und erzählte darauf, wann und wo sie den Toten entdeckt hatten.

»Wie bitte?«, kam es von der Theaterleiterin zurück.

»Ben Schilling ist verstorben.«

Kaum hatte Linda ausgesprochen, wurde sie mit etwas konfrontiert, das sie nie zuvor gesehen hatte. Marissa Kolp langte nach einem Bleistift, hob ihn in Gesichtshöhe und schlug ihn mit der Spitze in ihren Handrücken.

Ohne vor Schmerz aufzuschreien, fragte sie: »Hat sich Ben etwa umgebracht?«

15

Henry entdeckte Torsten Knaak zwischen der Treppe zum Büro und der Eingangstür. Um Vorsicht bemüht, wahrte er Abstand und bat ihn stehen zu bleiben. Knaak reagierte nicht auf Henrys Aufforderung. Er nahm zwei Stufen und neigte den Kopf, als würde er horchen, ob jemand im Büro wäre.

»Ich muss mit Ihnen reden«, beharrte Henry.

»Und ich muss telefonieren.«

»Das sagten Sie bereits.«

»Dann geben Sie mir fünf Minuten.«

»Bitte, kein Problem.«

»Dazu muss ich ins Büro.«

»Tut mir leid, dort sind gerade meine Kollegin und Ihre Chefin.«

Der Hausmeister stieg die Stufen wieder abwärts und rieb sich mit der Faust die Stirn. Offensichtlich eine Geste demonstrativer Verzweiflung. Langsam schlurfte er in den großen Saal. Zu Henrys Überraschung spreizte er beide Arme und öffnete auf groteske Weise den Mund. Anscheinend konnte Knaak jeder Ort zur Bühne werden, und Henry erwartete einen epischen Monolog über das Schicksal eines verkannten Genies. Doch statt eine Silbe auszuspucken, packte Torsten Knaak zwei auf dem Tresen abgestellte Barhocker und feuerte sie Richtung Korridor.

Henry sprang zur Seite und suchte hinter einem der Tische Deckung. Die Hocker zerschlugen an der Wand und fielen krachend zu Boden. Beim Anblick des gesplitterten Holzes begriff Henry, wofür Knaak vorhin um Entschuldigung gebeten hatte. Der Hausmeister war nicht nur die vermeintliche Zeugin, sondern auch der Unbekannte auf der Schlossterrasse.

»Weshalb haben Sie mich angegriffen?«, rief Henry.

»Ich habe Sie verwechselt«, schrie Knaak zurück. »Es tut mir leid!«

»Und für wen haben Sie mich gehalten?«

»Na, für das Schwein.«

»Warum sollte Schilling im Dunkeln ums Theater schleichen?«

»Ich dachte, er will sich mit Alina treffen.«

Im selben Moment, in dem Henry sein Telefon zückte, schoss der dritte Hocker über seinen Kopf hinweg. Mit einem Knall zerbarst das Holz in seinem Rücken. Er duckte sich hinter den Tisch, bis er einen flüchtigen Blick wagte. Knaak riss die Eingangstür auf und war keine Sekunde später draußen.

Henry forderte ihn abermals auf, stehen zu bleiben. Der Hausmeister lief über die Terrasse auf die nebelverhangene Einfahrt. Als Henry die Stufen erreichte, stand Knaak bereits vor seinem Wagen. Aus der Entfernung wiederholte Henry seine Aufforderung und setzte gleichzeitig zum Sprint an.

Knaak ließ von der Wagentür ab und rannte auf die Straße zu. Henry ahnte, dass er ihm im Gelände entkommen würde, wie es dem Mann schon einmal gelungen war. Er rannte die Einfahrt entlang und stieß in den Nebel. Plötzlich flammte eine Helligkeit auf, als flutete das Licht eines Leuchtturms das Auenland. Henry schirmte die Augen ab, und in der Dunkelheit ertönte ein Knall, dumpf und zerstörend.

Die Autofahrerin saß in ihrem Wagen und starrte durch die Windschutzscheibe ins Nirgendwo. Ein Blick genügte Henry, um ihre Schockstarre zu erkennen. Er umrundete das Fahrzeug, lief die Straße entlang und ging vor Torsten Knaak in die Knie.

Sein Körper hatte die von Mutter Natur gegebene Ordnung verloren; die Hüfte war stark verdreht, der rechte Arm auf den Rücken gebogen. Henry wählte die Nummer der Rettungsstelle, bevor er sich zu Knaaks Gesicht beugte. Er redete ihm zu, nicht zu sprechen. Der Arzt sei bald hier. Alles werde gut. Doch Henrys Worte hatten für Knaak wohl keinerlei Bedeutung mehr; der Mann schien bereits Teil einer anderen Welt. Bläschen aus Blut zersprangen auf seinen Lippen, Blutfäden marmorierten sein Kinn. Auf dem Asphalt ein Delta roter Rinnsale. Henry neigte sein Ohr hinab und versuchte zu hören, was schon der anderen Welt entstammen mochte.

»Ich habe sie beobachtet, und sie ...«
Pause.
»... sie brachte es nicht fertig.«
Flackern der Pupillen.
»Ihre Mutter konnte ihn nicht töten.«
Das Senken der Augenlider.
»Ich musste es für sie beenden.«
Unter den Lidern ein Zittern.
»Wenn nicht ich, wer dann?«
Seine Stimme wurde leiser und leiser.
»Das Schwein ...«
Kaum noch hörbar. Seine Augen blind.
»Er hat nichts bemerkt. Nichts.«

Ein Seufzer wie nach einem schlechten Witz.

»Die Prinzessin ... meine beste Rolle ...«

Dann nichts mehr als ein Hauchen.

»Renate, ich ...«

Seine letzten Worte verfingen sich in einer Blutblase, die sich zwischen seinen Lippen blähte und geräuschlos zerplatzte. Was er dem Diesseits noch hatte mitteilen wollen, blieb ungehört. Das Rampenlicht war erloschen, der Vorhang fiel.

EPILOG

Es wird auch erzählt, dass einmal, als Rotkäppchen der alten Großmutter wieder Gebackenes brachte, ein anderer Wolf ihm zugesprochen und es vom Weg hatte ableiten wollen.

Rotkäppchen, Kinder- und Hausmärchen

*It's all gone
Ain't nothing for you here now*

It's All Gone, Chris Rea

EINE WOCHE SPÄTER

1

Alina Wagner reagierte nicht auf das Klopfen. Sie wusste, dass ihre Betreuerin auch ohne ihr Einverständnis die Tür öffnen würde. Frau Soundso musste nämlich nach Alinas Wohlbefinden schauen.

Die Klinke bewegte sich, und der Kopf der Betreuerin erschien im Türrahmen. Frau Soundso kündigte eine Besucherin an und fragte, ob sie überhaupt einen Gast empfangen wolle. Der Kontakt mit anderen Menschen sei wichtig, hieß es oft in der Einrichtung. Dennoch hatte Alina stets das letzte Wort, und das gefiel ihr, auch wenn sie es nicht offen zugegeben hätte. Sie nickte zur Tür hin, und der Kopf der Betreuerin verschwand wieder.

»Hi«, sagte Sarah mit einem breiten Lächeln.

Alina blieb reglos, bis die Tür geschlossen war. Dann rannte sie zu ihrer Freundin, schlang die Arme um sie und drückte sie fest an sich. Sarah erwiderte ihre Umarmung, wie es nur zwischen echten Freundinnen üblich war. Nachdem Sarah ihre Tasche abgestellt hatte, setzten sie sich aufs Bett.

»Und?«, fragte Alina. »Hast du sie dabei?«

»Was denkst du denn?«

»Danke, danke, danke.«

Sarah zog ein Gesicht, als wäre ihr Wunsch nicht der Rede wert gewesen.

»Wie bist du in unser Haus gekommen?«

»Ich habe gesagt, du hättest noch ein paar Sachen von mir.«

»Das war alles?«

»Ja. Das Ding lag hinterm Sofa.«

Das Bild der Couch drohte Alinas Stimmung ins Dunkle zu kippen. Sie hörte das Rauschen, das sich neuerdings bemerkbar machte, sobald die falschen Erinnerungen in ihr auflebten. Im Geiste sah sie Ben, der sie nicht mehr berühren mochte. Torsten, der sie vor allem beschützen wollte. Ihren Vater, der sie verlassen hatte. Während das Rauschen in ihren Ohren anschwoll, zog Sarah den Reißverschluss ihrer Tasche auf.

»Oh«, rief Alina, »du bist die Beste!«

»Das sagen viele.«

»Ich meine das aber ehrlich.«

Sarah zeigte ihr schönstes Lächeln, unterdessen nahm Alina ihr die Strickjacke ab. Mit bebenden Fingern hielt sie sich den Stoff unter die Nase, und allein der Geruch war Medizin gegen das Rauschen in ihren Ohren. Die Jacke roch nach dem Menschen, der sie als letztes getragen hatte. Alina schloss die Augen und dachte an ihre Mutter.

2

Linda schaute durch die verglaste Tür ins Krankenzimmer. Caroline Meyers Körper hatte sich seit über zwei Wochen nicht von selbst gerührt. Die Geräte neben ihrem Bett arbeiteten in unbestechlicher Teilnahmslosigkeit. Für einen Moment empfand Linda die ganze Welt als ein gleichgültiges Konstrukt – gleichgültig gegenüber menschlicher Schwäche und menschlichem Leid. Heute morgen hatte man sie zu einem vermeintlichen Suizid gerufen, was im Polizeialltag keine Seltenheit war. Erst ihre Unterschrift hatte es ermöglicht, dass die Selbsttötung als solche eingestuft wurde und der Leichnam nicht auf dem Tisch der Rechtsmedizin gelandet war.

In Linda hatte sich die Ansicht gefestigt, dass Bettina Wagner im übertragenen Sinne ebenfalls Suizid verübt hatte. Die Frau hatte sich von der Außenwelt verabschiedet und sich damit dem Leben ihrer Tochter entzogen. Linda konnte das Leid, das Bettina Wagner angetan worden war, nicht nachempfinden – sie glaubte, Empathie hätte Grenzen, es sei denn, man fürchtete sich nicht vor dem Abgrund. Sie hatte vielmehr emotional auf das begangene Unrecht reagiert. Jetzt musste sie sich eingestehen, dass sie mit Bettina Wagners Taten sympathisiert hatte. Nur wenige Meter von einer Komapatientin entfernt, schämte sie sich für diese Entgleisung.

Der Liebeskummer hatte Caroline Meyer zum falschen Glas greifen lassen. Doch das Prinzip Zufall trug

an ihrer jetzigen Verfassung nicht die geringste Schuld. Menschen, die ahnungslos an einer Straßenecke parken und dann erschossen werden, sind keine Opfer des Zufalls. Sie sind Opfer kaputter Typen. Bettina Wagner war auf der Feier gewesen und hatte Ben Schilling vergiften wollen. Nicht der Zufall hatte die K.-o.-Tropfen in das Glas geschüttet.

Linda spürte die alte Wut in sich auflodern, diesmal allerdings war Bettina Wagner der Grund. Sie fasste in ihre Jacke, befingerte die Zigarettenschachtel und atmete durch. Sie war schon viel zu lange in dieser Klinik. Vermutlich machte sich Henry bereits Sorgen, denn oft genug hatte sie ihm gepredigt, dass sie Krankenhäuser verabscheue. Sie schlug den Kragen ihrer Jacke hoch und floh in den Fahrstuhl.

Henry wartete am Wagen mit Schwarztee und Kaffee. Mit jedem Schritt in seine Richtung zementierte sich in ihr die Gewissheit, es gleich zu tun, egal was komme. Auf dem Parkplatz standen nur wenige Autos, dementsprechend war das Publikum überschaubar. Sie ballte die Hände zu Fäusten, während Henry mit seinem Telefon beschäftigt war. Kurz bevor sie ihn erreichte, gesellte sich zu ihrer Wut eine Art Lampenfieber.

»Hast du gewusst ...?«, begann Henry.

Linda stoppte einen halben Meter vor ihm und schrie ihm ins Gesicht. Es war ein unartikulierter Schrei, ohne Botschaft, ohne Worte. Einfach ein Schrei aus dem Innern ihrer Seele. Als ihr die Stimme versagte, schwitzte sie am ganzen Körper, und sie wusste nicht, ob es von der Heftigkeit oder der Scham herrührte. Sie neigte sich vor, stützte die Arme auf die Knie und spürte eine ungeheure Erleichterung.

»Hui«, sagte Henry. »Das war mal 'ne Ansage.«

»Ich habe dich vorgewarnt.«

»Und fühlst du dich jetzt besser?«

»So gut wie lange nicht mehr.«

Mit einem Schmunzeln hielt er ihr den Kaffeebecher hin. Linda zündete sich eine Zigarette an, ignorierte den Schmerz in ihrer Brust und lächelte.

3

Lennart Mikowski wies durch die Windschutzscheibe auf das Straßenschild. Noch sechzig Kilometer bis Berlin. Vom Fahrersitz aus schenkte er Henry ein breites Grinsen. Henry wusste genau, welchem Umstand die Reaktion geschuldet war. Die Kommissare Mikowski und Kilmer fuhren ins Wochenende. Der Papierkram war erledigt, der letzte Fall lag bei den Akten.

Binnen drei Tagen hatten sie das ermittlungsrelevante Material zusammengetragen. Die Perücke, die Henry im Mülleimer gefunden hatte, gehörte Torsten Knaak. Sein Archiv lieferte den Beweis. Ein alter Zeitungsausschnitt zeigte ihn mit blondem Haarschopf; er hatte die Prinzessin im *Gestiefelten Kater* gespielt. Ben Schilling schien davon gewusst zu haben, was aber reine Spekulation blieb.

Unzweifelhaft war dagegen, dass Torsten Knaak dem Regisseur den Todesstoß versetzt hatte. Am Morgen des 15. November. Als es ihm erneut zum Tatort getrieben hatte, war er Henry und Linda beinah in die Arme gelaufen. Im Nachhinein erschien ihm vieles logisch, doch das machte es nicht weniger sinnlos. Er und Lennart sprachen nicht mehr über den Vorgang. Diese unausgesprochene Vereinbarung kam einem Kodex gleich. Im Idealfall würde das Leben der Betroffenen nicht mehr die ihren kreuzen. Eine geschlossene Akte verhieß einen neuen Fall, so war das Spiel. Dieses Wochenende würden sie sich allerdings einer anderen Aufgabe widmen.

In Berlin erwarteten sie sechzehn Kilometer Hindernislauf. Urbanian Run. Mit Beharrlichkeit war Henry von seinem Kollegen zur Teilnahme überredet worden. Während Lennart am Autoradio herumspielte, lehnte er den Kopf zurück und ließ die Landschaft wie einen unscharfen Film an sich vorbeirauschen. Die weite Ebene von Brandenburg. Zwischen kargen Feldern hoben sich Büsche und sandige Niederungen. Gleich flügellosen Krähen tauchten in der Ferne einsame Häuser auf. Henry war dieser Landstrich vertrauter als das Thüringische.

Seine Gedanken lösten sich von Jena und flogen dem Auto voraus. In Berlin würde Henry das Grab eines Jungen besuchen. Allein. Er würde auf dem Friedhof zu weinen anfangen. Allein. Würde Patrick Kramer um Verzeihung bitten. Allein. Und das alles, obwohl er wusste, dass das Grab leer war. Als Lennart eine Pinkelpause ankündigte, zerstoben Henrys Gedanken in der märkischen Landschaft. Er vernahm den Radiomoderator und die Wetterprognose, darauf die ersten Takte des nächsten Songs. Da begannen seine Schläfen wild zu pochen. Er roch die rußigen Straßen seiner Kindheit, sah marode Garagen und die leblosen Augen eines Mannes, der einen Walkman trug.

Mit einer Stimme, die Henry selbst fremd war, wandte er sich an Lennart. »Du, wie heißt der Song?«